Coleção Melhores Crônicas

Roberto Drummond

Direção Edla van Steen

Coleção Melhores Crônicas

Roberto Drummond

Seleção e Prefácio Carlos Herculano Lopes

São Paulo
2005

global
EDITORA

© Beatriz Moreira Drummond, 2003

Diretor Editorial
JEFFERSON L. ALVES

Gerente de Produção
FLÁVIO SAMUEL

Assistente Editorial
ANA CRISTINA TEIXEIRA

Revisão
CLÁUDIA ELIANA AGUENA

Projeto de Capa
VICTOR BURTON

Editoração Eletrônica
ANTONIO SILVIO LOPES

Dados Internacionais de Catalogação na Publicação (CIP)
(Câmara Brasileira do Livro, SP, Brasil)

Drummond, Roberto, 1939-2002.
Roberto Drummond / seleção e prefácio Carlos Herculano Lopes. – São Paulo : Global, 2005. – (Coleção melhores crônicas / direção Edla van Steen).

Bibliografia.
ISBN 85-260-1013-1

1. Crônicas brasileiras I. Lopes, Carlos Herculano. II. Steen, Edla van. III. Título. IV. Série.

05-2417   CDD-869.93

Índices para catálogo sistemático:

1. Crônicas : Literatura brasileira   869.93

Direitos Reservados
GLOBAL EDITORA E
DISTRIBUIDORA LTDA.
Rua Pirapitingüi, 111 – Liberdade
CEP 01508-020 – São Paulo – SP
Tel.: (11) 3277-7999 – Fax: (11) 3277-8141
e-mail: global@globaleditora.com.br
www.globaleditora.com.br

Colabore com a produção científica e cultural.
Proibida a reprodução total ou parcial desta obra
sem a autorização do editor.

Nº DE CATÁLOGO: **2475**

Melhores Crônicas

Roberto Drummond

A LITERATURA E O VARAL

Roberto Drummond (1933-2002) era obcecado com a morte. Escondia a idade como se isso lhe desse alguma garantia de enganar o tempo. Espalhou o nome da indesejada das gentes em vários de seus livros (*A Morte de DJ em Paris, Quando Fui Morto em Cuba, A Inês é Morta, Os Mortos não Dançam Valsa*). Tinha medo de avião e era viciado em remédios. Até seu jeito contido de gastar dinheiro parecia uma precaução de mineiro que se garante para os próximos 100 anos. Roberto Drummond morreu no dia do jogo entre Brasil e Inglaterra na Copa de 2002. Apaixonado por futebol, esquivou-se de ir até o Japão e a Coréia como comentarista convidado porque achava que ali poderia lhe acontecer alguma coisa. Como toda tragédia, quanto mais se foge, mais se vai ao encontro do destino.

A obra de Roberto Drummond pode ser lida como uma fuga persistente da morte em direção à vida. Como uma não existe sem a outra, acabaram por se misturar e criar uma realidade muito pessoal, que tinha um pé na história recente do Brasil e outro na fantasia. Em seus contos, novelas e romances este estilo marcou época na moderna literatura brasileira. Roberto Drummond, desde a estréia com o maravilhoso (em todos os sentidos) *A Morte de DJ em Paris*, mostrou uma dicção pessoal, um jeito todo seu de falar do absoluto a partir das pequenas coisas. De fazer política com lirismo. De criticar a sociedade expondo de forma quase prazerosa suas mazelas consumistas.

As crônicas que publicou em vários jornais, sobre assuntos reais, sobre obsessões, sobre futebol, sobre si mesmo, são o outro caminho que sua obra tomou. Se com os romances e contos Drummond aproximou a literatura da vida, com as crônicas deu dimensão literária ao vivido.

Em *O Desatino da Rapaziada*, a deliciosa história de amor de gerações de mineiros pelo jornalismo e literatura, Humberto Werneck lembra que Roberto Drummond, quando assumiu a revista *Alterosa*, no começo dos anos 60, mudou a cara da publicação, dando a ela modernidade e bons colaboradores. Até a publicação morrer em 64, em razão da mudança dos projetos políticos de seus donos (Magalhães Pinto, golpista de primeira hora, não tinha por que gastar numa revista se não haveria eleições tão cedo), *Alterosa* mostrou o talento do repórter para outras tarefas, como a edição, a escolha dos colaboradores e a descoberta de novos valores, entre eles Henrique Filho, que ele batizou de Henfil.

E batismo, ao que parece, era especialidade do Roberto. Seus livros e crônicas têm quase sempre títulos criativos, alguns estranhos, mas todos cumprindo a função principal: chamar para a leitura. Werneck conta que às vezes o editor perdia um dia inteiro na tarefa. Parece que o treino gerou um campeão. Nos últimos tempos seus títulos mantiveram o charme, mas saíam fáceis, com o poder de sedução de uma boa propaganda.

Outra característica do nosso cronista anotada por Werneck é o fato de Roberto não ter saído de Minas. Pelo menos para valer. Ele dizia que Belo Horizonte era um lugar ideal para a criação literária. Quando muitos dos seus colegas de geração debandaram para o Rio e São Paulo, ele se firmou como uma referência na cidade. Não a cidade que seria cenário de *Hilda Furacão*. Drummond não escolheu BH por causa dos ecos de anos 30 e 40 soprando pelas esquinas. *Pop* por opção, a ele interessava a cidade que tenta até hoje ser moderna, mesmo com a âncora do passado prendendo a moral ao pé da mesa. Ele mesmo era uma marca desta busca, sempre passeando pela Savassi de tênis vermelhos e calças *jeans*. Ficou para poder ir mais longe. O afastamento no tempo permite ver hoje como sua obra se desenha de forma orgânica em embate com seu tempo: realizou pesquisas formais, militou com arte contra a ditadura, avançou na crítica social até os limites da sociedade de consumo, apostou na tradição do grande romance na linha de um Thomas Mann com sua última obra publicada em vida, *O Cheiro de Deus*.

Nas crônicas este movimento se dá de forma mais complexa, embaralhada. Se nos romances há uma caminhada em direção ao realismo, cujo marco inicial é *Hilda Furacão* e o ponto de chegada *O Cheiro de Deus*, nos textos para jornal Roberto passeia mais solto entre a provocação da realidade e o chamamento da poesia. Às vezes retoma personagens míticos, como a moça fantasma e a mulher vampiro; em outras, parte do elemento mais singelo, como o encontro com um amigo; em outros momentos toma a memória como amparo e fala de coisas do interior; por fim, dá dimensão épica a fatos e pessoas, para extrair daí alguma lição provisória.

O estilo das crônicas não lembra o autor de *A Morte de DJ em Paris*. E é bom que seja assim. O cronista sabia das coisas. Mesmo que tivesse como objetivo emocionar pela palavra, sabia que seu leitor não estava lendo um livro, mas um jornal recheado de más notícias. O que os bons cronistas fazem – e Roberto era um mestre nesta arte – é, sem perder o senso crítico sobre as notícias, mostrar um outro lado da realidade. Se a matéria policial fala em roubo e morte, a crônica expõe uma situação de miséria pelos olhos de quem sofre; se o noticiário apresenta a denúncia do sistema, o cronista apela para a individualidade da gente comum, que precisa tocar a vida. A crônica não é um refresco, mas óculos que revelam a terceira dimensão do fato. Onde a técnica do *lead* e a pirâmide invertida falham em dar a entender o mundo, aí nasce a crônica, como quem não quer nada.

Algumas características são marcantes no trabalho do cronista em termos de linguagem. Há, por exemplo, o recurso à repetição. Muitos textos trabalhavam à exaustão esta forma de narrar, como se pela marcação hipnótica do bordão a consciência se liberasse para ir mais longe. No texto sobre o mítico garçom seu Olympio, Roberto Drummond emenda com dezenas de "em nome de" os motivos que justifiquem o título que o anarquista das noites boêmias recebia da Câmara de Vereadores da cidade. A enumeração parece ser um recurso estilístico, mas se transforma numa voz poética, já que em vez de cansar o leitor o obriga a pesar um a um os argumentos (como: "Em nome da Sierra Maestra que nunca tivemos". "Em nome dos amores que nasceram e morreram no Maleta". "Em nome dos contistas mineiros que eram atendidos por Seu Olympio no Lucas na época das vacas magras", e tantos outros tão belo-horizontinos como universais, tão datados como atemporais).

Outra marca de Roberto em suas crônicas era a vontade de entender traduzida em dezenas de perguntas, umas atrás das outras. Em "Por que sonhas, Minas?" ele faz, como já o haviam feito outro Drummond, o Carlos, Rosa e Fernando Sabino, entre outros, a psicanálise selvagem do estado ("De onde vem esse teu gosto de conspirar? (...) Por que sempre estás pensando que comete um grave pecado, Minas Gerais? (...) Por que seus filhos rezam mesmo quando são ateus."). Já em "Papai Noel está chorando", o cronista encontra em meio ao comércio da Savassi em época de Natal um Papai Noel que chora. E pergunta a que se deve o choro, partindo sempre de motivos nobres (guerras, misérias, sofrimentos, injustiças) para descobrir que o velhinho chora por amor de uma menina de 17 anos que tem um escorpião tatuado no ombro.

Nestes dois casos (a repetição e as perguntas), o recurso estilístico acaba gerando uma nova forma de argumentação. É curioso como sem querer o cronista se torna mais que um contador de histórias para propor uma visão de mundo. A gramática e a retórica nos ensinam que para argumentar o melhor é usar a subordinação. Períodos compostos dessa forma se casam melhor com a vontade de convencer. No caso de Roberto Drummond, sua argumentação chega ao leitor de forma mais sutil. Ao colocar em seqüência uma série de orações coordenadas, como se fossem autônomas, e perguntas que vão se refazendo a cada nova formulação, o cronista obriga o leitor a pensar por si mesmo no assunto antes de chegar à conclusão do autor. Cada frase passa a ter a funcionalidade de um verso, que só se compreende como um todo depois do poema completo. As crônicas líricas de Roberto Drummond são, de uma forma mais solta e descompromissada, como alguns poemas de Carlos Drummond de Andrade, como "Viagem em família", que ecoa ao final de cada estrofe o renitente "Porém nada dizia".

Se a crônica é um gênero da singeleza – e disso nosso cronista entendia bem – às vezes ela parece deslizar para um certo risco de gravidade. Roberto, que pessoalmente era leve e pesado, tímido e ousado, traduzia esta ambigüidade em seus textos. O uso de tempos verbais pedantes convivia com o ouvido perfeito para o diálogo ligeiro. Com isso, o leitor às vezes se depara com histórias corriqueiras, contadas pelos personagens como uma anedota e, em outros momentos, recebe uma carga quase bíblica de questionamentos e julgamentos. Mesmo quando é judicativo, Drummond tem o cuidado de sê-lo em defesa de boas causas, sobretudo quando ataca o preconceito. É seu jeito de falar grosso para ser ouvido, como quem marca o terreno e diz: desta vez o assunto é sério.

A crônica é um jogo de cinco marias que o autor joga para cima para apanhar a melhor: o tempo, o espaço, o personagem, o enredo e a linguagem. Das duas últimas já falamos até agora. Em cada um dos outros três saquinhos de arroz costurados com cuidado Roberto Drummond deixou sua marca. O tempo foi para ele um contínuo que ia da infância aos dias de hoje, com fixações nos anos de *Hilda Furacão* e seus mitos. O espaço também era pessoal, do seu Vale do Rio Doce até o universo mágico da Guaicurus, rua da Bahia, Savassi e praça Sete. Juntamente com Cyro dos Anjos, Roberto Drummond foi um dos responsáveis mais diretos pela localização de Belo Horizonte no mapa literário.

Quanto aos personagens, iam da mitologia à mitomania. O cronista inventava tipos com graça. Mas tinha ainda o gosto em misturar pessoas reais em suas situações imaginárias. Citava a toda hora colegas de profissão, amigos, artistas, gente conhecida na cidade, para dar um ar de compartilhamento às suas histórias. Roberto Drummond sempre gostou de companhias e não abria mão delas nem na hora de inventar a história do dia.

Na presente seleção estão os textos mais recentes do escritor, publicados em jornais diários de Belo Horizonte (*Hoje em Dia* e *Estado de Minas*). Ficaram de fora os textos sobre futebol, muito ligados ao momento. Do futebol, que ele adorava, sendo atleticano roxo, publicaremos apenas, para abrir esta coletânea, as crônicas "Seja o que Deus quiser" (a última escrita por ele), que saiu no *Estado de Minas* no dia do jogo do Brasil com a Inglaterra, em 21 de junho de 2002, e a antológica "Para torcer contra o vento", um clássico, que desliza para o literário como um lançamento bem-feito, e que começa assim: "Se houver uma camisa branca e preta pendurada no varal durante uma tempestade, o atleticano torce contra o vento". Esta crônica é tão famosa em Minas que ganhou o campeonato máximo de popularidade: parece que não foi escrita, mas que brotou da imaginação popular, como um samba de Caymmi, fácil demais depois que ficou pronto. Ficaram de fora da partida outros craques do time de crônicas de Roberto Drummond, como as publicadas em revistas já extintas, como *Alterosa*, que ele dirigiu nos anos 60, que, segundo o jornalista Fernando Mitre, eram aguardadas com ansiedade por todos os candidatos a escritor e jornalista que faziam parte da geração que veio imediatamente depois.

Pop e engajado foi o binômio que se usou para definir sua literatura. Era quase uma contradição em termos. No limite de sua obra mais trabalhada, era preciso dar a mão à comunicação mais ampla, sem perder o olhar pessoal e crítico com o mundo. Suas crônicas, escritas sob outra inspiração, perfazem o mesmo arco de aproximação com a vida e com a arte. Uma arte das coisas miúdas e da vida de todo mundo. Nem por isso menos arte. Nem por isso menos vida.

O cronista Roberto Drummond é tão bom como o contista. Se as imagens são mais diretas e as histórias mais referenciais, nem por isso a luta pela expressão foi abandonada.

Meu amigo Roberto, como bom atleticano, torceu contra o vento até o fim. No dia seguinte à sua morte, ocorrida na noite de 21 de junho de 2002, tive a honra, convidado pelo nosso chefe de redação no *Estado de Minas*, Josemar Gimenez Resende, para escrever, no espaço ocupado por Drummond no caderno de esportes do jornal, a crônica de despedida: "Adeus, Roberto".

As crônicas deste livro foram publicadas nos jornais *Estado de Minas* e *Hoje em Dia*, de 1989 a 2002.

Carlos Herculano Lopes

CRÔNICAS

SEJA O QUE
DEUS QUISER*

*E*screvo esta crônica 12 horas antes do jogo Brasil x Inglaterra. Vocês sabem, sou fascinado com bolas de cristal, videntes, tudo que pode prever o dia de amanhã, o futuro e seus mistérios, o que está por acontecer. Mais do que nunca, gostaria de ter uma bola de cristal ou os poderes de vidente de minha amiga madame Janete, só para saber quem venceu, se a Seleção de Ronaldinho, se a seleção de Beckham.

Poucas vezes desejei que o Brasil vencesse como agora. É verdade, a gente sempre quer que o Brasil vença. É uma vontade, um sonho, que está no coração de mais de 170 milhões de brasileiros. E não é para menos. Nosso país tem uma porção de esperanças, mas vitória no futebol alegra o coração brasileiro, faz subir a nossa auto-estima, tão castigada, tão arranhada. E nos permite uma festa de irmãos e de irmãs, já que a Seleção Brasileira nos une acima das ideologias, dos partidos políticos e, num ano eleitoral como este de 2002, acima dos candidatos a presidente da República.

Nenhum estadista brasileiro, nem mesmo os dois maiores, Getúlio Vargas e Juscelino Kubitschek de Oliveira,

---

* Última crônica de Roberto Drummond.

deu à nossa alma carente as alegrias que Pelé e Garrincha, Didi e Nilton Santos, Tostão, Gérson, Rivelino e Jairzinho, e ainda Taffarel, Romário e Bebeto nos deram. Em outros tempos, as esquerdas brasileiras diziam que o futebol era o ópio do povo.

Essa opinião foi particularmente forte nos idos de 1970, quando a Seleção Brasileira ganhou o tri no México. O Brasil vivia os anos de chumbo. Era a noite da ditadura militar, iniciada com o golpe militar de 1964. O general Médici era o presidente da República e soube usar a conquista da Seleção Brasileira para dizer que o Brasil dava certo. Até parecia que os gols de Pelé, de Tostão, de Gérson e de Jairzinho, sem esquecer Rivelino, Carlos Alberto e Clodoaldo, tinham sido feitos pelos militares.

Nessa época, as esquerdas, que sofreram violentamente com a ditadura e perderam muitos de seus quadros torturados, assassinados, banidos, acreditavam que a conquista do tri prestou um benefício enorme aos generais. Hoje, passado tanto tempo, eu pergunto: será que foi assim mesmo? Lembro-me de minha própria divisão no dia em que o Brasil ganhou o tri. Eu já era cronista de futebol do *Estado de Minas*, na época da rua Goiás. Metade de mim cantava e festejava, metade de mim chorava, porque eu também acreditava que o feito da Seleção Brasileira ia ajudar a ditadura militar.

Ajudou ou não ajudou?

Ajudou, pois era o tempo do chamado milagre brasileiro e a euforia das ruas contava ponto a favor do clima de ufanismo que a ditadura militar queria criar. Muita gente diz que o penta vai ajudar o governo FHC e, portanto, a seu candidato a presidente da República, José Serra, e atrapalhar a candidatura de Lula, o líder nas pesquisas. Eu penso que não. Hoje vivemos numa democracia e o povo brasileiro vai votar, não por causa do penta, mas segundo uma avaliação consciente.

Acabei me desviando do que estava escrevendo. Eu dizia que poucas vezes eu quis com tanto fervor que a Seleção Brasileira derrotasse um adversário, no caso, a Inglaterra. E olhem que a Inglaterra, que para mim é a pátria de Skakespeare e de Dickens, dos Beatles e dos Rolling Stones, sem esquecer que é o berço do Partido Trabalhista, é um país de minha simpatia. Os ingleses inventaram o futebol e esse detalhe também conta ponto a favor. E os ingleses (como narro em meu livro *O Cheiro de Deus*) moraram em Belo Horizonte e exerceram uma grande influência em nossos costumes, como o culto aos fantasmas e deixaram uma palavra na maneira mineira de falar o nosso "uai", o "porquê" deles.

Mas futebol é futebol e eu estou, como cronista, particularmente engajado com a Seleção Brasileira, principalmente por causa de Ronaldinho, em cuja recuperação apostei. Contam os outros jogadores também, incluindo, claro, Gilberto Silva e Edílson. E eu sou brasileiro. Ainda: Inglaterra é um adversário forte demais e vencer (ter vencido) o time de Beckham é carimbar o passaporte para o penta.

Estado de Minas

CARTA PARA A MOÇA FANTASMA DA RUA DO OURO

Moça: em nome das ovelhas negras da família; dos poetas desempregados que escrevem poemas nos ombros nus das mulheres, à falta de papel. Em nome dos amantes clandestinos, das loucas de rua que conversam com as andorinhas e pedem notícias de Roma; em nome dos humilhados e ofendidos, dos proletários, do mundo, dos negros, brancos, amarelos, vermelhos. Em nome do homem faminto que olha para a lua e pensa que é um queijo-de-minas e sonha com o dia em que os queijos e a esperança e o amor serão repartidos com os pobres filhos de Deus. Em nome da moça que usava um vestido florido e pulou do 8º andar e se arrependeu na hora e quis agarrar o ar com as mãos. Em nome de tudo que em Minas é inconfidência, *libertas quae sera tamen*, e uma rebelião em curso – hoje dirijo-me a você para dizer:

– Seja bem-vinda, Moça Fantasma da Rua do Ouro!

Não sei, moça, se os fantasmas lêem os jornais e, muito menos, se lêem um pobre escrevinhador de quimeras, acostumado a remar contra o vento. De qualquer forma, moça, como nos tempos de nossos avós vindos do interior, desejo que estas mal traçadas linhas a encontrem gozando saúde e paz. Ah, moça, às vezes, nós, os viventes, invejamos a paz dos mortos: Pois os mortos não pagam IPTU, IPVA, ISS nem perdem tempo pensando nas ciladas e armadilhas do leão do Imposto de Renda.

Qualquer dia, moça, vamos ter que pagar pelo ar que respiramos, pelo sol, pela lua, pelo brilho das estrelas e até mesmo (que o estimado prefeito Célio de Castro não queira mal a este rabiscador) teremos que pagar pelos sonhos que abrigamos no peito como um passageiro clandestino no porão de um navio.

Perdoe, moça, se estou fugindo, tal qual um pássaro extraviado, do objetivo desta missiva. Eu só queria dizer que, no momento em que a cidade dorme e, depois das doze badaladas da meia-noite, você aparece andando na rua do Ouro, provocando febre e arrepios, com seu esvoaçante vestido branco e um "band-aid" no calcanhar, o sonho triunfa na nossa cidade como o pão triunfando sobre a fome e a água triunfando sobre a sede.

Ah, moça, de que você é feita?

Acaso é feita de nuvem, de febre, do delírio da meia-noite?

Gosto de vê-la de longe, fumando um cigarro com piteira, esperando debaixo de uma árvore da rua do Ouro como se esperasse o namorado, o noivo, o amante, o marido de quando você era viva. Já a olhei com a ajuda do binóculo, devo confessar. Vi, ao alcance das mãos, seu belo vulto branco, mas doeu em mim seu ar triste e uma cicatriz no pulso esquerdo. Dizem, na rua do Ouro e adjacências, que você cortou o pulso por desgosto, desde que o noivo a deixou no altar (daí que seu vestido parece vestido de noiva) e trocou por uma sua prima. Dizem que você voltou para se vingar de todas as primas.

Ou será que é apenas um boato, moça?

Fico pensando que você (tão nova, mal passa dos 23 anos) voltou para matar saudade da rua que ama. Para recordar, debaixo de uma árvore na rua do Ouro, o tempo feliz de quando era viva. Certas noites, moça, você canta. Com sua voz rouca, você canta velhos sucessos do carnaval e eu a imagino dançando no baile do marinheiro no Iate, no Automóvel Clube ou no velho DCE.

Qual é a sua, moça?

Estado de Minas

PS – Fico esperando uma resposta por *e-mail*, na esperança de que as moças fantasmas já tenham descoberto a internet. Dê notícias, moça.

O HOMEM QUE CHORA

Não sei cozinhar.
Não sei andar a cavalo.
Não sei cantar.
Não sei dirigir automóvel.
Não sei andar de moto.
Mas sei chorar.
(Parêntese necessário: neste ponto, alguém dirá: homem que é homem não chora. Ora, nasci e fui criado no Vale do Rio Doce. Cresci ouvindo: homem que é homem não chora.
Quanto conflito eu tive por isso! Tantas vezes chorei por um nada e por coisas sérias, que duvidei de minha condição masculina.
Chorei porque caí do cavalo.
Chorei quando entrei num trem de ferro e o apito avisou que eu ia partir.
Chorei de saudade.
Chorei porque vi minha mãe chorar.
Chorei de amor.
Chorei de tristeza.
Chorei de solidão.
Chorei quando perdi o primeiro amor e quando perdi o último amor.

Chorei quando perdi entes queridos.

Sou um especialista em pranto: choro no cinema, choro vendo telenovela, choro lendo jornal. Sou um homem que chora.)

Também fico pensando que não faltará quem pergunte:

— Para que serve um homem que chora?

Creio que o pranto tem muita serventia no mundo em que vivemos. Há razões para rir e cantar e dançar e festejar no mundo em que vivemos. Mas razões para chorar existem e não são poucas. Imagino, no entanto, que os leitores e as leitoras, por certo, achariam melhor se eu escrevesse, depois das coisas que não sei fazer:

— Mas eu sei sorrir.

(Segundo parêntese: sou um tímido, disfarçado, mas sou. E minha timidez maior é para sorrir. A mim me aborrecem os fotógrafos de jornais e revistas e os câmeras da televisão, quando ordenam:

— Sorria, você está muito sério!

Mas por que tenho que sorrir nas fotografias?

— Por que tenho que sorrir na televisão?

Com a máquina nas mãos, nossos queridos fotógrafos são ditadores. Eles dão ordens do tipo: sorria, suba um pouco o ombro esquerdo, vira a cabeça para a direita. Etc. etc. etc. E, diante dos fotógrafos, ficamos inseguros e indefesos. Imagino que, a qualquer hora, eles vão dizer:

— Faça um ar de Robert Redford!

— Sorria como Tom Cruise!

— Faça um ar de Antonio Banderas ou de Antonio Fagundes.

Oh, que saudade que eu tenho dos lambe-lambes de outrora quando cheguei a Belo Horizonte vindo do interior e era um rapaz puro e simples. Tão puro e tão simples que ia ao Parque Municipal tirar retratos com os lambe-lambes. Eu era tão inocente, que acreditava quando eles diziam:

– Olha o passarinho!
Fecho o parêntese e prossigo.)

A maior humilhação de minha vida aconteceu quando, depois de morar em Araxá, voltei aos 8 anos de idade ao Vale do Rio Doce. Obrigaram-me a montar num cavalo. Obrigaram-me a ir a uma fazenda onde eu não queria ir. Uma tarde, em Sant'Ana dos Ferros, montei, como eu disse, obrigado, num cavalo, e ele entrou por uma casa adentro comigo em cima. Eu sabia andar de bicicleta. Sabia andar de patins. Sabia patinar no gelo. Mas não sabia andar a cavalo. Durante vinte ou mais anos, diziam a meu respeito:

– Esse aí nunca vai dar em nada na vida, pois não sabe montar a cavalo!

Se eu soubesse cozinhar.

Se soubesse andar a cavalo.

Se soubesse cantar.

Se soubesse dirigir carro e andar de moto – certamente, eu não saberia chorar. Mas a minha capacidade de chorar é, creiam em mim, minha maior virtude. Choro por meninos africanos que morrem de fome. Choro pelos meninos brasileiros obrigados a se tornar assaltantes. Choro pelas moças suicidas. Choro pelas prostitutas que ficam nas vitrines, oferecendo-se desnudas, na rua Vermelha, em Amsterdã. E quando eu vejo, em vídeo ou cinema, filmes de Carlitos e de Oscarito e Grande Otelo, eu rio tanto que acabo chorando. O choro é minha ideologia!

Hoje em Dia

MAMÃE, EU SOU SEQÜESTRÁVEL

Bela moça chamada Carla, formada em jornalismo pela PUC de São Paulo, portadora de olhos verdes, entrevistava este escrevinhador, quando lançou a pergunta:
– Você se considera seqüestrável?
– Me considero o que, moça? – estranhei.
– Seqüestrável – ela repetiu com a voz rouca e logo sentenciou: – Pois eu acho que, depois do sucesso de *Hilda Furacão*, você entrou para a seleta lista dos seqüestráveis.
Ah, meus irmãos e minhas irmãs, o que vocês diriam, em meu lugar? Quanto a mim, tomei o maior susto deste mundo. Fosse em anos mais inocentes, como bem o sabem Cyro Siqueira e Anna Marina, eu me sentiria cheio de vaidade. Pegaria o telefone e diria orgulhoso:
– Mamãe, uma comunicóloga da PUC disse que eu sou seqüestrável.
Mas, que pena, minha mãe, a Dona Ricarda, já não pertence mais a este mundo. E seu pobre filho sabe o risco que é ser considerado rico num país como o Brasil. Pior ainda: ser considerado rico sem que a conta bancária honre essa falsa impressão. O que sou, na verdade, é um novo pobre. O que vem a ser? Respondo: é um pobre que muita gente, por falsos cálculos, julga rico.

Voltemos à bela moça que me colocou na seleta lista dos seqüestráveis. No que ela fez a afirmação, gravada em fita, eu quase dei uma de *superstar* e tomei a gravação. Mas não. Sou um democrata e, como não sou um *superstar*, nem muito menos um seqüestrável, apenas falei um lugar-comum, que os lugares-comuns nos salvam em certas situações:

– Você está redondamente enganada, moça. Antes eu fosse um seqüestrável.

– Mas, para mim – teimou a bela –, você é um seqüestrável.

E agora, leitores e leitoras: o que vocês fariam? Olhei para a moça. Vi seus belos olhos verdes, combinando com a cor morena, uns olhos rasgados. Vi seus cabelos negros. Vi seu vulto cheio de festa, um vulto de mulher que nos deixa pensando (será que já escrevi isso?) que o nosso país tem jeito, vai dar certo. Encarei-a, criando um suspense, e disse, como só um mineiro, que sou com muita honra, pode dizer:

– Vamos deixar isso, moça, para os seqüestradores decidirem?...

– Pode ser – concordou a moça, para meu alívio, e mudou de assunto.

Pois é, confio no tirocínio dos seqüestradores. Confio tanto, que contei a Carla, que me honra lendo tudo que escrevo, uma história real, que agora passo a vocês. E se alguém duvidar da veracidade dos fatos, pode checar nas rodas de escritores, perguntem a Carlos Herculano Lopes, a Zé Afrânio Moreira Duarte, Jorge Fernando dos Santos, a Antenor Pimenta e outros mais, que eles vão dizer: é a pura verdade. Aconteceu que um executivo, dublê de escritor, como diriam os cronistas de outrora, estacionou seu carro num início de noite na Savassi, junto a um edifício, e foi deitar-se, no oitavo andar, no divã de um analista, que os divãs ainda existem.

Quarenta e cinco minutos depois, que os analistas são pontuais, principalmente na hora do cliente sair, nosso herói entrou no carro e dois homens armados o renderam. Rodaram duas horas cheias de pânico e medo pela cidade. Nosso herói não tinha dinheiro, nem cartões, nem cheques. Nervosos (esqueci de dizer que já era noite), os dois assaltantes, empunhando seus revólveres, perguntaram a uma só voz:

– O que você faz na vida, cara?

– Sou escritor – respondeu o herói.

– Escritor? – e os assaltantes trocaram olhares decepcionados e encararam, cheios de pena, o herói – Por que você não falou antes? Pode ir embora – disseram e saltaram do carro e ainda gritaram:

– Desculpe o mau jeito, cara!

Estado de Minas

EM DEFESA DOS *GAYS*

E se tivessem proibido de nascer o francês Marcel Proust, gênio da literatura, por ser *gay*?

E se tivessem proibido de nascer o norte-americano Leonard Bernstein, gênio da música, por ser *gay*?

E se tivessem proibido de nascer o russo Nureyev, mago da dança, por ser *gay*?

O mundo ficaria mais pobre.

O mundo ficaria mais feio.

O mundo ficaria mais triste.

E, principalmente, o mundo ficaria mais injusto e se aproximaria do ideal genético sonhado por Hitler e os nazistas alemães.

Já não basta discriminar os *gays* pobres e anônimos, já que os *gays* ricos e famosos são aceitos?

Já não basta querer criar uma espécie de prisão, feita com as grades da discriminação e do preconceito, contra os *gays* de um modo geral?

Já não basta essa espécie de novo racismo contra os *gays*?

Já não basta?

O que o geneticista norte-americano James Watson propõe (dar à mãe o direito de abortar quando descobrir que o filho que vai nascer será um *gay*) é tão monstruoso, é tão brutal, é tão criminoso, que é difícil de acreditar.

É tão brutal, tão monstruoso, tão criminoso e tão ofensivo ao que a humanidade tem de honesto, que recorda Hitler e as experiências que o sinistro dr. Joseph Mengele fazia com os judeus e outros prisioneiros dos campos de concentração nazista.

Como deram o Prêmio Nobel de Medicina a um cientista assim como o dr. James Watson?

É preciso, é urgente, entender de uma vez para sempre (e quem escreve é alguém que fez uma opção sexual e existencial diferente dos *gays*), é preciso entender, repito e insisto, que os *gays* fazem parte, desde sempre, da cultura humanística de nossa civilização.

Há uma contribuição *gay* em todos os setores da vida moderna.

O mundo não seria o mesmo sem os *gays*.

A literatura não seria a mesma.

A música popular e erudita não seria a mesma.

A moda feminina não seria a mesma sem os costureiros *gays*.

A elegância não seria a mesma.

O rádio, a televisão e o cinema não seriam os mesmos.

O mundo (saiba o dr. James Watson e todos os que pensam como ele) tem uma grande dívida com os *gays*. Porque os *gays* embelezaram o mundo, tal qual fizeram outros segmentos discriminados.

Assim como o mundo tem uma dívida com os judeus.

Assim como o mundo tem uma dívida com os negros.

Assim como o mundo tem uma dívida com os latinos-americanos.

Assim também o mundo tem uma dívida com os *gays*.

Mas se não houvesse uma dívida. Se não houvesse uma gratidão. Se houvesse apenas o direito que cada um tem de fazer suas escolhas, em todos os sentidos. Se fosse apenas isso, teríamos que protestar contra esse nazismo fantasiado de ciência defendido pelo dr. James Watson.

Os *gays* do mundo foram ofendidos.

As mães do mundo e os pais do mundo foram ofendidos.

Mas todos nós, que cultivamos o humanismo, todos nós que recusamos qualquer espécie, simulada ou não, de nazismo e de fascismo, temos que gritar.

Que os *gays* do mundo gritem.

Gritem os *gays* de todo o planeta.

Abaixo todo o tipo de preconceito.

Qualquer pessoa que nasce, seja o que for, é uma criatura divina, merece respeito – rica ou pobre, famosa ou desconhecida, talentosa ou não.

A condição humana foi ofendida pelo dr. James Watson!

Recebam os *gays* do mundo esta crônica como uma flor.

Hoje em Dia

A MENINA DO
ARRANHA-CÉU

Aline tinha 12 anos e queria falar com Deus. Todos a conheciam como a menina do arranha-céu, pois Aline morava num edifício tão alto, debruçado sobre uma favela, que tinha a impressão de que, se ficasse na ponta dos pés, podia estender a mão e colher uma estrela para transformá-la num broche. Aline era uma menina cheia de vaidade, usava *piercing* no nariz, maquiava o rosto, vestia-se como uma mocinha, e não queria saber de namorados da mesma idade. Nas noites de lua, Aline tentava falar com Deus e gritava no alto da cobertura onde morava:

– Você está me ouvindo, Deus? Me arranja um namorado bonito como o galã da novela das oito.

– Jesus, Maria, José – ralhava a empregada Lulude, que veio do interior de Minas. – Isto são modos de falar com Deus, Aline?

– Deixa de ser tonta, Lulude – dizia Aline. – Deus é da minha tribo, sua boba.

– Vou contar pra sua mãe, Aline – ameaçava Lulude – que você está chamando Deus de índio.

Aline tinha uma luneta com a qual esperava ver Deus. Aline olhou a favela vizinha do arranha-céu com a luneta e viu, na porta de um barraco, uma menina de sua idade.

A menina era negra e soltava uma pipa. Aos poucos, Aline aprendeu a gostar da menina, sem conhecê-la. Durante a noite grupos rivais trocavam tiros na favela e Lulude fechava as janelas do apartamento no arranha-céu, com medo das balas perdidas. Aline perdia o sono, escutando o tiroteio, e pedia a Deus que nada acontecesse à menina da favela. Os soldados costumavam invadir a favela e o tiroteio aumentava nessas noites. Uma tarde, a menina da favela soltou uma pipa vermelha, onde estava escrita a palavra "PAZ", em letras grandes, e Aline gritou, com a voz mais alta que podia:

– Deus, toma conta da menina da favela!

Um dia, de tanto que tentou, Aline conseguiu falar com Deus.

– Tudo bem, Aline? – perguntou uma voz muito bonita vinda do céu.

– Tudo bem – respondeu Aline. – Quem é você?

– Eu sou Deus – disse a voz que vinha do céu. – Posso atender um pedido seu, Aline.

– É você mesmo, Deus? – festejou Aline. – Quero um namorado bonito como o Reinaldo Gianecchini.

– Pode aguardar, Aline – prometeu Deus.

Aline perdia o sono esperando a chegada do príncipe encantado. Virava na cama enquanto ouvia o tiroteio e sentia pena da menina da favela. Gostava tanto da menina que pediu ao pai que a levasse à favela, quando a guerra dos grupos rivais acabasse, só para conhecê-la. Uma noite, os soldados invadiram a favela e Aline sentiu medo e abraçou-se com o travesseiro. Os tiros eram tantos que Aline se lembrou do bombardeio de Bagdá, que viu na televisão, quando era mais novinha e dos combates entre palestinos e judeus na Faixa de Gaza. Ficou tão impressionada que chegou na janela e gritou em meio ao tiroteio:

– Está me ouvindo, Deus?

– Estou, Aline – respondeu Deus.

– Queria mudar meu pedido, Deus – gritou Aline. – Em vez de mandar o Reinaldo Gianecchini, queria que Deus protegesse a menina da favela.

De repente, como se Deus não estivesse gostando do tiroteio entre os soldados e os grupos rivais na favela, relâmpagos clarearam o céu e a chuva caiu. Até um ponto que a fúria de Deus calou as metralhadoras e os fuzis e Aline ouviu a voz de uma menina que cantava na favela. Cantava uma canção linda, nunca antes ouvida por Aline, como se fosse um anjo cantando. Um anjo negro disfarçado numa menina da favela vizinha do arranha-céu onde mora Aline que conversa com Deus.

Estado de Minas

EM FORMA DE CANÇÃO

*E*m nome dos teus poetas bêbados e desempregados, dos teus cães famintos que latem para a lua como se fosse um queijo-de-minas.
Em nome dos teus loucos, dos gatos das tuas ruas, da tua infância amparada e desamparada.
Em nome das tuas mulheres amadas e mal-amadas, em nome dos teus candidatos a suicidas, dos teus ricos e dos teus pobres.
Em nome dos proletários, em nome dos teus humilhados e ofendidos, dos que sempre engoliram sapo e ainda assim te amam.
Em nome dos teus bares, em nome dos que fazem dos bares os lares, em nome do seresteiro e do festeiro, dos solitários e dos aflitos.
Em nome dos que fogem da polícia, dos que dormem debaixo dos teus viadutos, em nome dos teus cegos e dos teus mudos e dos teus surdos.
Em nome do pai e do filho, da mãe e da filha, em nome dos que sempre resistiram, dos que se recusaram a dizer sim, em nome dos teus rebeldes, sem causa ou com causa, dos teus marginais, dos teus filhos colocados na lista negra.
Em nome dos inquietos.

Em nome dos que acreditam no dia de amanhã.

Em nome dos teus cantores, famosos e anônimos.

Em nome dos teus barracos que temem a chuva e dos teus palacetes, dos teus edifícios que arranham o céu, das tuas casas mal-assombradas e das casas sombreadas.

Em nome dos teus velhos e dos teus jovens.

Em nome das mulheres que enfeitam tuas ruas e enfeitiçam nossos corações.

Em nome do sol e da chuva, da lua e das estrelas.

Em nome dos que sonham com um mar para te dar como presente de aniversário.

Em nome do que é *gauche* e se orgulha de ser *gauche*.

Em nome das minorias de outrora, que hoje são maiorias.

Em nome de todos os teus filhos legítimos ou adotivos, eu hoje te saúdo, cidade dos horizontes belos, quando chegas aos 92 anos. Ah, como hoje, dia 12 de dezembro de 1989, nos orgulhamos de ti, cidade!

Em outros tempos, menos alegres, eras a cidade em que testavam a aceitação do mais novo dentifrício, do mais novo desodorante, do mais novo sabonete, do mais novo detergente ou sabão em pó.

Se tu, cidade amada, decidias sorrir Kolynos, era sinal que todo o Brasil te acompanharia no mesmo sorriso.

Eras a cidade-teste do Brasil, para o bem e para o mal, e ganhaste a fama, cidade, fama que hoje tu estás desmentindo para nosso orgulho e alegria, de seres o templo do anteontem das coisas.

Daqui partia o sim para os ditadores, ainda que os teus estudantes sempre lutassem contra as ordens dos ditadores.

Daqui partia o sim para que os inimigos da liberdade, dizendo agir em defesa da liberdade, sacrificassem a liberdade.

Ah, Belo Horizonte, quantas infâmias cometeram em teu nome!

Quantos dentifrícios, quantos desodorantes, quantos demagogos, quantos ditadores reinaram em teu nome!

Mas hoje, Belo Horizonte, jovem é o sangue da tua veia, rebelde é a canção que canta no teu peito.

Que estás sonhando, hoje, cidade?

Que sonho colocas no lugar do pesadelo?

Cidade amada, cidade idolatrada: o teste que hoje respondes é bem diferente do azul com clorofila, do algo mais dos aditivos, da brancura mais branca dos sabões em pó. Hoje, cidade, altiva e altaneira, tu estás gritando que passou pelo teu teste, que foi aprovado um sonho que agora empolga as multidões. Das tuas ruas embandeiradas, das tuas praças que novamente são do povo, cresce um grito em forma de canção, a canção de um Brasil mais justo, mais humano, mais livre em que ninguém terá medo de ser feliz.

Hoje, cidade amada, cidade rebelde, és a bandeira da vitória de um sonho que demorou, mas chegou.

Hoje em Dia

ORAÇÃO PARA UMA MOÇA DE MINAS

Senhor Deus da esperança nossa, calai os gritos de gol e as canções que eu canto, mas olhai, Senhor, pela moça de Minas que está com Aids que a moça de Minas sabe que tem os dias contados.

As borboletas continuarão a voar.
As bailarinas, seguindo suas sinas, continuarão a dançar.
Os ipês amarelos continuarão a florir.
Os amantes continuarão a sorrir.
Mas a moça de Minas que está com Aids, Senhor, não estará aqui para ver.

As manchetes dos jornais, que a moça de Minas ajudava a fazer, dirão que os jovens do mundo farão uma passeata pela paz.

Falarão que judeus e palestinos trocaram beijos e abraços.

Dirão que um cientista, talvez louco, descobriu na Amazônia uma rosa rubra como a aurora que há de vir e a que a simples olhar todos serão felizes, contemplando a rosa vermelha.

Tudo acontecerá, Senhor, mas a moça de Minas que está com Aids não estará aqui para ver.

Senhor Deus da esperança nossa, aumentai minhas perdas e meus danos (e também meus desenganos), mas

zelai pela moça de Minas que está com Aids que a moça de Minas que está com Aids sabe que tem os dias contados.
Os namorados vão passear de mãos dadas.
Os seresteiros voltarão a cantar.
Novos poemas serão feitos (e alguns amores desfeitos).
Um cientista, talvez louco, dirá que pode fazer o mar beijar as praias de Minas.
Alguém sonhará com o mar na avenida Afonso Pena e os navios passando ao longe.
Um amante abandonado ficará a ver navios nos mares de Minas.
O ato de viver continuará a acontecer, Senhor, mas a moça de Minas que está com Aids não estará aqui para ver.
As manchetes dos jornais, que a moça de Minas ajudava a fazer, dirão que não há mais humilhados e ofendidos no mundo.
Dirão que os deserdados da terra agora plantam trigo nos verdes campos do Senhor, mas a moça de Minas não estará aqui para ver.
Senhor Deus da esperança nossa, exilai as amadas na China ou na Cochinchina, deixai que eu viva exilado numa ilha deserta onde todos os aviões que passam no céu parecem estar indo para Minas.
Condenai-me à solidão, Senhor, mas cuidai da moça de Minas que está com Aids que a moça de Minas que está com Aids, antes de partir, quer viver coisas muito simples.
Quer andar descalça na chuva na rua Pernambuco como em seu tempo de criança.
Quer amar e ser amada como no tempo da bonança.
Quer ir no alto da avenida Afonso Pena e ver as luzes se acendendo no anoitecer em Belo Horizonte.
Quer falar uai, um trem, eta trem bom, porque a moça de Minas descobriu, agora que tem os dias contados, que ser mineiro é mais, muito mais, do que dar um boi pra

entrar numa briga e uma boiada pra não sair: ser mineiro é sonhar o impossível.

Ser mineiro é acreditar no triunfo da vida.

Senhor Deus da esperança nossa, condenai-me a pão e a água, mas cuidai, Senhor, para que a moça de Minas que está com Aids ganhe muitos anos de vida, amém.

Estado de Minas

ANTI-HISTÓRIA DE AMOR

*E*ra linda... mas gorda, muito gorda, pesava 120 quilos. Ao vê-la, nos seus 17 anos, todos diziam:
— Se não fosse tão gorda, seria Miss Brasil!
Não, não pensem que o mal dela fosse orgânico, algum problema com as glândulas. Nada disso. Nem pensem que tomava cortisona, ou esta ou aquela droga, para isso e para aquilo. O mal dela era o amor pelo pão de queijo que a vó, vinda do interior de Minas para Belo Horizonte, fazia com mãos de fada.
— Mas para comer tanto — sentenciavam as vizinhas — tem que ter algum problema que só Freud explica...
Ela fazia de tudo para emagrecer. Procurou os Vigilantes do Peso. Esteve num *spa*. Andou pelos consultórios dos melhores especialistas. Seguiu religiosamente a receita da sopa. E nada. A mãe, brava mulher vinda do Vale do Mucuri, recorreu ao Menino Jesus de Praga, pediu que ajudasse a filha, tão linda e tão gorda.
Vocês não podem imaginar os dissabores de uma gorda!
Antes de mais nada, a gordura espalha-se por toda a família, e no caso de nossa moça gorda (e esta história é chaplineana, tem não sei o que de filme de Carlitos), em casa todos pareciam pesar 120 quilos. Fora vexames e

desconfortos. A vez em que ficou presa na poltrona do cinema por exemplo. Já não caber no carro da família, outro exemplo.

Tudo parecia um drama sem fim, quando, um belo dia, como nos contos de fada, a gorda de nossa história conheceu seu príncipe encantado. Que era, além de um belo rapaz, formado em Educação Física – e, vendo-a, com o rosto de *miss*, prometeu – e esta foi sua primeira jura de amor:

– Vou fazer você emagrecer 54 quilos!

Foi um trabalho de amor, lento, paciente, indo e vindo. Consistia numa mudança alimentar, não propriamente num regime, reduzindo o que a fazia ficar tão gorda. E o apaixonado foi dosando caminhadas, aos poucos, que de tão gorda que era, no início, não conseguia nem fazer caminhadas.

Em seis meses, a gorda de nossa história perdeu dez quilos.

Em um ano, perdeu um total de 25 quilos.

E foi perdendo – e ganhando alegria, ganhando vontade, ganhando entusiasmo, sob as ordens do príncipe encantado que a ela se dedicava com amor.

Em dois anos (mas que são dois anos na vida dos gordos e dos apaixonados?) a gorda de nossa história estava com 80 quilos.

Em dois anos e seis meses chegou aos sonhados 64 quilos, e como dosava a perda de peso com ginástica e caminhadas, chegou a festa dos 20 anos e todos diziam:

– Ela só não é Miss Brasil nem estrela de novela porque não quer.

É aí que Carlitos entra em nossa história.

Lembram-se daquele filme, *Luzes da Cidade*, em que Carlitos ajuda a moça cega a recuperar a visão?

Pois, exatamente na festa dos 20 anos de nossa ex-gorda, num dos clubes mais tradicionais da cidade, quem era a mulher mais bonita? Exatamente ela, a ex-gorda. E quando a orquestra de Durval Guimarães (este detalhe eu posso contar) tocou uma valsa, um primo da ex-gorda tirou-a para dançar. E dançaram e dançaram e dançaram. No fim da festa, a ex-gorda disse ao namorado, que a fez perder 54 quilos:

– Você vai me perdoar, mas eu estou gostando de outro...

Três meses depois ficou noiva. Um ano depois a ex-gorda se casou com o primo... e começou a engordar como antes. Em pouco tempo, três meses após o casamento, já estava com 85 quilos. Desesperada, procurou o ex-namorado, formado em Educação Física:

– Me ajuda, pelo amor de Deus!

Se fosse o personagem de Charles Chaplin, o imortal Carlitos, é bem possível que ele ajudasse a ex-amada. Mas o nosso professor de Educação Física não tinha nenhuma vocação chaplinesca ou chapliniana. Tanto que se casou com a prima da ex-gorda, uma falsa magra que, quando criança, tinha o apelido de Olívia Palito. E mudou-se para Miami com ela, onde os dois estão ficando ricos numa academia que abriram e que ensina a milionários norte-americanos e cubanos, e até mesmo a brasileiros, a arte de emagrecer.

Hoje em Dia

PS – E a gorda de nossa história? Perdoem este escrevinhador de quimeras, mas voltou a pesar 120 quilos... e foi abandonada pelo marido, que a trocou por uma magra, pois amor de primo é traiçoeiro, prefere as magras. Quando contei esta história ao diretor de teatro Marcelo Andrade, ele disse: – bem feito!

O MISTÉRIO DA MARINHEIRA NUM BAILE DE CARNAVAL

*P*uxou uma cadeira junto à mesa do bar onde eu bebia um chope com Ricardo Galuppo e Ádria Castro, e perguntou:

— Posso te contar uma história de carnaval que dá uma crônica que ninguém nunca escreveu no Brasil?

— Pode — respondi, e o encarei. Era um homem de mais de 50 anos, bem-vestido, aparência de executivo. As rugas vizinhas dos olhos, no entanto, denunciavam alguém que já esteve no exílio. Não sei se vocês sabem, mas o exílio deixa marcas, e quem duvidar que observe, por exemplo, um ex-exilado, o deputado e jornalista Fernando Gabeira, *persona grata* a meu coração de amigo. Quando Gabeira ri, aparecem as rugas do exílio, perto dos olhos.

Depois de pedir um chope, ele começou a contar a história de carnaval:

— Na época da ditadura militar no Brasil, eu vivia clandestinamente, com nome trocado, em Belo Horizonte. Estava aguardando a melhor época de ir para o exílio. Sabia que, se continuasse no Brasil, fosse onde fosse, pois estava comprometido com a luta armada, a qualquer hora a repressão ia pôr as mãos em mim...

Parou para tomar o chope, depois continuou:

– Eu era ligado ao PC do B e ajudava a guerrilha do Araguaia. Você não está lembrado de mim, mas uma vez eu o procurei e você contribuiu com roupas e botinas para os guerrilheiros. Mas vamos ao que eu quero contar. Chegou o carnaval de 1973. Até eu pensei: vai ser o meu último carnaval no Brasil, antes de ir pro exílio ou me acontecer o pior. Foi me dando uma coisa. Uma saudade de meu primeiro carnaval no DCE. E eu decidi: vou pôr uma máscara e pular as noites todas no DCE...

Acabou com o chope de um gole – pediu outro ao garçom e seguiu falando:

– Com um boné de marinheiro e uma máscara, lá fui eu brincar no DCE. Na primeira noite, o baile de domingo de carnaval, eu fiquei doido por uma marinheira que pulava perto de mim. Era morena, os cabelos pretos muito lisos, as sobrancelhas fortes, e bonita como só Miss Brasil era antigamente. Tinha um ar de primeira namorada da gente. Mais que isso: tinha um ar de prima da gente. Na primeira noite, eu tentei de tudo para brincar com ela. Perdi meu tempo. Na segunda noite, lá estava ela, com a mesma fantasia de marinheira, que deixava ver as pernas morenas. Passei a noite atrás dela, e nada. Então chegou a terça-feira gorda. Eu já estava apaixonado pela marinheira...

Novamente virou o chope de uma golada, pediu outro, foi falando:

– O salão do DCE parecia uma nave espacial. Todo mundo cantando e dançando. Sabe aquele samba?, um que diz, "eu não sou água, pra me tratares assim, só na hora da sede, é que procuras por mim?". Pois quando tocou *A Fonte Secou*, a marinheira sorriu pra mim. Ficamos pulando, abraçados e trocando beijos, até o dia clarear. Era a quarta-feira de cinzas. Quando o baile acabou, deu uma pressa nela e marcamos um encontro para as seis da tarde em frente ao Cine Pathé...

Parou de falar, muito emocionado.

– Já sei – disse Ádria Castro, apoiada por Ricardo Galuppo – você foi ao encontro diante do Pathé e a marinheira te deu o bolo...

– Vai ouvindo, moça – ele foi falando. Eu fui ao encontro, mas quando cheguei diante do Cine Pathé, três agentes do Doi-Codi me deram voz de prisão. Fui em cana, fiquei três anos preso em São Paulo, depois fui pro exílio em Cuba, perseguido por uma pergunta que até hoje não me abandona: foi a marinheira quem me denunciou ao Doi-Codi? Como eu gostaria de saber, porque a vocês eu conto: aquela marinheira foi a mulher que eu mais amei na vida e eu ia ficar muito feliz se soubesse que não foi ela quem me entregou à polícia...

Estado de Minas

ONDE JESUS ESTÁ

É na água na hora da sede.
É no ombro do amigo.
É no abraço do pai.
É no riso da mãe quando vê o filho.
É no pão nosso de cada dia.
É no olhar da mulher amada.
É aí que Jesus está. Na hora em que você sofre e, no entanto, canta.
Na hora em que está tudo escuro e você vê uma luz no fim do túnel.
Na hora em que você cai e levanta.
Na hora em que você é traído, mas não trai ninguém.
Na hora do desespero.
Na hora do desemprego.
Na hora do cárcere.
Na solidão da prisão.
É aí que Jesus está.
É no coração do branco.
É no coração do preto (e do amarelo e do vermelho).
É no coração do judeu.
É no coração do árabe e do palestino.
É na rua Caetés.
É na Jordânia e na Cisjordânia.
É disfarçado de pássaro.

É no canto dos pássaros.
É quando a cotovia canta.
Quando o sabiá canta.
É quando um homem canta.
É aí que Jesus está.
É no medo e na coragem.
É na alegria e na dor.
É no amor e no desamor.
É no fim do desespero.
É aí que Jesus está, para nos alegrar, para nos dar coragem.
É na formiga.
É na abelha fazendo o mel.
É no beija-flor.
É no olhar dos gatos.
É na amizade do cão.
É aí que Jesus está.
Se você for traído.
Se for vendido.
Se for abandonado.
Se for perseguido.
Lembre-se: Jesus está com você.
Na hora do gol.
Na chuteira do artilheiro.
Na festa da torcida.
É aí que Jesus está.

Mas Jesus está também com o goleiro que leva o gol entre as pernas. Com o jogador que a torcida vaia. Com o reserva que o técnico deixa no banco. Com o regra-3 e seu desespero.

Jesus está com o craque esquecido.

Tome cuidado: o craque esquecido, que já não freqüenta as manchetes. Que já não tem o nome gritado pelas bocas dos estádios. O craque esquecido pode ser Jesus disfarçado para saber o que se passa no coração dos homens – o que passa no seu coração e no meu.

Jesus está no ar que respiramos.
Está nas festas e nas alegrias.
Na hora da dor é que Jesus está.

Mas é urgente aprender que Jesus está conosco também nos momentos de glória. Como a nos lembrar: que toda glória vem de Jesus. Que Jesus é a glória e sem Jesus nada somos. Sem Jesus ninguém é rei. Sem Jesus ninguém é rico.

Seja Jesus nossa canção, na Sexta-Feira da Paixão (ou não).
Jesus está no suor de quem trabalha.
Jesus está na aleluia.
Está na liberdade e na fraternidade.
Em tudo Jesus está.

Hoje em Dia

UM CORAÇÃO BOIADEIRO

*E*eehhh, boi, eeehhheeehhh!
Lá vou eu tocando boiada pelos sertões de Minas, e eeehhheeehhh, boi! Levo, em meu coração boiadeiro, saudades de ti, Ângela Gutierrez. Quando abril chegar e tu fores a Lisboa festejar a Revolução do Cravo, dedica um pensamento carinhoso a um pobre vaqueiro que toca boiada longe dos agitos do mundo. Coloca um cravo vermelho nos cabelos, Ângela, e recorda que, nos sertões de Minas, um boiadeiro canta *Gandola, Vila Morena*, enquanto segue boiada, eeehhhheeeehhh, boi, sonhando que um dia ele há de ser o seu próprio capitão de abril.

Eeehhh, boi, eeehhh. Lá vou eu, montado numa mula preta de sete palmos de altura, ai, ai, ai, com meu chapéu de couro à moda dos cabras de Lampião, enquanto sonho com Marias Bonitas. Adeus Savassi, adeus Alto Savassi, adeus rua Piauí e adjacências, adeus avenida Getúlio Vargas, adeus Inajá Figueiredo. Quando o verde dos teus olhos se espalhar na plantação, eu te asseguro, Inajá, eu voltarei. Adeus Ângela Kaminski, adeus Nelly Rosa, adeus Ádria Castro, adeus Juliana Safe, ave tão rara, tão matutina, tão vespertina, tão noturna. Adeus Adriana Branco, quando o Atlético fizer um gol, grita o gol por mim, abraça por mim, beija por mim, que estou tocando boiada nos sertões de Minas.

Eeehhh, boi, eeehhhheeehhh. Lá vou eu, com meu gibão de couro, pensando na hora que já não é do dia, nem é da noite, em São Sebastião do Rio de Janeiro. Lá vou eu, tocando meu berrante, e pensando em ti, Narcisa Tamborindeguy, domiciliada na avenida Atlântica. Quando tu estourares uma champanha na pérgula do Copacabana Palace, chama Glória Perez, Wolf Maya e Ana Paula Arósio, chama Danton Melo e Laura Mallin, à espera do primeiro filho, chama Thiago Lacerda, Rejane Guerra e pede a Nana Caymmi para cantar, junto de sua filha Stella, e, depois, Narcisa grita ao mundo:

– Vamos erguer um brinde a um escrevinhador de quimeras que largou tudo e hoje toca boiada nos sertões de Minas.

Ah, saibam todos: tenho bois e boiadas passando em meu coração altaneiro. Tive um avô baiano. Herdei dele uma vontade de pedir a palavra e discursar em homenagem ao vestido florido das mulheres. Por qualquer razão, estou dizendo:

– Minhas senhoras e meus senhores, neste momento solene...

Tive um avô mineiro pelo lado do pai, que tocava boiada, até ser dono de latifúndio. Herdei dele esta vontade de largar tudo e sair seguindo boiada, eeehhh boi, pelos sertões de Minas. Quando um dia, Ângelas e Narcisas, teus olhos me procurarem às terças-feiras no caderno EM Cultura, ambas hão de encontrar um espaço em branco e um recado, assinado pelo editor João Paulo, filho de Lauzinho, com a concordância de Josemar Gimenez Resende, nosso diretor de redação:

– Sentimos muito, mas o outrora acima assinado largou tudo e está seguindo boiada nos sertões de Minas...

Estado de Minas

VAI COM DEUS, CARLOS

– Alô, é a Clarice?
– É.
– Sabe quem está falando, Clarice?
– Não.
– Nem suspeita, Clarice?
– Para ser sincera, não.
– É o Carlos, Clarice.
– Seu tolo, você acha que alguma vez ia me telefonar e eu não ia saber que é você, Carlos? Mas o que aconteceu, Carlos, para você me telefonar?
– É que eu estou indo para Nova York, Clarice.
– Está indo a Nova York ou para Nova York?
– Você não perde a mania de melhor aluna de português, hein, Clarice?
– É que eu quero saber, Carlos, se você vai a Nova York passar uns dias e voltar ou se vai para ficar.
– Eu vou. Não sei se volto, Clarice.
– Então você vai para Nova York...
– Não é bem isso, Clarice.
– É o que, então, Carlos?
– É que eu fui a uma vidente...
– Foi a uma vidente, Carlos?
– Fui... e sabe o que ela disse?
– O quê?

– Que há uma chance de 99% do avião cair.
– Ela falou isso?
– Ela olhou na bola de cristal e falou.
– E mesmo assim você vai viajar, Carlos?
– Vou.
– Está bem. Você me telefonou para dizer adeus.
– Não, Clarice. Quando a vidente disse que o avião em que eu vou para Nova York vai cair, eu tomei uma série de decisões...
– Pera lá, Carlos, que vidente é essa, afinal?
– É uma vidente de Santa Teresa, Clarice, e as videntes de Santa Teresa têm fama de jamais errar.
– É mesmo?
– É a pura verdade. Esta vidente que eu procurei previu a queda do Collor, a eleição do Fernando Henrique e foi a primeira a anunciar, antes mesmo dos cronistas esportivos, que o Ronaldinho ia ser o maior jogador do mundo...
– Está bem, Carlos. Está bem. Quais as resoluções que você tomou?
– Uma porção. A primeira coisa que fiz foi procurar todos os tamanduás de minha vida...
– Tamanduás, Carlos?
– É, Clarice. Aqueles que nos dão abraços de tamanduás, falei com eles tudo que eu precisava dizer. Depois procurei um bando que se diverte em falar mal de mim pelas costas. E disse a eles tudo que penso deles...
– Um momento, Carlos, para fazer isso, não é preciso a vidente falar que o avião vai cair, não. É uma questão de higiene mental, Carlos...
– Mas eu sou assim, Clarice. Eu demoro muito a tomar uma decisão. Eu sou do Vale do Rio Doce e lá nós somos assim.
– Está bem, Carlos. Quais as outras decisões que você tomou?

– Procurei todos que me fizeram engolir sapo alguma vez na vida e disse cobras e lagartos a eles...

– Uma pessoa como você, Carlos, hora nenhuma precisava engolir sapos nem levar desaforos para casa. Seu mal, Carlos, é não ter se casado comigo... mas o que mais você decidiu, Carlos?

– Tem uma parte ligada a você, Clarice.

– A mim?

– É.

– Então diga, Carlos.

– Como o avião vai mesmo cair, Clarice, eu queria dizer a você que você é a única mulher que eu amei na vida. Queria dizer que é a única verdade de minha vida, Clarice. Agora que eu sei que o avião vai cair antes de chegar a Nova York eu queria que você soubesse o quanto te amo.

– Mas não é possível, Carlos! Só agora que o avião vai cair que você vem me dizer isso?

– Desculpe, Clarice.

– Está bem, Carlos. Eu também te amo mais do que amo a própria vida. Vamos fazer o seguinte: se o avião não cair, eu vou encontrar você em Nova York, Carlos.

– Jura, Clarice?

– Juro, Carlos.

– Então adeus, Clarice.

Hoje em Dia

LEMBRANÇAS DE UMA NOITE EM QUE ACONTECEU UM APAGÃO

Aí estão Paulo Lott, homem forte do governo Célio de Castro, e Márcio Prado, cronista de fina estampa, que não me deixam mentir. Aconteceu que, em nossos verdes anos em São Miguel y Almas de Guanhães, nos foi dado testemunhar eventos dignos de nota e que muito deram o que falar. Quando, mais tarde, o Brasil se curvou, entre encantado e embevecido, diante da invenção da tabelinha, atribuída a Pelé e Coutinho, nos áureos tempos do Santos, eu disse a João Saldanha, comentarista emérito e meu companheiro de militâncias clandestinas no Partidão:

– A tabelinha é minha velha conhecida, Saldanha. Eu a vi surgir no campo de terra batida, nos pés de Zezé Caldeira e de Amaro, lá em São Miguel y Almas de Guanhães.

Relatei a Saldanha, e hoje recordo, que a tabelinha foi batizada pelo saudoso João Vigia, cujo restaurante era o quartel-general do futebol, como "toma lá, dá cá". E Zezé Caldeira e Amaro inventaram também o corta-luz. Jogavam por mágica, enquanto Rivadavia, pai de Juarez e de Celso Moreira, fechava o gol, e Lafaiete, Cinireu, o Bigode de Arame, e o Frederiquinho recriavam a invenção dos ingleses. Mas não pensem que esta é uma crônica de futebol que se extraviou e veio parar no EM Cultura. Não. Quis o destino que São Miguel y Almas de Guanhães lançasse também o apagão, cuja chegada vem tirando o sono de todos nós, no Brasil de FHC.

– O apagão – dizia na época o vigário, o Padre José Corrêa – é coisa de Satanás.

Mas para nós, não, o apagão, que às vezes durava sete noites seguidas, era uma obra dos anjos da alegria. Pois que a cidade se transfigurava em meio à escuridão. De repente, por obra e graça do apagão, todos os sonhos eram livres e permitidos.

No escuro, os feios sentiam-se galãs como Tyrone Power e as feias julgavam-se novas versões de Ingrid Bergman e de Ava Gardner. Ah, e os belos e as belas, que também os havia à mancheia, julgavam-se deuses e deusas. Os tímidos se encorajavam. Quem passou por timidez dois anos tentando dizer a jovem donzela, vinda de Belo Horizonte, prima do Helvécio, do Ortiz e de seu irmão Helito, uma simples frase (eu te amo), declarava-se sem pudor. Todos os amores, inocentes ou proibidos, eram permitidos. E, em vez dos tiros das tocaias, que anunciavam os mortos que íamos descobrir no outro dia pela manhã, as noites de São Miguel y Almas eram povoadas pelas serestas.

O saltitante sacristão Zé Didim, que Guilherme Karam interpretou antologicamente na minissérie *Hilda Furacão*, exultava. Cabia a Zé Didim, sempre vestido de branco, organizar a fila dos pecadores, que iam se confessar com Padre José Corrêa. Certa manhã, este escrevinhador de quimeras, que andava pelos 13 anos, via Zé Didim organizando a fila dos pecadores, quando o dito cujo disse:

– Roberto do dr. Francis: faça o favor de entrar na fila dos pecadores.

E como eu não me mostrasse disposto a obedecê-lo, Zé Didim ameaçou:

— Eu sei tudo, Roberto: vem pedir perdão a Deus, senão eu ponho a boca no mundo!

Não tive outra alternativa. Entrei na fila dos pecadores, que dava volta em torno da igreja matriz, e quando chegou minha vez, confessei a Padre José Corrêa que, na noite da véspera, fiz parte do grupo de seresteiros que foi cantar na zona, debaixo da janela da Filhinha, a mariposa mais cultuada na noite boêmia da cidade. E que, tendo cantado *Chão de Estrelas*, foi premiado pela mencionada Filhinha, que não apenas abriu a janela, abriu também a porta da casa para o menino pecador entrar. Mas vendo-o tão criança, a dita Filhinha, que carregava nas mãos um lampião, achou por bem que, em vez de pecar, era mais prudente rezar. E caindo piedosamente de joelhos no assoalho do quarto, puxou um terço em voz alta e o rezou noite adentro, com sua voz rouca de rádio-atriz das novelas da Rádio Nacional, acompanhada pelo pequeno pecador. O qual, desacostumado a dormir tarde, acabou caindo nos braços de Morfeu e dormiu como um anjo no canto da cama da mencionada mariposa, sem, no entanto, tocar nela, ao contrário do que insinuava o sacristão Zé Didim.

Estado de Minas

POR QUE SONHAS, MINAS?

Minas Gerais: há sempre uma procissão passando, um sino tocando nas igrejas e nos corações, e uma conspiração em curso.

Ah, Minas Gerais: de onde vem esse teu gosto de conspirar?

De onde vem essa tua permanente, clandestina, diária, camuflada, subversiva inconfidência?

Vem dos cristãos novos que se asilaram em tuas cidades e aportuguesaram os nomes suspeitos?

Vem dos negros que fizeram de ti a África-mãe?

E essa tua mania, Minas Gerais, de ser altaneira, de não ficar de joelhos, a não ser diante de Deus e dos teus santos de fé, e, ao mesmo tempo, ficar olhando para o chão, para os lados, de nunca encarar o teu interlocutor ou inquisidor, de onde vem teu jeito simulado, Minas Gerais?

Por que sempre parece que tens medo, Minas Gerais?

Por que tua coragem, de dar um boi para não entrar numa briga e uma boiada para não sair, vem sempre travestida, disfarçada?

Por que, Minas Gerais?

Amo em ti, Minas Gerais, não apenas essa rebelião que carregas no peito como um vulcão clandestino, amo em ti o culto dos sonhos impossíveis.

A liberdade era a amante mais desejada, mais sonhada

de Tiradentes, era seu sonho impossível – e, por ele, Tiradentes morreu.

Teu filho Santos Dumont deu asas ao impossível sonho humano de voar.

E antes de Santos Dumont, o que foi o Aleijadinho, senão um mágico que transformava em realidade impossível sonhos em pedra-sabão?

Minas Gerais: Juscelino plantou uma flor de concreto, a que deu o nome de Brasília, no cerrado. Era também a realização do impossível. E teu filho e rei, Pelé, nascido em Três Corações, escolhia os mais tortuosos e difíceis caminhos para o gol, e sempre perseguiu o gol impossível, o único que não conseguiu realizar: o de surpreender o goleiro com um chute de longa distância.

Minas Gerais: amo em ti a contradição.

És barroca em Ouro Preto, Tiradentes, Diamantina, Congonhas e Mariana, e moderna na Pampulha.

Aqui, tu acendes o fogo, incendeias os corações: ali tu és, Minas Gerais, a água na fervura, a água apagando o fogo.

Tu és sertão e cidade, és o passado e o presente, és o Rio Doce e rios amargos, trágicos, és um casarão com 38 janelas e és uma casa moderna e ensolarada.

Por que sonhas, Minas Gerais?

E por que, Minas Gerais, quando sorris, quando estás alegre, sempre acabas punindo tua própria alegria, como se ela, como teus sonhos de liberdade, te fosse proibida?

Por que sempre estás pensando que comete um grave pecado, Minas Gerais?

Por que teus filhos rezam mesmo quando são ateus?

Por que, Minas Gerais, por quê?

Hoje em Dia

UM GATO AMARELO É A ÚNICA TESTEMUNHA DO CRIME PERFEITO

*E*ra um gato amarelo, de um amarelo pálido. Não tinha *pedigree* nem vaidade e, não fossem os olhos, grandes, verdes, inesquecíveis, seria apenas mais um gato no mundo. Os olhos comoviam a todos e, por isso, o gato amarelo nunca conheceu a fome, nem mesmo quando era um gato sem dono cuja pátria ficava nas margens do rio Arrudas, fazendo fronteira com a avenida Oiapoque. Ali ficava seu mundo e o gato amarelo sentiu-se em casa, uma noite, atraído pelos encantos de uma gata angorá, saiu dos limites, de seu território, e foi parar longe, para os lados das Mangabeiras. Soube, então, o que era a solidão dos exilados, e só queria uma coisa na vida: voltar às margens do rio Arrudas, onde, à noite, a brisa soprava aromas que vinham da rua Guaicurus, e que eram perfume de sua humilde existência.

Por ele, pelo que ditava seu coração, o gato amarelo nunca deixaria as margens do Arrudas e suas imediações. Se os gatos pudessem cantar, cantaria assim – "Como nas margens do Arrudas, igual não há..." mas se os homens não são donos de seu destino, o que dizer dos gatos? Uma noite, ainda nas Mangabeiras, o gato amarelo foi até à praça do

Papa, onde aconteceria um *show* musical. Quando o *show* acabou, encontrou a gata angorá. Ele amou nela seu ar burguês e ela, ah, sabendo-o pobre e sem *pedigree*, acreditou que estava diante de um herói da classe operária. Se as gatas falassem, diria:
— Vem liberar meu coração burguês.
Foram felizes durante 27 dias e 27 noites. Mas, quando toda a cidade só pensava num clássico entre o Atlético e o Cruzeiro, a gata angorá anunciou que estava partindo na manhã seguinte, para Miami, levada pela família à qual pertencia, e o gato amarelo conheceu a solidão dos amantes abandonados. Se aos gatos fosse dado chorar, teria chorado. Se fosse dado cantar, cantaria assim, como Freddy Mercury:

>"Amor de minha vida
>você partiu meu coração
>e agora diz que vai embora..."

Voltou às margens do rio Arrudas, mas não era como antes, e o gato amarelo sentia saudade da saudade que sentia nas Mangabeiras. Deu para sair errando pelas ruas da cidade. Uma noite, num bairro do qual nunca soube o nome, mas que era um bairro rico, o gato amarelo parou diante de um palacete. A porta do palacete estava aberta e ele ficou sem saber se entrava ou não. A lembrança da gata angorá que, àquelas horas, já devia ter encontrado um novo amor em Miami (quem sabe um gato de origem cubana), doía nele como uma faca furando. Pobre gato: não sabia que no palacete estava sendo tramado um crime perfeito. Sete herdeiros de uma milionária paralítica estudavam a melhor maneira de matá-la e repartir a herança.

O palacete tinha dois andares. Para chegar ao 2º andar era preciso subir uma escada com 43 degraus, cheia de curvas e labirintos. O gato amarelo entrou no palacete e subiu a escada e, quando chegou lá no alto, viu a velha milionária sentada numa cadeira de rodas. Ela estava só. Os sete herdeiros tinham saído e a governanta estava de folga. O mordomo, que seria um bom suspeito para o crime perfeito, tinha ido pagar uma promessa em Santo Antônio das Roças Grandes. O gato amarelo escondeu-se debaixo de uma mesa, ao sentir os passos de alguém, e viu, com seus grandes, verdes e inesquecíveis olhos, um homem louro aparecer por trás e empurrar a cadeira da velha paralítica escada abaixo, com a ajuda de uma bengala. A velha rolou, aos gritos, pelos 43 degraus da escada e quando a polícia apareceu estava morta. O mordomo, um homem negro, foi preso pelos policiais como o assassino e acabou confessando o crime. Mas o gato amarelo sabia a verdade e, se fosse dado aos gatos falar, diria:

– O mordomo é inocente: quem matou a velha milionária foi um homem louro.

Estado de Minas

COMO É QUE PODE, BRASIL?

Cena 1: num apartamento burguês no Mangabeiras, Andréa Verônica, de 17 anos, chora abraçada com a bandeira vermelha do PT, após a derrota de Lula. Todo dia, já antes do 1º turno, Andréa chegava à janela do apartamento e olhava a favela vizinha. Então, ajudada pelo binóculo do irmão Rodrigo, via um favelado junto de um barraco, e, à distância, sem ser ouvida, conversava com ele.

– É por você que eu estou lutando – dizia Andréa em voz alta. – Para que você tenha uma casa digna, um emprego digno, para que você tenha direito à vida.

Cena 2: ainda chorando, sem aceitar a derrota de Lula, Andréa pega o binóculo do irmão Rodrigo e olha a favela. O que vê é inacreditável: o favelado, por quem Andréa lutava trabalhando pela vitória de Lula, está dançando diante do barraco, ao lado da mulher e dos dois filhos. Tem nas mãos um cartaz de Collor e, enquanto dança, a mulher e os filhos aplaudem.

Cena 3: Andréa diz em voz alta, como se o favelado e a família pudessem ouvi-la:

– Vocês estão felizes com a vitória do Collor? Oh meu Deus, vocês estão felizes, como se agradecessem pela miséria em que vivem!

Cena 4: desesperada, Andréa põe-se a gritar da janela burguesa de seu apartamento:

– Como é que pode, Brasil? Como é que pode?

Cena 5: belas e festivas moças, fervorosas adeptas da candidatura de Lula, descem a rua Pernambuco, na Savassi, numa Santana Quantum toda embandeirada de vermelho. É sábado, véspera da eleição para o 2º turno, e elas estão fazendo uma boca de urna antecipada. Diante da Ângela Buffet, onde fica o Triângulo das Bermudas, elas passam por um homem que puxa um carro abarrotado de papéis velhos. Ele é a própria imagem de um escravo dos nossos dias. As moças da Santana Quantum descem do carro e, empolgadas, abordam o escravo dos nossos dias, entregando-lhe um panfleto de Lula.

Cena 6: o escravo de nossos dias reconhece Lula na fotografia do panfleto e diz às moças:

– Eu sou é Collor!

Cena 7: a decoradora e projetista Santuza Eliana Vieira, moradora do Luxemburgo, sai de casa para votar no domingo, levando com ela, no carro, os filhos Marcus Juliano, de 8 anos, Marina Roberta, de 5 anos e meio, e Bárbara, de 3 anos. Antes, passa na casa da mãe, no Anchieta, e depois é que, sempre com os filhos ao lado, vai votar no Colégio Arnaldinum. No caminho, cruza com manifestantes de Lula e cresce a dúvida de Santuza: ela estava inclinada a votar em Lula, mas vendo a confusão das ruas, decide votar em Collor.

Cena 8: atenção, porque Santuza já vai votar no Arnaldinum. Permite que os filhos a acompanhem, para que aprendam o ato cívico de votar. Quando Santuza pega a caneta para fazer uma cruz ao lado do nome de Collor, sua filha Marina Roberta toma a caneta de suas mãos e diz:

– Mamãe, eu vou votar para você! – e faz uma cruz no quadrado reservado a Lula.

Explicação indispensável: Marina Roberta, de 5 anos e meio, como já foi dito, estuda no "Balão Vermelho", e participou de vários trabalhos sobre as eleições. Como quase todos os meninos de sua idade, em sua turma, tornou-se empolgada defensora de Lula e o seu foi, certamente, o voto mais jovem e consciente que Lula recebeu em todo o território nacional.

Cena 9: quintal de uma casa da Sagrada Família, na manhã de domingo, dia das eleições. Dona Marta de Almeida, 55 anos, está saindo de casa para votar em Lula, quando descobre um menino roubando suas deliciosas mangas.

– O que você está fazendo aí, menino? – grita.

O garoto responde:

– Minha mãe falou que o Lula vai vencer e aí as mangas vão ser de todos.

Cena 10: dona Marta expulsa o garoto do quintal e decide votar em Collor, acreditando que, assim, suas mangas ficariam mais protegidas.

Cena 11: o menino Tiago, de 12 anos, lulista apaixonado, filho do ator e cabeleireiro Ronaldor, suspeita que a mãe, Ângela, "colloriu", e está inquieto e infeliz com isso, enquanto vê os pais saírem para votar no Colégio Santa Maria.

Cena 12: Ronaldor e Ângela votam em cabines próximas: Ângela vota em Lula e mostra a cédula para Ronaldor, dizendo:

– Olhe meu voto, para você dizer ao Tiago que eu não "collori".

Cena 13: conhecido banqueiro da cidade entra na sua Mercedes platinada e diz ao motorista:

– Pois é, derrotamos os comunistas, hein?

Ao que o motorista, que ganha dois salários mínimos, respondeu:

– Graças a Deus, doutor, graças a Deus!

Hoje em Dia

O MISTÉRIO DO TELEFONE TOCANDO NO MEIO DA MADRUGADA

Ninguém nasce em Minas impunemente. O telefone começou a tocar às 2 horas de madrugada. Primeiro tocou longe, embrulhado no sonho que eu sonhava: eu vinha andando por uma rua de Havana, no meu primeiro dia em Cuba. Lá ia eu em meu sonho, junto da foto da Cristina Pelegrim, bela moça, por quem Havana inteira se apaixonou. Cristina usava um vestido que deixava as costas morenas à vista e, como não era comum em Havana, homens e mulheres ficavam olhando admirados. No sonho, um poeta cubano apareceu falando estranhamente em português, usando a minha voz.

– Moça, deixa eu escrever um poema nas suas costas?

Foi nesse ponto que eu senti que tocava. Belo Horizonte, longe de Havana. Tocou tanto que acordei e pensei: meu Deus, quem morreu para este telefone tocar a esta hora? Será que todo mundo é assim como eu? Se eu fosse baiano e tivesse nascido em Salvador, se amasse o Pelourinho. Se gostasse de ficar olhando pro mar (ah, se tivesse um mar pra olhar). Se acreditasse em Deus e em Iemanjá e em São Jorge Amado, será que, se meu telefone tocasse às 2 horas da madrugada, eu ia achar que alguém morreu?

Nós, os filhos de Minas, cultivamos como flor o gosto de sofrer, mas os baianos não querem saber de sofrer. Se eu fosse baiano e meu telefone tocasse tão tarde eu diria:

– Já sei, é a Jerusa, lá do Recife, que está telefonando para dizer que me ama.

Eu ia saltar da cama com agilidade de um gato, para dizer: "Jerusa, é você, meu amor?". Mas como sou mineiro, fico pensando que alguém morreu. E mesmo que esperasse um telefonema feliz, cuidaria de sair andando cautelosamente, com a luz acesa para não torcer o pé. Mas voltemos, benevolentes leitores, ao momento em que acordei, deixando Havana e a foto de Cristina com suas costas nuas perdidas na fumaça, e escutei o telefone tocar:

– Alguém morreu, eu falei em voz alta. – Mas quem, meu Deus, foi morrer a esta hora?

Rezei pelos amigos e amigas que não podiam morrer numa madrugada feliz. Sentado na cama, pensei num poema de Giuseppe Chiaroni, excelente autor de novelas na época da ouro da Rádio Nacional, que dizia assim (lembro de ouvido): "Hoje eu estou muito ocupado/hoje eu não posso morrer". Às 2 horas da madrugada, em Minas e no mundo, todos estão muito ocupados, uns dormem, uns amam, uns sonham, mas ninguém pode morrer.

O telefone tocou, tocou, por fim parou. Fiquei certo de que o simples fato de o telefone parar de tocar significava que alguém deixou de morrer. Respirei aliviado, pensando que, se eu fosse baiano, tinha deixado de ouvir uma declaração de amor de Jerusa, que ama o frevo nas ruas de Recife, e isso me entristeceu mineiramente. Mas eis que o telefone voltou a tocar. Na madrugada de Minas, perguntei:

– Quem morreu, Deus meu?

Fiquei de pé, ao lado da cama, longe do telefone. Rezei em voz baixa para que ninguém tivesse morrido e lá fui eu caminhando para o telefone da sala, num apartamento que é quase um latifúndio. Parei diante do telefone e decidi atender.

— Alô — falei, esperando ouvir uma notícia trágica.

— Toninho, aqui é Isaura, meu bem — disse uma voz de mulher. — Me perdoe, Toninho, me perdoa, benzinho.

— Eu não sou o Toninho, moça — falei.

— Não é? Então eu não conheço sua voz, Toninho? Acha que me engana? Eu sei, você está com raiva, não quer falar comigo.

— Eu vou desligar — fui falando. — São duas da madrugada e eu não sou o Toninho.

— Pelo amor de Deus, Toninho — implorou a voz de mulher. — Não desliga antes d'eu falar uma coisa, benzinho: eu dei aqueles "amassos" no Cadu, foi só pra te fazer ciúme, amorzinho, mas eu amo é você. Agora vai dormir, benzinho. — E Isaura, que ama Toninho, mas deu uns amassos em Cadu, desligou o telefone docemente.

Estado de Minas

MANIFESTO PARA LUÍSA

Seja bem-vinda, Luísa!
Para o amor de seus pais, Mônica e Márcio Fagundes.
Para o encanto de todos nós (os amigos de seus pais), que já gostávamos de você antes mesmo de você chegar.
Para a festa de nossos corações, Luísa, você antecipou sua chegada em 30 dias. Como a pequena bandeira da alegria, Luísa, você chegou iluminando agosto. Reabilitando agosto. Acabando com os maus presságios de agosto. Como a decretar, Luísa, você que abriu mão de setembro:
– Pela magia da chegada de Luísa, revogam-se as disposições contra agosto!
Quando muitos ficam esperando setembro chegar para cantar, para dançar, para ser feliz, você preferiu agosto. Que um anjo ou um astronauta escreva na face da lua: Luísa libertou agosto!
Ah, Luísa!
Quando você crescer e começar a estudar a história do seu país, este Brasil que é a canção de todos nós. Este Brasil que você há de aprender a amar como um pássaro aprende a voar. Como uma estrela aprende a brilhar. Esse Brasil, que é lágrima e riso, epopéia e tragédia. Ah, Luísa, quando você começar a estudar o Brasil, dirão a você que agosto foi, sim, um mês trágico, antes de você chegar e perguntarão a você:

– Por que, Luísa, estando tudo certo para você chegar em setembro, você preferiu agosto?

Dirão a você, Luísa, que no dia 24 de agosto de 1954, um presidente da República (Getúlio Vargas era seu nome) vestiu um pijama listrado, cheirando a naftalina, apontou um revólver para o peito, após uma noite dramática no Palácio do Catete, e puxou o gatilho.

Dirão a você, Luísa, que esse tiro que Getúlio Vargas deu no coração continua ecoando na história do Brasil.

Dirão a você, Luísa, que Getúlio Vargas deixou uma "Carta Testamento", da qual vale recordar dois trechos:

"Agora vos ofereço a minha morte. Nada receio. Serenamente dou o primeiro passo a caminho da eternidade e saio da vida para entrar na História".

E ainda:

"O povo de quem fui escravo não será mais escravo de ninguém".

Ah, Luísa, e se você descobrir:

– Meu Deus, o povo ainda continua escravo!

Aí, Luísa, se for assim que o pássaro da rebeldia cante em seu coração! Que, de cara pintada, sem perder a ternura jamais, você saia às ruas do Brasil e grite como num filme de um amado cineasta, Glauber Rocha, para o qual peço a sua simpatia:

"Mais fortes são os poderes do povo!"

Dirão mais, muito mais sobre agosto, Luísa.

Dirão que, num mês de agosto, o presidente Jânio Quadros renunciou, reforçando os piores desígnios do mês.

Dirão que, em agosto, no rastro da renúncia, o Brasil esteve à beira de uma guerra civil.

Dirão que muitos anos se passaram e o Brasil não curou as lembranças rubras como uma rosa de tudo que se passou depois que Jânio renunciou.

Dirão a você que, num mês de agosto, o mais amado presidente que o Brasil teve, Juscelino Kubitschek, um homem que amava, gostava de rir e dançar, encontrou a morte numa estrada de São Paulo (ele, que tanto amava as estradas).

Dirão a você que o general do dia, o ditador de então, proibiu que o povo desse o seu adeus a Juscelino.

Mas dirão a você também que o povo de Brasília se rebelou e levou Juscelino nos braços, como se leva um herói, até a sepultura.

Então, Luísa, você sentirá orgulho do povo do seu país.

Então, você dirá: – Obrigado, Senhor meu Deus, por eu ter nascido no Brasil!

Se você chegasse alguns meses antes, Luísa, talvez não tivéssemos boas notícias para dar a você sobre o Brasil.

Mas, nas voltas que o mundo dá (aprenda com as voltas do mundo, Luísa!), hoje enxergamos uma luz no fim do túnel do Brasil.

Há um Brasil que está dando certo, Luísa!

Há um Brasil que quer crescer e distribuir riquezas entre os seus 150 milhões de habitantes.

Há um Brasil do 1º mundo que quer se espalhar pelos outros Brasis (do 3º ao 10º mundo) e anunciar: a Pátria de Luísa há de ser uma grande, livre, amiga e generosa nação. Uma nação alegre, como um frevo tocando, Luísa!

Hoje em Dia

RELATO SOBRE O PRIMEIRO COMUNISTA QUE VI NA VIDA

A notícia sacudiu a tarde de sexta-feira no internato do ginásio de São Miguel y Almas de Guanhães como um tremor de terra.

– Santo Deus, gaguejou o cozinheiro João da Loló, tomado de palidez de cera – Santo Deus, e acrescentou, em sua súbita religiosidade: – Que a Virgem Santíssima Puríssima tenha piedade de nós!

– Abre o livro, João da Loló – pediram vários estudantes em coro, em voz baixa, a voz de confessionário, de contar pecado a Padre José Corrêa, na igreja matriz. – O que foi, homem?

– Tem um comunista visitando o internato – informou João da Loló, persignando-se, no que foi imitado por todos nós, incluindo o autor do presente relato. – Um comunista, Santo Deus!

O sacristão Zé Didim, figura cheia de trejeitos, todo de branco, a pele negra cor de carvão, soltou um "ai" e desmaiou. No que voltou a si, em meio ao corre-corre dos estudantes, caiu de joelhos e pôs-se a rezar, acompanhado por aquelas piedosas e apavoradas almas: – Jesus, Maria, José, tende piedade de nós.

De tão pálido que ficou, Zé Didim adquiriu uma cor

cinza, enquanto João da Loló fez o comentário que levou o pânico a nossos inocentes corações do interior de Minas:
– Comunista come criancinha.
– Assada ou crua? – quis saber o Tomezinho, *center-forward* do time do colégio.
– Crua, sentencionou João da Loló e deu a receita, como mestre nas artes da culinária. – Tempera com alho, sal, pimenta do reino... e come.
– Melhor é a gente fugir – propôs o Tomezinho.
– Que Mané fugir, reagiu Zé Leite, outro craque de futebol, dos Leites do Vale do Rio Doce, gente brava, e arriscou um espanhol aprendido nos filmes de Cantinflas de Maria Félix – Que venga el toro!
O grupo se dividiu. Uns, a começar por este escrevinhador de quimeras, acompanharam Zé Leite. Outros, a maioria, preferiram ficar rezando ao lado do sacristão Zé Didim.
– Quem for brasileiro, siga-me – disse Zé Leite, traído pela voz, que continuava baixa.
Não, não havia muitos brasileiros por ali, não, pois só seis estudantes mais o cozinheiro seguiram Zé Leite. Lá fomos nós, agachados, esperando ver o comunista, que assumia, em nossa imaginação, ares do demônio. A acreditar em João da Loló, que ganhou coragem, após pedir emprestado o terço de Zé Didim, o comunista estava acompanhado por uma moça, e foi visto do outro lado do imenso corredor do internato.
Tinha entrado na biblioteca, junto da moça e do professor José Pereira, um bravo ex-seminarista, e nós acreditamos, incentivados por João da Loló, que era refém do comunista e da moça. Cuidamos de nos entrincheirar perto da biblioteca sem que o comunista pudesse nos ver. Nisso, as vozes e os passos anunciaram que o comunista, a moça e o professor José Pereira deixavam a biblioteca.
– Coragem, gente – sussurrou o Zé Leite.
Foi então que nós o vimos, de nossa trincheira: vinha

saindo da biblioteca. Primeiro vinha a moça, que reconhecemos como a filha do dono do hotel. Depois, sem abandonar o missal, vinha o professor José Pereira. E, mais atrás, vinha ele, o comunista. Usava um terno xadrez que a gente só via no cinema, uma gravata vermelha, um bigode que mais tarde descobri que era moda no Partido, inspirado por Stalin e era pálido, muito pálido.

— É ele — disse Zé Leite.
— Tesconjuro — fez João da Loló.

Lá de trás vinha a voz de Zé Didim pedindo a Deus que nos ajudasse. Mais tarde, o professor José Pereira contou que o comunista chamava-se Benito Barreto, do clã dos Barreto de Dores de Guanhães, era sobrinho do dono do hotel. Muitos anos depois, já em Belo Horizonte, fiquei amigo do Benito Barreto, escritor dos bons, marido de Irá, pais de Vinicius, de Laura, também escritora, e de Júnia, que é musa de poetas e mestra em literatura francesa.

Estado de Minas

PS — Benito Barreto, o primeiro comunista que vi na vida, acaba de lançar o romance. *Um Caso de Fidelidade*, outro grande momento de sua grande obra de ficcionista.

A TERAPIA DO BELISCÃO

Ah, belisquem-se todos!
Belisquem-se para cair na real!
Belisque-se o presidente FH, porque ele vem achando (e os presidentes correm esse risco) que é dono do vento, das tempestades e das bonanças. Vem achando que é dono do Brasil, quando, na verdade, nós o elegemos não para ser rei ou ditador, mas para ser presidente da República.
Belisque-se FH para ter uma exata noção de onde vieram os votos que o elegeram já no 1º turno.
Belisque-se FH para dar a Minas o que é de Minas.
Por que FH tem uma clara e estranha preferência pelo Rio de Janeiro?
Porque morou lá?
Porque lá, quem sabe, conheceu o primeiro amor?
Porque é um carioca e não um paulista?
É preciso dar ao Rio de Janeiro o que é do Rio de Janeiro.
Mas eu insisto: é preciso dar a Minas o que é de Minas.
Na verdade, FH tem uma dívida com Minas, pelos votos que teve entre nós. Mas FH parece não ligar para isso.
Belisque-se o atacante Romário.
Belisque-se para cair na real.
É normal um craque, mesmo quando se chama Romário, derrubar a comissão técnica do time?
É normal derrubar o técnico do time?

É normal agir como se fosse rei ou ditador?

Na verdade, FH e Romário têm que se beliscar com mais força.

Mas todos estão indo bem na vida.

Todos que estão fazendo sucesso.

Todos que conhecem fama. Todos que têm poder devem urgentemente beliscar-se. Uns com mais força, outros com menos força. Conforme o caso.

Toda hora que você se sentir um rei, belisque-se.

Não, não pensem que a terapia do beliscão é minha. Não é de Freud. Não é de Lacan. Não é de nenhum papa da psicanálise. É, sim, de uma pessoa que, particularmente, considero um sábio. Um sábio nesse desafiante ato de viver. Falo do colunista Paulo César de Oliveira, o PCO. Pois PCO é o inventor da terapia do beliscão.

Segundo o teórico da nova terapia, é exatamente quando os ventos sopram a nosso favor que devemos nos beliscar.

O deputado que não se reelege deve se beliscar?

Não.

O escritor cujos livros conhecem a solidão das livrarias deve se beliscar?

Não.

O cantor que fracassa no novo LP deve se beliscar?

Não.

Mas o deputado que dispara na votação, o escritor que a cada dia vende mais livros e o cantor que está nas paradas de sucesso, esses, sim, segundo PCO, devem se beliscar.

Todos nós, se estamos indo bem na vida, estamos sujeitos a vestir a máscara. Quando um craque de futebol mascara, costumamos dizer que ele está de "salto alto". Mas isso pode acontecer nas mais diferentes atividades.

Temos um inimigo a combater: o rei na barriga.

É uma linguagem chã, moça de Santa Teresa?

Pode ser mas é a linguagem verdadeira. A teoria do beliscão de PCO é muito útil. Quantos deputados se elegem numa legislatura e fracassa na próxima? Quantos artilheiros param de fazer gols? Eu, se fosse Zagalo, um ex-craque e um técnico cuja importância não foi ainda devidamente avaliada, daria logo um beliscão muito forte no braço.

Ou (pergunto a PCO) Zagalo não precisa?

Talvez, não. O certo é que a crônica esportiva, mesmo quando é injusta, presta grande benefício a um técnico como Zagalo. É que a crônica esportiva dá o beliscão. Da mesma forma, acontece com a crítica literária. Ela dá nos escritores o beliscão na hora certa. E ele cai na real. E torna-se um devedor mesmo daqueles que o agridem. Por falar nisso: conheci um escritor brasileiro de quem nunca falavam mal. Todos, em volta, o tratavam como se fosse Deus. Desfecho da história: ele parou de escrever. Ao contrário dos que (como este escrevinhador) são permanentemente beliscados pela crítica.

Hoje em Dia

ENVOLVENDO
MANY CATÃO

Querem saber se o jornalismo ajuda a um escritor? Pois, então, recuem no tempo, cheguem a uma tarde de 1969, quando havia uma ditadura militar no Brasil, e sigam um rapaz magro, que fumava três maços de cigarros por dia, escrevia uma crônica de futebol no *Estado de Minas* e sonhava ganhar um prêmio literário e se lançar nacionalmente como escritor.

Cena 1: o rapaz magro estava escrevendo, a pedido de Anna Marina Siqueira (que, junto de Cyro Siqueira, é latifundiária nas terras de seu coração, fazendo divisa com o embaixador José Aparecido de Oliveira), a série de reportagens *Mulher: Receita Mineira*, para o Caderno Feminino, que o *Estado de Minas* acabava de lançar.

Cena 2: já tinha vivido experiências inesquecíveis, entrevistando três mulheres-mito, Zilda Couto, Ângela Diniz e Lilian Sônia Ferreira.

Cena 3: agora, nesta tarde diferente de outras tardes, o rapaz magro toca a campainha no apartamento do São Lucas, em Belo Horizonte.

Cena 4: ele toca a campainha e espera. Como ninguém atende, toca novamente uma segunda e uma terceira. Toca uma quarta vez. Estava tudo combinado com a entrevistada, a estranha Many Catão, em cujo currículo, além do talento para criar chapéus e "cabeças" de noivas, estava o fato de ter sido a primeira mulher a fumar em público em Belo Horizonte.

Cena 5: quando já pensava em desistir da entrevista, o rapaz magro vê a porta do apartamento ser aberta. Many Catão diz em francês para ele entrar.

Cena 6: no que entra, o rapaz magro penetra numa Paris de papel. Fecha-se a porta e, não, não estava mais em Belo Horizonte. Estava em Paris. Many Catão deu toda a entrevista em francês e, quando o rapaz magro não entendia, ela falava por mímica.

Cena 7: a reportagem é publicada na série *Mulher: Receita Mineira* (que, permitam dizer, ganhou o Prêmio Esso Regional).

Cena 8: um ano antes, em 1968, foi lançado o maior prêmio literário brasileiro, o Concurso de Contos do Paraná. O rapaz magro concorreu, mas o grande vencedor foi Dalton Trevisan. Em 1969, novamente o rapaz magro entrou no concurso do Paraná. Quem ganhou o grande prêmio foi Rubem Fonseca. Em 1970, foi a vez de Garcia de Paiva.

Cena 9: uma idéia perseguia o rapaz magro, eu, no caso. Era escrever a história de um professor, conhecido como DJ, que fazia uma Paris de papel no sótão da casa e começava a escrever cartas para os amigos, dizendo que estava na cidade-luz. Com as lembranças de Paris de papel de Many Catão, escrevi o conto "A morte de DJ em Paris", no qual a mulher azul tinha toques de Lilian Sônia Ferreira. Escrevi também "Isabel numa quinta-feira", inspirado em Ângela Diniz e "A outra margem", cuja personagem feminina foi baseada em minha própria mulher, que mais tarde apareceria em *Hilda Furacão* como Bela B. É a primeira vez que faço estas confissões.

Cena 10: em 1971, ganhei o grande prêmio do Concurso de Contos do Paraná, derrotando 1.872 candidatos. O prêmio era tão bom que, com o dinheiro, dava para comprar quatro lotes nas Mangabeiras.

Cena 11: manhã de março de 2002. Meu telefone toca. Norma Catão, filha de Pulcara e de Sílvio Catão, lembranças saudosas de São Miguel y Almas de Guanhães, comunica que Many Catão acaba de morrer.

Cena 12: homenageei Many Catão em *O Cheiro de Deus*. A notícia de sua morte me fez pensar em tudo isso que acabo de contar. Em seus melhores tempos, Many Catão tinha o costume de me telefonar às sete da manhã. Eu atendia, ouvindo os latidos de sua cachorrinha conhecida como "Pipoca". E "Pipoca" conversava comigo num dialeto inventado por Many Catão.

Estado de Minas

OS AMANTES CLANDESTINOS

Ah, os amantes clandestinos não são como você e eu! Têm gostos diferentes de nós. Paixões diferentes. Esperanças diferentes. Se eles são casados, então (e durante o fim de semana têm que guardar em casa uma aparência de que vai tudo bem) aí, é que os amantes clandestinos começam a se diferenciar ainda mais de nós.

Já na noite de sexta-feira, quando recolhem-se ao lar, doce lar, como quem pede asilo numa embaixada estrangeira, começam a contar as horas que faltam para a chegada da segunda-feira.

Você detesta a segunda-feira?

Eu detesto!

Noventa e nove por cento dos mortais comuns detestam a segunda-feira?

Todos nós detestamos?

É a verdade.

Mas os amantes clandestinos, ao contrário de nós, amam a segunda-feira com aquele amor do exilado que acredita que o vento numa esquina de Montevidéu sopra do Brasil (ou da Argentina e do Paraguai).

A segunda-feira é o sol dos amantes clandestinos.

É a lua, tão esperada por eles.

É a brisa e, mais do que a brisa, é a febre que as ligações amorosas, de preferência proibidas, provocam.

Os amantes clandestinos jogam baralho no fim de semana.

Praticam esportes, fazem *cooper*, amam uma caminhada no Parque Municipal ou, de preferência, na avenida Bandeirantes.

Assistem a quatro ou cinco vídeos entre o sábado e o domingo.

Bebem vinho, bebem uísque, mas têm uma idéia fixa: a chegada da segunda-feira.

É como colegiais (e a idade dos amantes clandestinos oscila entre os 13 e os 17 anos, mesmo que já passem dos 50) que eles sonham com a segunda-feira.

Porque a segunda-feira é o reencontro.

Para mim e para você, a segunda-feira é cheia de dissabores.

Sofrem os estudantes com a chegada da segunda-feira.

Sofrem quase todos... mas exultam, fazem odes, cantam, dançam, em louvor da segunda-feira, os amantes clandestinos.

Porque a segunda-feira é a porta da prisão que se abre para eles.

É o sol depois da chuva.

É o dia do sonhado reencontro.

Os amantes clandestinos são hipersentimentais. Tudo é recado. Tudo é pretexto para um ente amado recordar o outro ente amado – e tudo de maneira criança, que os amantes clandestinos, ao que parece, fazem mesmo uma salutar regressão infantil.

Os amantes clandestinos tornam-se bons.

Trabalhadores do Brasil: reivindiquem aumento salarial dos amantes clandestinos, que eles não negarão.

Você quer um emprego, moça?

Procure com urgência uma das partes (o homem ou a mulher) do segmento-amantes-clandestinos e será atendida.

Mas por que eu pergunto os amantes clandestinos não

rompem todas as amarras (casamento, noivado, namoro dito firme, etc. etc.) para se tornarem livres?

Ora, inocentes do mundo: existe um prazer, um estado de graça, em ver o que rotulamos de amantes clandestinos.

Os amantes clandestinos não sofrem com a clandestinidade:

Não sofrem com a separação da sexta-feira?

Não sofrem tendo que recorrer ao telefone celular para um alô breve?

Sofrem.

Mas é que faz parte do jogo dos amantes clandestinos uma certa dose de sofrimento.

É como sofrer por uma causa.

É como dar a vida por uma ideologia.

Os amantes clandestinos bebem a dor da separação como se vinho fosse.

Se tudo ficar bom.

Se os amantes clandestinos deixarem de ser clandestinos.

Aí, então, podem saber: perde a graça.

Pois a graça é cada parte (a parte homem e a parte mulher) se sentir integrante do todo: a da legião dos amantes clandestinos do Brasil.

Hoje em Dia

ANOTAÇÕES SOBRE INOCÊNCIO DA PAIXÃO, UM HIPOCONDRÍACO

*I*nocêncio Paixão era hipocondríaco e viciado em remédios. Sofria de 39 doenças imaginárias, algumas tão raras que desafiavam as maiores sumidades no assunto. Bastava alguém espirrar perto para Inocêncio da Paixão ficar gripado. E não era um gripezinha boba que vitamina C e cama curavam, não. Era gripe com direito a febre de 40 graus e a delírio. Molhava pijamas e mais pijamas, de tanto que suava, e, em seus delírios, via-se de novo na casa da mãe, na rua Paraíba.

A casa tinha um quintal, onde um sabiá cantava, e galinhas ciscavam a terra. E Prima Mariana vinha. Prima Mariana era morena, verdes, feiticeiros olhos, e já vestida de noiva, com véu e grinalda, deixou o pobre Inocêncio esperando na igreja, no dia do casamento, e disse aos pais e às amigas:

– Eu, hein, Rosa, só se eu fosse uma louca de casar com Primo Inocêncio: ele ama mais os remédios que a mim: a aspirina é mulher de sua vida.

O perfume preferido de Inocêncio era o cheiro de remédio, cheiro de farmácia. Ah, com que sofreguidão Inocêncio ia às farmácias para ver os últimos lançamentos dos laboratórios. Ficava horas e horas cheirando os frascos dos novos medicamentos e ia para casa levando remédios para todos os males. Inocêncio era um ávido leitor. Mas não pensem que lia os livros mais vendidos ou indicados pelos amigos. Os *best-sellers* na estante de Inocêncio eram as bulas de remédios. Sabia de cor e salteado as bulas e declamava a fórmula dos medicamentos como se declamasse um poema de Adélia Prado ou de Manoel Barros.

Quando ficou noivo de Prima Mariana, Inocêncio comprou uma aliança de brilhantes e mandou flores com um cartão em que dizia: "Mariana, você é a vitamina que eu pedi a Deus". Não por acaso, Prima Mariana era médica. Passou, por sinal, a maior parte do tempo do noivado, já formada em medicina, cuidando da hipocondria do noivo. Até essa época, Inocêncio sofria, como foi dito, de 39 doenças imaginárias. Bastava ouvir alguém falar numa doença que sentia logo todos os sintomas. Alguém estava com úlcera? Inocêncio logo passava a cultivar uma úlcera como uma flor. Diabetes? Lá ia Inocêncio prescrevendo a si mesmo regime alimentar que quase o matava de inanição. Cortou o açúcar de sua vida e enviou flores a Prima Mariana com este cartão:

– Você é o que restou de doce em minha vida, Prima Mariana.

Uma vez, Inocêncio achou que estava sofrendo de Aids. Não, não era de nenhum grupo de risco, não. Nem era dado ao uso de droga alguma, quanto mais através de pico. Aconteceu que Inocêncio foi ao Rio de Janeiro e ficou hospedado num famoso hotel, o que não impediu que os pernilongos não o deixassem dormir. No meio da insônia, Inocêncio suspeitou que o apartamento em questão tinha sido ocupado, dois dias antes, por um famoso roqueiro, que estava com Aids. Prima Mariana foi acordada em casa, em Belo Horizonte, por um telefonema de Inocêncio perguntando:

– Pernilongo transmite Aids?

Estava certo de que os pernilongos tinham ferroado o

roqueiro e, agora, transmitiam a Aids. Pobre Prima Mariana. Nunca ficou livre de Inocêncio. Noites dessas, foi acordada por Inocêncio, que ia se internar num famoso hospital. Não, desta vez não sofreu mais um infarto imaginário. Desta vez sentia todos os sintomas da febre amarela. Preparou-se para morrer. Quando a equipe médica chefiada por Prima Mariana examinou-o e disse que estava são como um coco, Inocêncio ficou desolado. Consolou-se com a suspeita de que já estava na idade de ter problemas com a próstata.

Estado de Minas

PARA UMA
MOÇA COM AIDS

Moça que está com Aids!
Moça que morou em Paris.
Que morou em San Francisco.
Que morou em Tânger.
Que morou em Buenos Aires (e mesmo por Havana andou).
Moça que descobriu em Nova York que estava com Aids.
Moça de Minas.
Moça da América do Sul.
Moça da Latino-América.
Toda a vez que eu cruzo com você, moça (e você acena e diz: "Oi"), eu fico olhando clandestinamente para você.
Então, quando você segue pela rua, com a brisa do Brasil brincando com seus cabelos.
Com o sol do Brasil aquecendo você.
Ou a chuva do Brasil ameaçando molhar você.
Então, eu fico parado e olhando e perguntando:
Que tempo é esse?
Que tempo é esse que nossos amigos estão morrendo?
Que a namorada de um amigo está morrendo?
Que o amante de uma amiga (que tocava violino) está morrendo?

Que tempo é esse, que a moça que dobrou a esquina de Pernambuco com Tomé de Souza, sabe que, num dia não muito distante, vai morrer de Aids?

Sei, moça, que você não perdeu a esperança.

Sei que você sonha com uma invenção que há de derrotar a Aids ainda a tempo de você sobreviver.

Sei que você não se entrega.

Sei que você luta.

E, aí, moça parada na rua Pernambuco, essa rua Pernambuco que já teve pés de jabuticaba nos jardins diante das casas.

Essa rua Pernambuco que já cheirou a dama da noite.

Essa rua Pernambuco que conheceu a inocência da cidade.

Essa rua Pernambuco que é de um tempo que uma moça como você não morria de Aids.

Aí, moça, parado na rua Pernambuco, eu fico querendo fazer um poema, uma canção, uma oração que possa ser, dar força à sua luta, moça, e a de todos que estão com Aids, na China e na Conchinchina, na África ou no Afeganistão, na França e na Alemanha, nos EUA e na Holanda, em Santos e em São Paulo, em Salvador, Rio de Janeiro e Belo Horizonte (onde houver mundo).

Ah, Senhor Deus de nossos dias e noites, ponha o coração do mundo batendo no peito da moça que está com Aids!

Ponha a esperança do mundo na palma da mão da moça que está com Aids.

Depois que você passa, moça, eu fico parado na rua Pernambuco algum tempo.

Eu não a conheço muito moça: sou apenas amigo de seus amigos.

Sou apenas um escrevinhador – um cronista que preferia falar em cotovias, estrelas, quem sabe até no canto da seriema.

Mas sempre que a vejo, moça, eu penso numa cotovia que aprendeu a rezar.

Então moça, unindo canto e reza, eu fico acreditando que muito em breve os jornais gritarão em manchete. Todos gritaremos: descoberta a cura da Aids!

Hoje em Dia

COMO UMA FLOR NEGRA

Nas escolas que eu vou. Nos colégios que eu vou. Nas faculdades que eu vou. Nos seminários e ciclos de debates que eu vou. Por onde tenho andado, como um camelô itinerante, para debater a literatura que eu faço, sinto que alguma coisa nova está nascendo, como uma flor, no Brasil.
Ah, que flor é essa?
É vermelha?
É branca?
É amarela?
É lilás?
É rosa?
É cor de avião?
Não: é negra.
É uma Flor Negra.
Que Flor Negra é essa?
É a menina negra
É a moça negra.
É a nova mulher negra do Brasil de Zumbi dos Palmares e de outros heróis.
O que quer a Flor Negra?
Com o que sonha a Flor Negra?
Sonha ser uma carta no baralho, como todos nós.
Sonha tomar parte ativa no ato de viver.
Sonha com uma profissão que antes era proibida.

E, acima de tudo, sonha com uma simples e difícil coisa (quase uma quimera): a felicidade.

Por onde eu vou, sinto uma verdade do Brasil de nossos dias: há mais moças do que rapazes nas salas de aula, nos debates, nos ciclos de estudos. Fico pensando que, no Brasil, só nos campos de futebol é que a presença masculina é maior, muito maior, do que a feminina.

Mas será que isso é glória?

Não será que o homem brasileiro está preocupado demais com o gol de seu time e esquecendo tudo mais?

Não será que o homem que festeja o gol está ficando pra trás?

Tomem como exemplo uma menina de 14 anos e um rapaz de 14 anos, que sejam estudantes.

Tomem uma mulher de 20 anos e um rapaz de 20 anos, que sejam estudantes.

Resultado:

1 – A menina de 14 anos sabe mais, tem muito mais cultura e conhecimento do que o rapaz de 14 anos.

(Talvez não saiba do último drible inventado por Túlio ou Romário, talvez não saiba se Reinaldo fica ou não no Atlético.)

2 – A estudante de 20 anos tem, comparada ao estudante de 20 anos, de cinco a dez anos a mais em cultura e conhecimento.

(Talvez não saiba qual é o número da chuteira do lateral Paulo Roberto ou do cruzeirense Nonato.)

Está acontecendo uma grande revolução no Brasil: a revolução das mulheres, que é muito mais do que uma revolução feminista (feminina, mas não é feminista). E acontece também uma revolução dentro da revolução: é a revolução da Flor Negra, da moça negra.

A moça negra, também, está muito na frente do rapaz negro, seguindo a tendência geral da supremacia feminina no Brasil.

O que deixa este escrevinhador entusiasmado com a Flor Negra de que vos falo é que ela é, cultivando todas as raízes, uma Flor Negra brasileira.

A moça negra que tenho visto não quer ser uma nova Angela Davis – pois sabe que a situação do negro no Brasil é diferente da situação do negro nos EUA.

A moça negra que tenho visto também não quer ser uma versão brasileira de Winnie Mandella – pois sabe que a situação do negro no Brasil é diferente da situação do negro na África do Sul.

A Flor Negra que tenho visto é a militante da igualdade para que negros e brancos possam realizar seus sonhos no Brasil.

Não é uma radical! É uma sonhadora.

Não está nas nuvens! Tem os pés no chão.

E, mais e mais, a Flor Negra vai conquistando posições, fazendo, de cada ponto de trabalho e de estudo, uma trincheira.

Hoje em Dia

O MISTERIOSO E PICANTE CASO DO TELEFONE VERMELHO

*F*oi um Deus nos acuda na cidade, quando o Senhor Prefeito voltou da viagem a Belo Horizonte, trazendo a boa nova. Nos bares, nas esquinas, no adro da igreja, nos diz-que-diz das boates e comadres, só comentavam um assunto: o prestígio do Prefeito, cujo nome convém omitir por razões que logo serão conhecidas, nas altas esferas do Palácio da Liberdade.

– O Governador não dá um passo sem ouvir o Prefeito – falavam, cheios de orgulho. – Até para fazer declarações à imprensa falada, escrita e televisada, o Governador tem que ouvi-lo...

E abaixavam a voz, para dar mais mistério, e revelavam o grande segredo:

– O Prefeito instalou em seu gabinete privado um telefone vermelho só para conversar com o Governador...

A primeira-dama da cidade, uma santa, coitada, convenceu o marido, o Senhor Prefeito, de maneira que o telefone vermelho foi aberto à visitação pública. Mal o dia nascia, a fila começava na porta da Prefeitura e dava volta nos quarteirões. Todos queriam ver o objeto do mistério e do prestígio político: o telefone vermelho. O Senhor Prefeito só o usaria numa única e especial ocasião: para atender às ligações do Governador de Minas Gerais. Era uma cópia fiel, um clone, como se diria hoje, do telefone vermelho que ligava a Casa Branca e o Kremlin, na época da Guerra Fria entre os EUA e a União Soviética.

– Será que o Governador vai telefonar pela manhã? – perguntavam uns aos outros.

Mas, por isso e por aquilo, o Governador nunca telefonava pela manhã, no horário de visitas. Preferia telefonar à noitinha. Ah, nessas ocasiões, quando o telefone vermelho tocava, o Senhor Prefeito atendia, cheio de orgulho, fazendo pose para os que o viam e ouviam. O que aquelas boas almas da cidade e, muito menos, a primeira-dama, uma santa, coitada, podiam imaginar é que o Senhor Prefeito estava de amores com uma jovem beldade, candidata a Miss Minas, que morava em Belo Horizonte. O telefone vermelho, inocentes do mundo, era para conversar o Senhor Prefeito com a quase *miss*. De maneira que, quando o pássaro do desejo tocava, naquela hora que não era do dia, nem era da noite, e dava na gente uma solidão do tamanho do mundo, acontecia um estranho diálogo.

– Alô, Senhor Governador – dizia o Prefeito, conversando com a namorada pelo telefone vermelho. Quanta honra falar com Sua Excelência.

– Que saudade, gatinho, fico toda arrepiada só de ouvir sua voz, *amore mio* – falava a namorada pelo telefone.

– Folgo muito em saber, Senhor Governador – falava o Prefeito, diante dos olhares admirados de um batalhão de assessores e secretárias.

– Sabe como eu estou vestida, bijuzinho? – perguntava a namorada.

– Pois não, Senhor Governador, Vossa Excelência poderia se dignar a descrever com riqueza de detalhes? – rogava o santo Senhor Prefeito.

Já diziam que o Senhor Prefeito era candidato a ocupar uma pasta (nunca diziam uma secretaria) no Governo de Minas. Um dia, o telefone vermelho tocou inesperadamente, às 9 horas da manhã, na hora em que o Senhor Prefeito colhia os louros do prestígio político, cercado de admiradores.

– Que surpresa, Excelência – disse o Senhor Prefeito para encanto dos assessores e das secretárias.

– Bijuzinho, bijuzinho, tenho um pedido pra fazer, *amore mio* – falou a namorada.

– Sou todo ouvidos, Governador – adulava o Senhor Prefeito.

– Quero jantar com você esta noite em Belô City, *amore mio* – derretia-se a namorada. Estou intimando você, gatinho, a pegar o carro e vir voando pra cá...

– Pois não, Excelência – disse o Senhor Prefeito. Pedido de Vossa Excelência é uma ordem. Estarei em Belo Horizonte para o jantar.

Foi a glória: o Senhor Prefeito partiu apressadamente no carro da Prefeitura para chegar a tempo de jantar com o Governador e discutir assuntos transcendentais para o destino de Minas na atual conjuntura nacional, como disse à primeira-dama, uma santa, coitada.

Estado de Minas

A MENINA LOURA E
O RAPAZ NEGRO

A cena aconteceu na esquina da Tomé de Souza com a Professor Moraes.

Agora que estou diante da máquina de escrever (que ainda prefiro ao computador), uma pergunta dança diante de mim como uma bailarina:

— Será que a cena que vou narrar aconteceria, por exemplo, em Montes Claros? Aconteceria, na mesma circunstância, em Juiz de Fora, Divinópolis, Governador Valadares, Ponte Nova, Uberaba, Uberlândia ou Varginha?

A verdade é que em Belo Horizonte a solidariedade humana e o respeito pela cidadania sofrem agressões que assustam. Mas, na cena que vou relatar, os valores humanos e a capacidade de indignar foram defendidos por uma menininha loura. Calma, leitores e leitoras, não fiquem aí pensando:

— Pobrezinha da menininha loura: o que fizeram com ela?

Vamos à esquina da Professor Moraes com a Tomé de Souza, onde tudo aconteceu. Era aquela hora, por volta das 11 da manhã, um pouco mais, quando acabam as aulas nos grupos e nas escolas e o trânsito fica congestionado. Cruzamos com Kombis que parecem carregar 25 alunos e ônibus

escolares abarrotados. E passam (oh, como passam!) as mães de crianças dirigindo seus carros. Os motoristas queixam-se:
— Valha-nos Deus: só madames estão nas ruas!

Será que aí em Montes Claros, Theodomiro Paulino, os motoristas referem-se às Evas do volante com o mesmo machismo?

E aí em Governador Valadares, Sayonara Calhau (que anda tão sumida daqui), igual situação acontece?

Pergunto a Eduardo Lara Resende:
— Como as Evas do volante são tratadas na heróica Manchester mineira?

Faço a mesma pergunta à Cláudia Lemos:
— Como Ponte Nova se comporta face às Evas do volante?

É hora de reconstituir a cena que quero narrar: na hora do *rush* escolar, o movimento na confluência da Professor Moraes com a Tomé de Souza é enervante. É então que:

— Uma menininha loura, de trancinha, aí pelos 11 anos, rosto pintado de sardas, carregando uma mochila enorme nas costas, vem andando no passeio da rua Professor Moraes. A seu lado, está a jovem mãe.

Quando as duas chegam na esquina da Tomé de Souza, um rapaz negro atravessa a Professor Moraes, aproveitando (aleluia, Senhor Deus dos transeuntes!) que o trânsito abriu para os pedestres.

Um BMW fura o sinal e atropela o rapaz negro, jogando-o longe.

Há como que um tremor de terra na esquina: o BMW foge sem socorrer o rapaz negro, e muita gente, incluindo este cronista, aproxima-se para ver se ele estava bem.

É então que a menina loura grita:
— Eu anotei a placa do BMW! Está aqui, anotei!
— Pára com isso, Mariana — ralha a mãe. — Vamos embora, não se meta!
— Como não me meto, mãe? — falou, estranhamente

adulta, a menina Mariana – o cara do BMW tinha que socorrer o rapaz!

Ajudado por todos, mancando, o rapaz negro veio andando para o lado da rua Professor Moraes onde está a menina loura.

Eu anotei a placa do BMW – disse Mariana. – Você pode dar queixa.

– Mariana – ralhou novamente a mãe. – Pára com isso, Mariana!

– Pára não mãe – seguiu Mariana. – Você não vai dar queixa do cara do BMW? – perguntou ao rapaz negro.

– Vou não, garota – disse o rapaz negro. – Não foi nada.

– Como não foi nada? – disse Mariana. – Você está sangrando na testa!

– Mariana – ralhou a mãe. – Vamos embora ou hoje você não come torta de chocolate!

O amor de Mariana pela torta de chocolate era maior do que tudo e ela se foi com a mãe, e lá fomos todos nós.

Hoje em Dia

UMA HISTÓRIA DE AMOR

*I*a um homem de trint'anos, não mais, num Volks de terceira mão, um Volks amarelo, na manhã de um domingo pelas estradas de terra das fazendas de minha região. Ia só. Minto: ia com Deus, como vocês verão. A missão dele, um homem que fracassou em várias profissões (teve um bar e faliu, teve uma pensão e se deu mal), era comprar os cabelos das moças da região para as fábricas de perucas. Levava, por isso, uma enorme tesoura dentro do Volks amarelo e um saco de plástico onde ia colocando o cabelo que comprava das mulheres.

A maior dificuldade que tinha era convencer as donas dos cabelos longos a cortá-los. Mesmo porque ele não pagava muito, mas nem era isso: era o amor aos cabelos longos. Mas ele foi, quando mais novo, o que todos chamavam de um galã, e aprendeu a dizer às mulheres tudo que elas queriam ouvir. Usava essa estratégia para convencer as moças a venderem seus cabelos.

Na manhã de domingo, lá ia o Volks amarelo. Subiu por uma estrada de terra, deixando uma nuvem de poeira por onde passava, desceu, fez curvas, voltou a subir, e, do alto – junto de uns pés de angico e onde voavam anus brancos – o homem do Volks amarelo avistou, lá embaixo, a casa-grande da fazenda. Era uma casa branca, com uma varanda imensa, que fazia um longo "L" e tinha mais de vinte janelas.

— É na fazenda das vinte janelas que ela mora — tinham dito.

Ela, no caso, era uma moça, filha do dono da fazenda e proprietária, não apenas de um latifúndio em terra, mas de grande beleza — e os cabelos longos desciam abaixo dos quadris. Os cabelos eram grandes assim por promessa.

— Mas que promessa é essa, Mariana? — perguntaram.

Mariana (era, já sabem, o nome da moça) meio sorria, espalhando encantos, e não respondia. Pois Mariana estava na varanda quando viu o Volks amarelo aproximar-se, e na varanda ficou, com os longos cabelos soltos, uns cabelos louros. O homem desceu do Volks amarelo e, no que desceu, foi cercado por três cães perdigueiros, especialistas na caça às codornas, mas que latiam para todo visitante da fazenda.

— Eles não mordem — gritou a moça dos longos cabelos louros. — Só sabem latir.

Lá vai o homem do Volks amarelo subindo a escada.

A moça, que estudava fora, em Belo Horizonte, tinha terminado o curso científico, e estava na fazenda de férias, depois de fazer o vestibular para medicina e perder. Diziam que deixou o cabelo crescer por promessa que fez a Santa Rita de Cássia, para passar no vestibular.

Mas era mesmo?

Não respondia — tanto tinha de bela como de misteriosa.

O homem do Volks amarelo aproximou-se dela na varanda. A cada passo que dava, mais bela a achava. E quando ficaram frente a frente, é que viu que nunca tinha visto uma mulher tão linda.

— Pois não — ela disse e encarou e não abaixou os olhos cor da madrugada.

Ele ficou tão emocionado de ver uma moça tão linda que não conseguia falar.

— Engoliu a voz? — ela disse. Tinha o desassombro das mulheres que se sabem muito bonitas.

— Eu vim fazer uma proposta para a moça — gaguejou ele.
— Mariana. Meu nome é Mariana — ela disse.
— Pois é, Mariana, eu vim fazer uma proposta... melhor dizendo, um pedido.
— Ah, já sei — ela falou. — Nem pensar! Não vendo meus cabelos!
— Não é isso não, Mariana — ele disse.
— Então diga logo o que é, sô!
— Casa comigo, Mariana! Casa comigo!
— Você ficou louco, sô?
— Não, nunca estive tão bem, Mariana: case comigo!
— Eu vou pensar no seu caso — ela disse... e um ano depois estavam casados. Desistiu de ser médica e se tornou fazendeira, junto do marido — o homem do Volks amarelo — e na véspera do casamento, cortou seu longo cabelo louro, pois tinha prometido a Santa Rita de Cássia: só o cortaria quando descobrisse o amor.

Hoje em Dia

PAROU DIANTE DE MIM E PERGUNTOU: SABE QUEM EU SOU?

*P*ois foi. Ele barrou minha passagem, com seu corpo enorme, quando eu ai entrar no bar, e fez a pergunta incômoda:

– Sabe quem eu sou?

Eu o olhei de cima a baixo. Tinha a barba por fazer, que denunciava um dissabor, forte, muito forte. Lembrava um campeão de boxe aposentado e arruinado nos seus 50 anos. Os cabelos eram cinzas. Tentei escapar pela esquerda, mas ele impediu meu caminho. Fui para a direita, mas lá estava o corpo enorme proibindo minha passagem:

– Sabe quem eu sou? – voltou a perguntar.

– É claro que eu sei – respondi, tentando escapar. – Como eu ia me esquecer?

Ele sorriu. Era um homem quase triste, mas sorriu com certa alegria, como se minha declaração de que o conhecia o deixasse feliz. Acreditei, pobre de mim, que ele ia me deixar passar e encontrar os amigos que estavam à minha espera no bar para um chope e jogar conversa fora.

– Está bem – ele foi falando, agora sério. – Se você sabe quem eu sou e ainda se lembra de mim, então responda: qual é meu nome?

Voltei a encará-lo. Meu Deus, de onde eu conhecia aquele gigante que barrava minha passagem? Rugas vizinhas dos olhos pareciam contar que era um homem sofrido. Acaso tinha sido jogador de futebol, desses que tiveram certa fama e depois desapareceram das manchetes? Seria um goleiro ou um zagueiro? Ponta de lança, não parecia ser. Olhei em volta, como se alguém, quem sabe um anjo, como Inajá Figueiredo ou Renata Pinheiro, viesse em meu socorro. Mas ninguém entrou ou saiu do bar naquela hora, oito e pouco da noite.

– Vamos – e ele abriu os braços enormes – qual é o meu nome?

Notei que ele carregava nos olhos a dor do mundo. E só as mulheres, por isso e por aquilo, deixam nos olhos dos homens, pobres homens, a dor do mundo. Um fulano pode ser podre de rico e falir, amargar a pobreza, que não fica com os olhos assim. Pode conhecer a fome, o desemprego, o olho da rua, etc. etc. etc. Mas se foi traído por uma mulher, aí a dor do mundo brilha, em seu lusco-fusco, nos olhos de um homem. Ele se aproximou mais de mim.

– Diga – insistiu, deixando ver que tinha tomado umas e outras – qual é o meu nome?

– Você acha que eu ia esquecer seu nome? – falei, na esperança de que um garçom que, mais de uma vez se aproximou de nós, o chamasse pelo nome salvador. – É claro que eu sei quem é você e como se chama.

– Então diga meu nome – e ele encarou-me com toda a dor do mundo nos olhos. – Diga como eu me chamo.

Por um momento, acreditei que ele fosse o terceiro reserva do gol do Atlético, em priscas eras. Mas não. Nem se as bocas dos estádios o vaiassem. Nem se gritassem: fora fulano, queremos beltrano! Nem se fosse o culpado pela derrota do Galo, ele teria a dor do mundo nos olhos. De repente, no entanto, eu me lembrei dele.

– Você é o Júnior, não é? – falei.

– Sou eu mesmo – ele festejou. – Que bom que você se lembra de mim! – e se pôs a chorar.

Era um choro silencioso. Bati levemente em seu ombro, tentando consolá-lo. Limpou as lágrimas com a mão e contou que, desde que a mulher, a ingrata Lena, juntou tudo que tinha (nem a escova de dentes deixou) e disse que estava indo embora porque amava a outro, a vida perdeu o encanto. Não conseguia esquecer a Lena, os negócios iam de mal a pior, estava falido, razão por que pedia que eu o convidasse para tomar um chope, como nos velhos tempos em que o sorriso da Lena iluminava o mundo.

Estado de Minas

NA MANHÃ DO BRASIL

*E*is que, na manhã do Brasil, na manhã de meu coração, a Banda de Música do Corpo de Bombeiros começa a tocar *Yesterday*, de Lennon e McCartney, diante de minha janela.
    Eu vou ouvindo e sentindo não sei o quê. Talvez a urgência que um pássaro tem de voar. Talvez a necessidade que uma estrela tem de brilhar no céu. Vai dando em mim a necessidade que o galo tem de cantar anunciando a aurora.
    Alguém perguntará:
    — Mas que aurora?
    A aurora, hoje eu direi, da alegria.
    A aurora de um gol.
    A aurora de uma canção.
    A aurora de um amor.
    A aurora da saúde.
    Ouvindo *Yesterday*, com a Banda do Corpo de Bombeiros, eu sinto a necessidade em caráter de urgência de ser o porta-voz da esperança.
    Mas eu sou apenas pobre cronista.
    Não tenho poder algum.
    Não tenho exército nem canhões.
    Não tenho frota de aviões.
    Não tenho fortalezas voadoras.
    Não tenho navios, nem foguetes espaciais.

Tenho só o poder, se é que conta, se é que vale, da esperança.

Ainda assim, nesta manhã de junho, no fim do mês, eu conclamo: – tenham fé irmãos.

Dirijo-me a vocês, desesperados do meu país.

Atenção, muita atenção, candidatos a suicidas do meu país.

Contem até cem, antes de pular do 12º andar.

Contem até mil se preciso for, mas não pulem!

Contem até dez mil, mas não puxem o gatilho do revólver.

Não pulem da janela, suicidas do meu país, que ouvindo *Yesterday*, eu fico sabendo, e quero avisar, que a vida tem jeito, o amor tem jeito, e a solidão tem jeito.

Solitários do meu país, não percam a esperança.

Se um amor morreu, outro amor virá.

Virá quando vocês menos esperarem, porque o amor gosta de quem acredita nele.

Tudo que morre nasce.

O amor é como uma flor.

Por isso, solitários do Brasil, onde vocês estiverem, acreditem.

Se o salário faltar.

Se o amor faltar.

Se a saúde faltar.

Se o emprego faltar.

Se tudo faltar, não percam a esperança, meus irmãos do Brasil.

Eu queria chegar hoje a cada casa, a cada pessoa, a cada cidadão e a cada cidadã do meu país, como o vento da manhã.

O que é que o povo quer?

De que precisa a menina da favela?

Precisa sentir-se amada, não apenas pelo namorado, mas pelo governo do Brasil.

De que precisa o operário?

Precisa sentir-se amado por si mesmo, precisa saber que ser operário é altamente honroso.

De que precisa a moça da classe média brasileira?

Precisa aceitar-se como é.

Aceitar, antes de tudo, esta dádiva divina que todos nós temos: somos brasileiros.

Mas como é estranha a vida!

Ouvindo, na manhã do Brasil, a Banda de Música do Corpo de Bombeiros tocar *Yesterday*, música de dois ingleses do mundo, Lennon e McCartney, eu me descubro mais e mais brasileiro.

Mais do que se estivesse ouvindo um samba.

Mais do que tudo.

Assim, eu queria me misturar ao vento e bater à porta e ao coração dos brasileiros. E conclamar: de pé, brasileiros, um dia, não importa quando, seremos um povo totalmente feliz!

Até lá, em função desse dia, só nos cabe acreditar... e viver!

Hoje em Dia

O CASO DE UM DON JUAN COM UM FINAL CHEIO DE SURPRESA

O Júnior era um Don Juan de uma espécie rara. Queria conquistar, não o coração, mas os pés das mulheres. Com um destaque, que dificultava seu jogo amoroso: tinha que ser a mulher do próximo. Mulher flanando sozinha perdia todo e qualquer interesse, por mais bela e atraente que fosse.

— Mulher *alone* pra mim – dizia o Júnior na roda de chope nos fins de tarde – é homem...

Os amigos brincavam:

— Seu caso, Júnior, nem o Freud explica...

Nos anos mais jovens, pois já passava dos 35, Júnior freqüentou o divã dos analistas. Queria resposta para sua fixação nos pés das mulheres e, principalmente, na circunstância muito especial de que deviam ter namorado, noivo, marido, amante.

— Acaso – perguntava o Júnior ao analista – sou um Édipo mal resolvido?

Toda a fortuna do Júnior, adquirida pelo avô na época de ouro do gado zebu no Triângulo Mineiro, era usada em seus caprichos de Don Juan. Gostava de passar o fim de semana no Rio de Janeiro, onde freqüentava as altas rodas, vivia cercado de colunáveis e *socialites*. Nada de praias. Nada de passeios nas ilhas. A paquera do Júnior acontecia na mais completa clandestinidade, num território mágico: debaixo das mesas dos bares e dos restaurantes. Era aí que seus pés procuravam febrilmente os pés das mulheres.

– Tenho uma teoria – pontificava o Júnior na pérgula do Copacabana Palace, cercado de amigos – que existem mulheres totalmente fiéis em tudo por tudo, menos nos pés.

Fosse onde fosse, Rio de Janeiro, Uberaba, Uberlândia ou Belo Horizonte, onde morava, o Júnior perdia o sono pensando nos pés das mulheres. A dona dos pés tinha que ser bonita, é certo, mas não precisa ser nenhuma beldade que faz os homens perderem o caminho de casa. Ao Júnior não interessavam os lençóis amarrotados nem as alcovas. Como um Don Juan a serviço da conquista dos pés, o Junior contentava-se com que acontecia debaixo das mesas dos bares e dos restaurantes da moda. Algumas mulheres estranhavam. Uma protestou quando o acompanhante foi ao banheiro.

– Você já passou três noites com o pé alisando o meu pé debaixo da mesa. Vai ficar só nisso?

Ao Júnior bastava a febre dos pés se tocando. Usava sapatos de cromo alemão, custavam uma fortuna, ainda mais depois que o dólar disparou na cotação, mas o Júnior era mão-aberta como todo filhinho do papai. Seguia sempre um ritual. Primeiro escolhia o alvo. Depois, tirava o sapato e, descalço, só de meia, entrava em ação, girando o pé debaixo da mesa. Não gostava das mulheres fáceis. Detestava as que, mal começava um papo, já estavam com os pés oferecendo-se debaixo de uma mesa. Um pé de mulher que se preza tinha que ser difícil. O primeiro toque devia demorar. Era o que o Júnior chamava de contato de primeiro grau.

Certa noite o Júnior estava com um casal carioca ocupando mesa num bar da moda em Belo Horizonte. Na sua frente, a dona dos pés mais bonitos do Brasil. O Júnior iniciou a conquista debaixo da mesa. O mesmo ritual de sempre. Meia hora depois, eis que aqueles morenos pés aceitaram o jogo. Era uma noite de glória para o Júnior. A dona dos pés era linda. Olhos verdes, queimada de sol. O jogo febril continuava clandestinamente, sem que o marido suspeitasse. Subitamente, a dona dos pés avisou:

– Vou ao toalete – e ficou de pé.

Mas os pés continuaram tocando os pés do Júnior debaixo da mesa. Vendo verdadeiramente o que acontecia, o Júnior gritou, para todos ouvirem:

– T'esconjuro, Satanás – e, fulo da vida, foi atacar em outra freguesia.

Estado de Minas

CARTA A MILTON NASCIMENTO

*M*eu caro Milton Nascimento:
Escrevo diretamente do *front* de uma guerra, onde o bem e o mal, a alegria e a tristeza, a justiça e a injustiça, o amor e o ódio, estão sempre travando uma batalha de vida e morte.
Não, não direi que somos amigos. Já bebemos na mesma mesa, já voamos no mesmo avião e já participamos de sonhos irmãos na política e na vida.
Mas não somos propriamente amigos – o que não impede que, um dia, possamos ser.
Eu nunca contei a você um segredo.
Nem você nunca abriu seu coração comigo.
Pois é isso, o abrir o coração, que faz os amigos.
Não importa – nem diminui a admiração que tenho por você.
Você perguntará:
– Qual é a razão desta carta aberta?
Vou explicar:
– É que eu sempre quis dizer a você uma ou mais coisas.
Umas coisas que estive para dizer, nas várias vezes em que nos encontramos e não consegui. Uma noite, voando de Lisboa para o Rio de Janeiro num TriStar da TAP, eu quase disse. Mas chegou alguém e eu não pude falar. Eu

via ainda (a 10 mil metros de altura, em cima do Oceano Atlântico) a emoção do *show* que você fez no Mosteiro dos Jerônimos, numa Lisboa que, para mim, cheira ao suor da pele da mulher portuguesa e a cravo-da-índia. No Mosteiro dos Jerônimos eu vi uma moça alemã que não sabe português chorar quando você cantava. Porque quando você canta, Milton Nascimento, é como um anjo cantando e uma língua universal canta por sua voz – e é a língua do coração.

Ah, em que idioma você canta, Milton Nascimento?

Num único idioma que tem sentido cantar e escrever: o idioma do coração.

A lágrima da moça alemã no Mosteiro dos Jerônimos era irmã da lágrima brasileira que eu chorei quando você cantava.

Então, no vôo entre Lisboa e Rio de Janeiro, eu queria falar a respeito com você.

Mas eu queria falar mais – sempre quis, desde que o ouvi cantar *Travessia*, sua e de Fernando Brant, e senti: este é o cantor do Brasil e um dos dois ou três maiores cantores do mundo.

De que cor é a sua voz?

É negra?

É da cor do vento?

É da cor do pensamento?

É lilás?

É vermelha?

É da cor da pele dos índios seus amigos?

É da cor da aurora?

Sua voz, Milton Nascimento, é orgulhosamente negra e você é irmão de Ray Charles e de Paul Robeson e de Louis Armstrong.

Mas sua voz é também irmã da voz de Frank Sinatra e, também sem parecer nada, é irmã da voz de João Gilberto e de Orlando Silva.

Quando você canta, instaura-se um milagre.

Minas fica de pé. O Brasil fica de pé. A América do Sul fica de pé. Pois sua voz, que não pertence a partido político algum, porque é ecumênica, tem uma ideologia que une os sonhos de todos nós.

Nossos sonhos contraditórios unem-se na sua voz, que não tem dono nem senhor.

Você é irmão do sabiá e da cotovia.

Uma noite, em Frankfurt, perguntaram, pois sabiam que eu vinha de um país exótico:

– Você já viu o canto do uirapuru?
– Já – respondi.
– E ele é mesmo o pássaro da felicidade?
– É – respondi.
– E como canta o uirapuru?
– Como Milton Nascimento – respondi.

– Ah! – fizeram todos e entenderam que você, Milton Nascimento, canta como o pássaro da felicidade que, se não veio para todos, um dia virá, e é sua voz que anuncia.

Hoje em Dia

MANUAL DE SOBREVIVÊNCIA

Se ficar só – saber conviver com a solidão.
Ver na solidão uma aliada para um enriquecimento que não passa pelos bancos: o enriquecimento interior.
Ver na solidão, não um fantasma, mas um acontecimento na vida de todo homem e de toda mulher.
Não beber porque está só.
A bebida só é boa companheira se estamos alegres e a solidão não alegra ninguém.
Se a solidão não alegra – no entanto não pode nos derrotar.
Confiar: nenhuma solidão dura para sempre.
Se ficar triste – saber conviver com a tristeza.
Saber que a tristeza não é eterna, não dura para sempre.
Olhar a tristeza cara a cara como temos que olhar a solidão.
Há momentos que inevitavelmente um homem e uma mulher vão se sentir sós e tristes.
Faz parte da vida.
Ninguém, nem o homem mais rico do mundo, nem a mulher mais poderosa ou famosa, ninguém evita a tristeza.
Quando ficar triste, deixe a tristeza ser tristeza.
Não procure camuflar a tristeza.

Mas saiba conviver com ela como se fosse uma amante não desejada.
É a melhor maneira de derrotar a tristeza.
Se ficar desesperado – saber reconhecer o desespero.
E pedir ajuda.
Pedir ajuda a Deus. Pedir ajuda aos santos mais queridos. Recorrer ao padre. Recorrer ao pastor. Recorrer à religião, ou crença, seja qual for.
Pedir a ajuda dos amigos.
Pedir a ajuda da família.
Pedir a ajuda da música e de um livro.
Quantas músicas nos ajudam a viver?
Quantos livros nos ajudam?
Quantas orações nos ajudam?
O que seria de nós se não soubéssemos rezar?
O que seria de nós se não soubéssemos cantar?
Se você ficar em solidão completa.
Se ficar em tristeza total e absoluta.
Se ficar desesperado – lembre-se, seja você quem for: a vida vale a pena.
Não, a vida não é um cassino.
Não é um festival.
Não é um jogo de futebol (ou de vôlei ou basquete).
A vida é muito mais complicada.
Viver é aprender.
Não apenas aprender as lições que estão nos livros.
Mas, simplesmente, aprender a viver.
Viver a gente só aprende vivendo.
Não existe outro caminho – não existe um aprendizado da vida a não ser na vida.
Quantos momentos já vivemos e que, depois de idos e vividos, perguntamos a nós mesmos: – Como eu consegui suportar?
Nada é eterno.
Nenhum amor é eterno.

Nenhuma solidão é eterna.
Nenhuma tristeza é eterna.
Nenhuma dor é eterna.

Assim como aprendemos a sobreviver na selva (o que comer, o que beber, etc. etc. etc.) também aprendemos a sobreviver neste mundo. Cada um deve fazer o seu próprio manual de sobrevivência. É a melhor maneira de derrotar os desafios da vida. É a melhor maneira de lutar pela felicidade. Lembre-se: tudo que temos é resultado de nossa luta.

Hoje em Dia

RECORDAÇÕES DE BELÔ CITY QUANDO DEUS ESTAVA FELIZ DA VIDA

*E*ra no tempo em que Belô City, como Lucy Panicalli e Aurélio Prazeres chamavam a cidade, tinha casas com quintal, onde hoje sobem os espigões, alguns tão altos que até parece que lá do alto a gente pode falar com Deus. Galinhas ciscavam a terra nos quintais, debaixo dos pés de manga, e Belô City acordava com o canto dos galos e os bondes elétricos sacudindo as casas e os corações. Quando o vento soprava, carregando o perfume da dama-da-noite logo que as primeiras estrelas apareciam no céu, o pintor Augusto Degois, que não sabia que ia ter uma morte tão trágica, postava-se diante da Livraria Rex, na praça Sete, e ficava esperando.

– Deus está feliz – dizia Degois em voz alta, conversando sozinho.

– Por que Deus está feliz? – perguntava Didico do Mestre, que passava na hora, atrasado para o papo em frente ao Normandy, com o futuro embaixador José Aparecido de Oliveira.

– Quando o vento carrega este cheiro de dama-da-noite, prezado senhor – explicava Degois – é porque Deus está feliz da vida.

Degois era o primeiro a chegar para o encontro diante da Livraria Rex. Depois dele, o autor destas mal traçadas chegava e, em seguida, vinha o pintor Vicente de Abreu, que não sabia que um dia, durante a ditadura militar instalada em 1964, ia para o exílio. Nós três éramos ligados ao PC, o Partidão, eu e Vicente como militantes, e Degois como simpatizante. Eu chegava ali com a sensação pior que existe, de que a polícia estava atrás de mim. Vinha dos comícios-relâmpagos feitos em bondes.

Acontecia assim: ao cair da noite, militantes da Juventude Comunista, liderados por mim e por Hélia Ziller, a bela, filha de um mito das esquerdas, Armando Ziller, misturavam-se aos passageiros que tomavam o bonde Horto, na rua Caetés. Antes de chegar à praça da Estação, um de nós ficava de pé e fazia um comício-relâmpago contra o governo. Os companheiros disfarçados de passageiros aplaudiam e os outros mortais comuns iam para casa levando as palavras de ordem do Partido. Eu descia do bonde Horto e ia às pressas para o encontro diante da Livraria Rex.

A presença mais aguardada era a de Dídimo Paiva, o grande jornalista. Eu, Degois e Vicente de Abreu sempre temíamos que, por isso e por aquilo, Dídimo ia levar um de seus sumiços, e não aparecer. Mas lá vinha Dídimo Paiva e nosso papo começava. Era fascinante. Falávamos de tudo. Vicente de Abreu gostava de falar sobre o maior livro que tinha lido, *As Vinhas da Ira*, do norte-americano John Steinbeck. Dídimo Paiva contava histórias irreverentes sobre os políticos brasileiros, pois era íntimo de Carlos Lacerda e de Plínio Salgado, o líder dos integralistas, que nós chamávamos de "galinhas verdes".

Eu, que acreditava na revolução, dava conta dos comícios-relâmpagos. E mais tarde, antes de irmos para o Montanhês Dancing, na rua Guaicurus, falávamos sobre as mulheres do mundo. Mas, um dia, o alto comando da Juventude Comunista, vale dizer o Camarada Alves, convocou-me para uma reunião de emergência. Tinha um comunicado a fazer: a partir daquela noite, nossos papos diante da Livraria Rex estavam terminantemente proibidos. Perguntei:

– Mas por que, Camarada Alves?

– É que o Dídimo Paiva é um perigoso agente da reação internacional, militante do partido integralista do Plínio Salgado – dizia o Camarada Alves, cujo nome verdadeiro era Meyer Caminievsky. O Dídimo é um "galinha verde", inimigo da liberdade...

Degois e Vicente de Abreu reagiram à ordem do Camarada Alves e continuaram a se encontrar com Dídimo Paiva diante da Livraria Rex. Eu, não, eu me submeti à proibição. Mas toda noite, quando o vento de Belô City soprava carregando o cheiro da dama-da-noite, eu ia à praça Sete. E ficava olhando de longe a alegria de Degois, de Vicente de Abreu e de Dídimo Paiva conversando sobre os agitos do mundo. Depois, eu ia para a Zona Boêmia, onde reinava Hilda Furacão, pensando com os meus botões que a liberdade é um doce e arisco pássaro e que em nome da liberdade, como tinha escrito o poeta francês Paul Éluard, se cometem pequenos e grandes crimes.

Estado de Minas

PS – Quando caiu a noite escura da ditadura militar no Brasil, a partir do dia 1º de abril de 1964, Dídimo Paiva foi um dos heróis da resistência, a favor da liberdade, como presidente do Sindicato dos Jornalistas de Minas Gerais.

O MENINO E O SABIÁ

Tinha um sabiá cantando numa árvore.
Tinha um menino com uma espingarda de ar comprimido.
Tinha um cronista sem assunto.
Tinha aquela hora da manhã (entre 10 e 11 horas) em que tudo parece inocente.
Tinha uma porção de gente por ali, mas gente descuidada, não prestava atenção no sabiá cantando, no menino com a espingarda, nem no cronista sem assunto ou na manhã.
Era nas imediações do Minas-2, ali, onde o Parque das Mangabeiras abraça a cidade. Onde os sabiás sentem-se livres. Onde os meninos julgam-se pequenos caçadores.
Subitamente, o menino viu o sabiá que cantava pousado na árvore.
Ah, menino da cidade grande!
O que se passa em seu pequeno coração quando você ouve o sabiá cantar?
Você já tinha visto um sabiá antes?
Já sabia do canto do sabiá?
O certo é que o menino vai se aproximando da árvore onde está o sabiá. Há não sei o que de felino no menino. Alguma coisa de um gato. Já viram os gatos, sempre famintos, que caçam pombas-rolas nas ruas da cidade? Pois é

assim, como um gato amarelo vizinho da rua onde moro (e que é um gato caçador) que o menino vai se chegando para debaixo da árvore onde canta o sabiá.

O cronista vê tudo e nada faz para impedir.

Para dizer a verdade, o cronista pensa:

– Epa! Pelo jeito vou ter um bom assunto para uma crônica!

Lá vai o menino como um gato amarelo para debaixo da árvore onde está o sabiá.

O que você faria em lugar do cronista, moça de Santa Teresa?

Impedia o menino de atirar?

Espantava o sabiá?

Ou ficaria quieta, observando, como faz o cronista sem assunto?

Ai dos gatos amarelos e famintos.

Ai dos sabiás inocentes.

Ai dos cronistas sem assunto!

Sentindo-se um caçador, que ganhou uma espingarda de ar comprimido quando fez 10 anos, o menino brinca de caçar.

Vai ver que o avô do menino foi caçador no interior de Minas.

Vai ver que o pai do menino caçou nas matas de uma fazenda.

Vai ver que é isso.

O menino chega debaixo da árvore e aponta a espingarda para o peito do sabiá. A poucos metros de distância, o cronista assiste a tudo. E não toma nenhuma atitude. Nada faz para impedir. O sabiá continua cantando. Canta como os sabiás do interior de Minas. Canta como quem reza:

"Nosso Senhor, Nosso Senhor.

Manda chuva, Senhor..."

É então que o menino puxa o gatilho da espingarda de ar comprimido. É como se acertasse no coração da manhã. É como se a manhã toda ficasse ferida. Uma mancha vermelha como uma flor aparece no peito amarelo do sabiá. Mas ele continua cantando e todos se aproximam. Os meninos mais velhos correm atrás do menino que atirou no sabiá.

– Coitadinho do sabiá – diz uma moça morena. – Tadinho – dizem todos.

Indiferente a tudo, o sabiá canta. E canta tão lindo que cala tudo mais. Cala os outros pássaros. Cala os que sentem pena dele. É como se tivesse consciência de que vive os últimos momentos de sua existência. Liberta o seu mais belo canto, diante da pequena platéia. De repente, pára de cantar e cai da árvore. Todos aplaudem e o cronista sem assunto fica pensando:

– Vai dar uma boa crônica.

Ah, moça de Santa Teresa: um cronista sem assunto é como um homem sem coração. É como um gato amarelo.

Hoje em Dia

A MENINA DAS ROSAS

– *M*oço – disse a menina de 11 anos que vende flores de bar em bar, quando a noite chega na cidade – compra uma rosa. – Hoje, não, garota – desconversou o rapaz que bebia chope.
– Olha que rosa linda, moço – insistiu a menina. – Custa só R$ 1,00.
– Não é por causa do preço, não, garota – explicou o rapaz, que esperava amigos na mesa do bar.
– É por que, então, moço? – perguntou a menina.
– Olha, quer saber de uma coisa, garota – falou o rapaz perdendo a esportiva – eu te dou R$ 1,00 pra você me deixar em paz.
– E o moço fica com a rosa?
– Não, garota – e o rapaz tirou do bolso uma nota de R$ 1,00 e estendeu à menina. – Agora, *ciao*, menina.
– Não posso aceitar o dinheiro, moço – disse a menina, parada diante da mesa do rapaz.
– Não pode aceitar, garota? – e o rapaz continuou com a nota na mão.
– Não, moço.
– Por que não, menina?
– Eu não posso fazer isso com uma rosa tão bonita, moço – e a menina olhou carinhosamente para a rosa vermelha que tentava vender ao rapaz.

— Não pode fazer isso com uma rosa, menina? — e o rapaz guardou a nota de R$ 1,00 no bolso da calça. — Por que não pode?

— A rosa não ia me perdoar, moço.

— Bobagem, menina, rosa não sente — e o rapaz olhou pela primeira vez para a rosa.

— O senhor é que pensa, moço — disse a menina com muita certeza. — Eu sou amiga das rosas e sei que elas têm sentimento. Sabia que a rosa chora, moço?

— Olha aqui, garota — impacientou-se o rapaz. — Quanto você quer pra me deixar tomar meu chope sossegado?

— Nada, moço.

— Então, *ciao*, garota.

— Não posso ir, moço — justificou-se a menina. — Esta rosa está querendo ser do moço. Vai me dizer que um moço tão bonito e charmoso não tem uma mulher pra oferecer uma rosa?

— Não tenho não — e o rapaz pediu ao garçom mais um chope.

— Está vendo aquela moça com aquele casal lá na frente? — e a menina das rosas apontou para uma mesa.

— Estou — disse o rapaz.

— Ela não tira o olhos do senhor, moço.

— Aquela morena bonita de olhos verdes? — interessou-se o rapaz.

— Ela mesmo, moço — confirmou a menina. — Olha como ela fica pegando no cabelo sem parar.

— E o que tem isso, menina? — e o rapaz mudou de posição na mesa.

— Quando as mulheres ficam enfiando os dedos no cabelo estão dando um recado pra algum homem — seguiu a menina. — Ela está doida com o senhor, moço. Por que o senhor não manda uma rosa pra ela? — propôs a menina. — Eu posso ir lá e entregar e falar com ela que foi o moço que mandou.

– Sei lá, sei lá – duvidou o rapaz.

– Ela pode ser a mulher de sua vida, moço – falou a menina das flores.

– Está bem, garota, você venceu – e o rapaz pagou a rosa com a nota de R$ 1,00 e a menina foi à mesa e entregou a rosa à moça. Era uma moça muito bonita e segura, até onde as mulheres realmente bonitas são seguras. Com a rosa na mão, cheia de festa, foi até a mesa onde estava o rapaz, e perguntou: – Como você descobriu que eu sou doida com rosas?

– Eu sou vidente – respondeu o rapaz. – Toma um chope comigo?

– Tomo – respondeu a moça, enquanto a menina das flores olhava de longe e sorria, como se fosse uma fada casamenteira.

Estado de Minas

DEVOLVAM A
MOÇA MORTA

Se vão indultar o assassino, então devolvam a moça morta, tal como ela era quando viva.

Devolvam o vulto moreno!

Devolvam a beleza!

Devolvam os cabelos negros soltos ao vento!

Devolvam a voz, o jeito de falar, devolvam as músicas que a moça morta gostava de cantar! Devolvam tudo que era dela: a mesma estatura, o mesmo jeito de andar, ah, devolvam o prazer de dançar. E, acima de tudo, devolvam a alegria de estar vivendo, sem medo de uma tesoura assassina. Sem medo da noite dos assassinos.

Se vão indultar o assassino, desmintam as edições extras da televisão.

Desmintam a voz nervosa dos locutores das rádios anunciando o crime hediondo.

Desmintam e apaguem as manchetes dos jornais.

Desmintam a fotografia da moça morta na primeira página.

Digam à mãe da moça morta que tudo não passou de um lamentável engano, pois Daniella Perez vai voltar.

Digam ao marido para esperá-la, como num dia de festa no Rio de Janeiro, pois Daniella Perez vai voltar.

Convoquem os amigos, os companheiros de elenco da novela, convoquem o pai e os irmãos, os avós, ressuscitem os mortos e gritem ao mundo que Daniella Perez está de volta.

Se vão indultar a tesoura assassina, então devolvam a moça morta, sem nenhuma marca, sem nenhuma cicatriz.

Devolvam o coração batendo dentro do peito.

Devolvam o corpo sem nenhum arranhão.

Senhores que indultam assassinos: retirem o susto dos olhos da moça morta! Retirem o espanto! Calem o grito de medo que se espalhou na noite do Rio de Janeiro. Silenciem o pedido de socorro. Consertem o mal que a tesoura assassina fez. Tragam a vida ao que a tesoura assassina matou.

Digam à dor da moça morta para não doer.

Digam ao medo que a moça morta sentiu para ir embora.

Espalhem a boa nova pelo Rio de Janeiro, pelo Brasil, pela América do Sul: não, Daniella Perez não morreu, está mais viva do que nunca.

Se vão indultar o assassino.

Se vão permitir ao assassino que viva como se não tivesse matado.

Se vão dar ao assassino os mesmos direitos de quem nunca matou.

Ah, então, senhores que indultam assassinos e tesouras assassinas, façam o favor de trazer a morta tão viva como antes.

Façam o favor de permitir que a moça morta possa ir às festas de que gostava, possa ir ao cinema com o marido e depois jantar e beber um chope com os amigos.

Façam o favor de permitir que a moça morta fique olhando um navio passando ao longe no mar e se perguntando: "Meu Deus, em que porto do mundo esse navio vai atracar?".

Façam o favor de devolver o sucesso que a moça morta fazia na novela na televisão. Façam o favor de devolver o futuro que a moça morta tinha como atriz. E não se esqueçam, senhores que indultam assassinos e tesouras assassinas, indenizem Daniella Perez pelo tempo em que esteve morta. Pela festa da vida que ela perdeu tão sem culpa como quem perde o trem.

Se vão indultar o assassino, devolvam a moça morta, viva como era antes!

Estado de Minas

O CEGO E A BELA

O cego parou na banca de jornais diante do cartaz da revista *Playboy* em que Adriane Galisteu aparece nua.
— Como ela está? — perguntou o cego ao guia, um menino de uns 12 anos.
— Toda nua — disse o menino. — Nuinha em pêlo.
— Você jura? — insistiu o cego. — Jura que ela está nuinha em pêlo?
— Juro — disse o menino.
— Que Santa Luzia perdoe meu coração pecador — e o cego benzeu-se, rezou em voz baixa. — Ela é mesmo muito bonita?
— Põe bonita nisso — disse o menino.
— É mais bonita que a Xuxa? Fala a verdade, não mente não, se você mentir eu te devolvo para sua mãe em Santa Cruz do Escalvado.
— Eu juro que estou falando a verdade.
— Então diz: ela é mais bonita que a Xuxa?
— Muito mais.
— Mais bonita que a Malu Mader?
— Muito mais — exagerava o menino.
— Que o Menino Jesus de Praga tenha pena de mim — e o cego suspirou. — Fala mais. Conta como ela está na fotografia.
— Está nua — disse o menino.

— Isso você já disse — e o cego aproximava-se de Adriane Galisteu nua no cartaz da *Playboy*. — Ela está nua e o que mais?

— Nuinha em pêlo e deitada numa colcha vermelha — disse o menino.

— Nuinha em pêlo e deitada numa colcha vermelha. Você jura que é uma colcha vermelha?

— Juro.

— E ela não usa nada, roupa nenhuma, e está deitada e nuinha em pêlo?

— Eu já disse que está — falou o menino, um tanto impaciente.

— Fala mais. Santa Luzia há de perdoar meu coração pecador — e o cego pôs-se novamente a rezar.

— Ela só usa um brinco na orelha — disse o menino.

— Um brinco? Oh, não, por São Domingos Sávio, não. Ela usa um brinco e está nua?

— Usa.

— Santo Deus! Foi por ser um pecador que Santa Luzia tirou minha visão. Eu mereço ser cego porque sou um pecador.

— Mas não é pecado achar uma mulher bonita — disse o menino. — Mulher bonita é obra de Deus.

— Menino! — ralhou o cego. — Você está falando como um pecador.

— Olha quem diz — riu o menino.

— Trata seu tio com mais respeito, senão...

— Senão o quê? — desafiou o menino.

— Senão eu não te dou dinheiro para ir ver o Atlético jogar nem pra comprar a camisa da Galoucura e ainda te devolvo para sua mãe em Santa Cruz do Escalvado.

— Desculpa, tio! — disse o menino.

— Agora fala mais — pediu o cego. — O que é mais bonito nela?

— A boca – respondeu o menino. – A boca é mais bonita que os olhos verdes e do que o cabelo louro.

— E a boca é mais bonita do que o corpo nu?

— É – respondeu o menino.

— Você jura?

— Juro.

— Agora me fala do cabelo dela.

— É um cabelo louro... mas tem um negócio nele! Ele brilha.

— Santo Deus! O que será de minha alma de pecador. Além de tudo, ela tem cabelo louro? Que São Domingos Sávio e São Judas Tadeu me ajudem – e o cego aproximou-se mais do cartaz e estendeu a mão. – Eu só queria tocar no cabelo dela.

— Estende um pouco mais a mão – disse o menino.

O cego estendeu a mão e tocou com os dedos o cabelo de Adriane Galisteu.

— Consegui? – perguntou ao guia.

— Conseguiu – respondeu o menino.

Durante algum tempo o cego tateou o cabelo de Adriane Galisteu. Mas logo afastou os dedos, pôs-se a rezar e saiu andando pela avenida Afonso Pena ao lado do menino. Rezou um bom tempo. Depois pôs-se a anunciar com a voz rouca: – Olha a borboleta, quem quer ganhar? Olha a borboleta, é a sorte grande!

Hoje em Dia

PAPAI NOEL ESTÁ CHORANDO

Eu ia andando pela avenida Getúlio Vargas, no coração da Savassi, quando vi Papai Noel e descobri que, mesmo nestes tempos de terror e de guerra, o Natal já se anuncia. Era um Papai Noel de barbas brancas como algodão-doce e, ainda que os olhos fossem azuis, a pele tinha sinais do sol dos trópicos. Carregava um saco vermelho nas costas e, subitamente, no momento em que me aproximei dele, Papai Noel começou a chorar.

Ah, por que choras, Papai Noel?

Choras por um mundo que perdeu o rumo e o prumo?

Choras pelas vítimas inocentes do terror?

Choras pelas vítimas da guerra no Afeganistão?

Choras por causa dos conflitos entre o Brasil e os defensores de uma pátria palestina?

Choras pelos que sentem fome de pão e de afeto?

Choras pelos humilhados e ofendidos?

Ah, acaso choras, Papai Noel, pelos desesperados do mundo, como o rapaz que pulou lá do alto do edifício?

Choras pela moça que vestiu seu vestido mais bonito, de ir às festas, e nunca mais voltou para casa?

Choras pelos que a polícia prende e não têm direito de defesa?

Aproximei-me de Papai Noel, não apenas solidário com as lágrimas que desciam de seus olhos, molhavam o rosto tropical e iam dar nas barbas de algodão-doce. Estava, devo confessar, muito curioso em saber por que o bom velhinho chorava no fim de uma tarde do horário de verão. Acreditei, por que não, que sentiu pena de um cronista que estava absolutamente estressado e estafado e, por isso mesmo, sem assunto.

Deixem-me sentado no meio-fio de uma rua de Roma, a Via Veneto, por exemplo, e eu escreverei uma crônica.

Deixem-me em Cabul ou na Faixa de Gaza e eu serei capaz de escrever como se estivesse em Minas.

Em Minas, eu estou em casa, mas mesmo em Minas, se estiver cansado, não escrevo linha alguma. De maneira que eu acreditava que o bom velhinho podia estar chorando só para me dar o tema de uma crônica e afastar o estresse para longe de mim.

– Boa tarde, Papai Noel – eu disse em português.

– Boa tarde? – estranhou Papai Noel, com forte sotaque do Sul de Minas. – Eu não posso ter boa tarde...

– Por que não, Papai Noel? – perguntei, cheio de boas intenções, enquanto o bom velhinho continuava a chorar. – Abre o coração, Papai Noel...

Papai Noel enxugou as lágrimas com a costa da mão esquerda, enquanto a direita segurava o saco que tinha nas costas.

– O senhor está chorando por causa das guerras do mundo, Papai Noel? – perguntei.

– Não – respondeu Papai Noel. – Eu choro por amor...

Começou a chuviscar e, então, Papai Noel e eu entramos numa galeria com várias lojas. Era um local mais propício para as confissões e Papai Noel contou a história que o levava às lágrimas: apaixonou-se, o pobre e inocente velhinho, por uma moça de 17 anos que podia ser sua filha e tinha um escorpião tatuado no ombro. Ele a amava e a moça do escorpião, como num poema de Neruda, às vezes também o amava. Até que ela anunciou, com seu jeito cantado de falar:

— Vou voltar pra Bahia.

E pegou o primeiro ônibus, pois é uma moça pobre, e se foi, levando a alegria para a Bahia, carregando, em sua mochila, a felicidade.

— O que é que eu faço? — perguntou Papai Noel.

— Toma o primeiro ônibus pra Bahia, Papai Noel — aconselhei e me despedi, feliz (isto mesmo: feliz) porque tinha encontrado um tema para uma crônica em meio a meu cansaço.

Estado de Minas

UMA CENA BRASILEIRA

Aposto que ele não pula – disse o corretor de imóveis aposentado e, protegendo os olhos do sol com a mão em concha, olhou para o edifício Joaquim de Paula, onde, no 8º andar, um homem ameaçava pular.
– Pois eu aposto que ele pula – falou o investigador aposentado. – Pela posição dele ele pula.
– Pula não – insistiu o corretor de imóveis.
– Pula – garantiu o investigador.
– Está bem – seguiu o corretor de imóveis aposentado. – Vamos apostar o que desta vez?
– Mil dólares – disse o investigador.
– Mil dólares é muito – falou o corretor de imóveis. – Eu não quero ganhar o seu dinheiro.
– Do meu dinheiro cuido eu – cortou o investigador. – Vamos casar os mil dólares. Estou com as verdinhas aqui.
– Não, mil dólares é muito – e o corretor de imóveis ficou olhando o candidato a suicida lá no alto. – Quinhentos dólares eu topo.
– Fechado – disse o investigador aposentado, que ultimamente vivia de apostas.
Os dois chamaram um ex-radialista, que fez muito sucesso animando programas de auditório, e entregaram-lhe os dólares da aposta.
– Estou apostando que ele pula – explicou o investigador.

— E eu aposto que ele não pula — falou o corretor.

Tudo acontecia na Esquina dos Aflitos, em pleno território da praça Sete, junto do Café Pérola. Uma multidão foi crescendo diante do Cine Brasil. Lá do alto do Edifício Joaquim de Paula, o rapaz ameaçava pular. A multidão dividia-se:

— Pula! Pula — gritavam uns.

— Não pula, não! — gritavam outros.

Uma moça morena de calça *jeans* começou a gritar como se pudesse ser ouvida lá no alto pelo quase suicida:

— A vida é bela!

Os ônibus passavam como sempre. Os carros passavam como sempre. Mas, no alto do Edifício Joaquim de Paula, um homem ameaçava pular.

— Apesar de tudo — gritava a moça de *jeans* — a vida é bela.

O investigador aposentado, que apostou que o homem ia pular, tinha a si mesmo na conta de um profundo conhecedor da alma humana. Mas o que o fez apostar quinhentos dólares no salto do suicida era mesmo a postura do homem lá no alto. Ele acendeu um charuto e começou a pensar no que faria com os quinhentos dólares. Já o corretor de imóveis, que ficou rico na profissão, também pensava no que ia fazer com o dinheiro da aposta.

— Decidido — pensou o detetive aposentado. — Eu vou dar os quinhentos dólares para a patroa. Vou chegar lá em casa e falar: é pra você. Xiii, quando ela souber como eu ganhei esse dinheiro, a patroa não vai gostar.

— Se eu ganhar — disse o corretor de imóveis — vou distribuir os quinhentos dólares com os pivetes. — Vocês vão ver.

Anunciado pelas sirenes, chegou uma guarnição do Corpo de Bombeiros.

— Pula — gritava a maior parte da multidão.

— Não pula, não — respondia a minoria.

Era como num jogo de futebol. Havia duas torcidas. O

velho radialista decidiu que, se os bombeiros impedissem o suicida de saltar, a aposta terminava empatada. Ninguém ia ganhar.

— A vida é bela — gritava, já um tanto rouca, a moça de *jeans*.

Ouviu-se um murmúrio na multidão como na hora de um pênalti marcado pelo juiz. Eram os bombeiros que chegavam lá no alto. Ao vê-los, o candidato a suicida abriu uma faixa branca com letras vermelhas que diziam:

— "Pare de fumar tomando..." (e vinha o nome de um novo produto).

A multidão, liderada pelo corretor de imóveis aposentado e pelo ex-detetive, sentiu-se enganada e vaiou com uma fúria como quem vaia um juiz ladrão.

— Pilantra! — gritava o corretor de imóveis. — Grande pilantra!

— No meu tempo, eu ia lá e prendia esse camelô de uma figa — disse o ex-detetive aposentado — e metia ele no xilindró.

Aliviada, a moça de *jeans* disse:

— Ainda bem que era só um anúncio! Ainda bem!

As pessoas tomavam seus rumos. Havia no rosto de cada uma um quê de decepção. Como num jogo de futebol que termina empatado.

Hoje em Dia

INVOCAÇÃO AO ESPÍRITO DE JUSCELINO NA MANHÃ DE MINAS

*E*spírito de Juscelino, dado a cantar, a dançar, a rir, a gargalhar, a sonhar, toma conta de Minas. Alegra Minas, espírito de Juscelino. Fala com Minas: a vida é uma só, é preciso gozar a vida, Minas, que a vida é como o minério que tiraram de tuas entranhas, só dá uma safra.

(Parênteses 1: como uma professora de Diamantina, dona de uma bravura singela e mansa, que parecia pedir desculpas por existir, conseguiu educar o filho órfão para ser um estadista da dimensão de Juscelino Kubitschek. Olhando para trás, revendo o que Juscelino fez quando era prefeito de Belo Horizonte, uma alegria dança feito bailarina. Louvemos o prefeito sonhador que convocou jovens rebeldes, que estavam à frente de seu tempo, para virem criar a Pampulha. Que seria de Belo Horizonte sem a Pampulha, que seria da Pampulha sem Oscar Niemeyer, sem Cândido Portinari, sem Burle Marx? Dia desses, como gosta de escrever Anna Marina Siqueira, latifundiária, sem que a própria saiba, nas terras do meu coração, fui à Pampulha. Era uma tarde que anunciava o outono. Então eu aprendi a admirar as obras de Mestre Niemeyer. A gente tem que chegar de mansinho. Chegar devagar como se a igrejinha de São Francisco, mais que uma nave de Deus, fosse o pássaro da juventude. É preciso não assustar o pássaro da juventude criado por Niemeyer, senão o pássaro bate asas e voa.)

Espírito de Juscelino, fala com Minas que Minas é um só coração, esteja onde estiver. Ah, o Triângulo, onde passei anos mágicos de minha existência infantil, que quer separar de Minas? O Sul de Minas tem queixas? A Zona da Mata, liderada por Juiz de Fora, vive de cabeça virada pelo Rio de Janeiro? Diz a Minas, espírito de Juscelino, que é hora de Minas parar de dar as costas para Minas. Minas tem que abraçar Minas, apertar as mãos de Minas. Minas tem que se olhar no espelho e falar: eu sou una e indivisível.

(Parênteses 2: que ninguém me queira mal pelo que a seguir se lerá, mas o Triângulo tem lá suas razões de querer se separar. Não é porque seja tão rico e lá, em suas terras, em se plantando e em se sonhando, tudo dá, tudo cresce. É que a Minas onde fica o Palácio da Liberdade tem o mau costume de dar costas para o Triângulo. Não é de agora, não é de Itamar. Sabem o que eu faria se fosse Itamar, ainda mais querendo voltar à presidência da República? Ah, eu ia unir Minas, ia mostrar que Minas é um só coração. Ia transferir o governo de Minas para o Triângulo, governar desde Uberaba ou Uberlândia, governar em Araxá, em Ituiutaba, em Patos de Minas. Ia governar de lá e falar: abre teu coração, Triângulo Mineiro, e diz o que tu queres, o que tu precisas.)

Espírito de Juscelino, acorda Minas, faz muito barulho, canta, dança, ri, solta gargalhada, e mostra a força que Minas tem. Está havendo uma revolução cultural e existencial em Minas, uma revolução que vai da dança à música, passando pela literatura, e chega à moda criada por homens e mulheres. Uma revolução do crescimento industrial, das novas empresas que chegam, por exemplo, ao Sul de Minas, que não perde a vocação para o café, mas que se abre para novas indústrias.

(Parênteses 3: não faz muito tempo, estive em Varginha e em Poços de Caldas. Fui tratado carinhosa e fraternalmente como um irmão, um filho de Minas. Falam que Poços de Caldas não se considera Minas. Não é verdade, não. Falam que Varginha e o Sul de Minas têm um sonho separatista. Não é verdade, não. Todos lá têm a alegria de serem mineiros. Ficam pertinho de São Paulo, negociam com São Paulo, mas isso lá é pecado?)

Espírito de Juscelino, faz Minas abraçar Minas. Faz um comício, fala assim: Minas unida jamais será vencida. Fala com Minas: se tu unires todas as tuas contradições, em busca de um só coração, ninguém vai poder contigo, Minas. Na manhã de Minas, na manhã do Brasil, na manhã da América do Sul, hoje eu te invoco, espírito de Juscelino, alegra a gente, une a gente, encoraja a gente, pra gente de Minas cantar unida e sonhar unida, espírito de Juscelino.

Estado de Minas

PARA LER (OU REZAR)

Senhor Deus da esperança nossa.
Olhai pelos meninos de rua do Brasil.
Os meninos da Candelária (ou não).
Os meninos de São Paulo (ou não).
Os meninos da Bahia (ou não).
Os meninos de Belo Horizonte (ou não).
Esses meninos, Senhor, que têm uma fome que vai além do pão.
Esses meninos que têm fome de carinho.
Que têm fome de alegria.
Que têm fome de amor.
Que têm fome de tudo.
Se eu passo, Senhor, na avenida Afonso Pena, me dizem:
– Às 10 e meia da manhã, os pivetes começam a assaltar.
– Ao meio-dia – acrescentam – eles esperam os alunos do Instituto de Educação para roubar tênis e mochilas.
Por que ninguém faz nada para evitar, Senhor?
Se eu passo mais tarde, Senhor, na avenida Brasil, na esquina com a rua Rio Grande do Norte, todos avisam:
– Às 3 da tarde tem arrastão.
Pergunto:
– Todo dia tem arrastão?
Aí dizem:

– Aos sábados e domingos, não.
Por que não fazem mesmo nada para evitar, Senhor?
Senhor Deus da esperança nossa.
Olhai pelos meninos de rua do Brasil.
Que os meninos de rua do Brasil estão freqüentando a escola do crime.
Todos os dias eles aprendem a roubar.
Todos os dias eles aprendem a ficar fora da lei.
Se alguém fala no Brasil, Senhor, em retirar os meninos das ruas do Brasil, aí, é como mexer com uma caixa de marimbondo.
Invocam os direitos humanos.
Invocam os direitos das crianças.
Invocam o código de menores ou o que for.
Invocam tudo.
Mas o que estão querendo, Senhor?
Qual a alternativa, Senhor?
A alternativa que propõem é deixar como está.
E se deixamos como está em São Paulo, Rio de Janeiro, Recife, Belo Horizonte, Salvador (e toda grande cidade brasileira) quem sai perdendo, Senhor?
É a madame que ficou sem o colar ou o par de brincos arrancados pelos pivetes no sinal fechado?
É a menina que ficou sem o tênis importado?
É o garoto que ficou sem a mochila?
É o cavalheiro que ficou sem o relógio?
Não, Senhor, mil vezes, não!
A madame compra outro colar.
A menina ganha outro tênis importado.
O garoto compra outra mochila.
O cavalheiro compra outro relógio.
Quem perde, Senhor, é o menino de rua, que freqüenta a escola do crime.
É o menino de rua que vai aprendendo a ser um marginal.

Quem perde é ele, Senhor.

Se um menino joga futebol todo o dia ele aprende a ser craque.

Aprende a falar com a bola como os reis e os deuses dos estádios aprenderam.

Mas se um menino aprende a roubar (e deixam que ele roube, Senhor) ele está aprendendo a ser o rei do crime.

É isso que ele está aprendendo, Senhor.

Senhor Deus da esperança nossa.

Olhai pelos meninos de rua do Brasil.

Olhai por eles, Senhor, para que não lhes falte escola.

Para que não lhes falte pão e amor.

Mas não deixeis, Senhor, que os meninos de rua do Brasil freqüentem a escola do crime, porque só eles têm a perder.

Só eles, Senhor.

Hoje em Dia

OS MENINOS DOS
DIAS DE HOJE

O pai estava, como sempre, lendo jornal, quando o filho caçula, de 13 anos, aproximou-se querendo um minuto de atenção. Já notaram como os pais estão sempre lendo jornal quando os filhos querem falar com eles? Pois o de nossa história não é diferente. De maneira que estava sentado no sofá, com um copo de uísque ao alcance da mão, quando o filho parou diante dele e disse:
– Pai.
– O que é, meu filho? – respondeu o pai, sem tirar os olhos do jornal, como os pais fazem.
– Pai – insistiu o filho.
– O que é, menino? – seguiu o pai, lendo a notícia que tanto interessava.
– Eu não sou um menino, pai – protestou o filho. Eu sou um homem de 13 anos.
Ora, outro dia mesmo, aquele menino havia nascido. Era, para o pai, sempre o menino que, na primeira vez que viu o mar no Rio de Janeiro (foi de Minas para lá só para isso), teve um comportamento de gente grande: caiu de joelhos na praia e disse:
– Deus existe, pai!
Agora estava o filho de 13 anos bravo porque o pai o chamou de menino.

— Meu filho — foi falando o pai, agora, sim, encarando o garoto, e não o jornal. — Eu não quis ofender... O que você tem para dizer, meu filho? — perguntou o pai, dobrando, a contragosto, o jornal, e deixando-o em cima do tapete da sala.

— Não vai me convidar para sentar, pai? — perguntou ao pai.

— Quanta cerimônia, santo Deus — e o pai olhou o filho dos pés à cabeça. — Sente-se, meu filho.

O pai acendeu um cigarro. Levou o maior susto quando o filho, que foi criado de maneira moderna (e um certo descuido em matéria de limites), pegou um cigarro, acendeu e passou a fumar como gente grande.

— Ué — disse o pai. — Você fuma, meu filho?

— Desde quando era um garoto de dez anos, pai — informou o filho.

— Mas vamos ao que você quer falar comigo, filhinho...

— Por favor, pai, não me chame de filhinho...

— Está bem, está bem — e o pai bebeu o uísque, com medo de que o filho também quisesse beber.

— Pai, tenho uma decisão muita séria para comunicar a você e, também, à mamãe... — começou a falar o filho.

— Sua mãe está em Nova York, meu filho, como você sabe. Você não podia esperar a chegada dela? — disse o pai, um tanto assustado.

— Não, pai — e o menino continuava a fumar.

— Então, fale, filho, sou todo ouvidos...

— Pai, eu vou me casar — disse o menino.

— Vai o que, meu filho? — assustou-se o pai. — Repete o que você falou, que não ouvi direito.

— Eu vou me casar, pai — repetiu o filho.

— Vai se casar, é? — gaguejou o pai, temendo que o filho vivesse um "surto".

— Não me olhe como se a polícia estivesse atrás de mim — falou o menino. — Eu e a Andréa vamos nos casar.

— Mas casar, como, meu filho – e o pai ficou em pé, com o copo de uísque na mão – se você tem 13 anos e a Andréa é uma guriazinha?

— Guriazinha, não, pai: a Andréa já fez 12 anos – continuou o menino. – E a Andréa já comunicou à mãe dela nossa decisão...

— A mãe dela concordou? – e o pai encheu o copo de uísque.

— Concordou – disse o menino.

— Está bem, meu filho – falou o pai – eu também concordo.

— Então dá cá um abraço, pai – disse o menino, servindo-se de uísque. – Tintim, pai.

— Tintim, meu filho – disse o pai.

Estado de Minas

ADEUS A UM ELEFANTE

Pois é, na África, pátria de Joca, quando sentem que a morte está chegando, os elefantes se isolam. Dão adeus aos que amam. Despedem-se de pássaros e paisagens – e vão morrer, quem sabe, recordando os tempos felizes. Nem a esposa, nem os filhos, ninguém acompanha o elefante na hora em que ele vai se despedir da vida.

Imagino que, na África, na hora da verdade, os elefantes escolhem um lugar muito bonito.

Ah, em que pensam os elefantes quando vão morrendo?

Pensam, acaso, numa borboleta?

Recordam um "enterro" com um leão africano?

Recordam uma desavença com uma girafa?

Recordam o dia em que um contrabandista de marfim apontou o fuzil para ele e só não o matou porque Deus protege os elefantes?

Recordam o caso de amor que tiveram?

De qualquer forma, a maneira de enfrentar a morte, por parte dos elefantes na mãe África, tem inspirado os homens. Dizem que Leon Tolstoi, que forma com Cervantes, Shakespeare e Dostoievsky, o quarteto de deuses da Literatura, pensou nos elefantes da África quando estava para morrer. E entrou num trem, sem a mulher e a filha, sem os amigos e leitores, e foi morrer longe, como um elefante.

Estou pensando nessas coisas porque acabo de saber, lendo o *Hoje*, que Joca, o elefante africano do Zôo, morreu aos 24 anos. Ele veio da África para cá, junto de Beré, a elefanta, aos 4 anos de idade. Ao que se sabe, Joca era feliz. Amava Beré, que também o amava, e tiveram dois filhos: a elefantinha Axé e o elefantinho Chocolate.

Joca fazia parte da magia infantil da cidade. No entanto, entre as suspeitas da *causa mortis*, está uma garrafa de plástico que Joca engoliu, e que mãos desavisadas (ou o vento que sopra no Zôo) jogaram até ao alcance de Joca.

O que pensou Joca na hora da morte?

Pensou numa paisagem africana que nunca esqueceu, ainda que tenha vindo de lá aos 4 anos?

Pensou na viagem de navio da África até o Brasil?

Pensou que os elefantes do Zôo e dos circos são os escravos modernos que a África exporta?

Pensou num beija-flor de quem se tornou amigo no Zôo de Belo Horizonte?

Pensou em Beré, a amada, e na filha Axé e no filho Chocolate?

Ou simplesmente pensou:

– Que pena! Pelo menos para morrer os elefantes deveriam voltar à mãe África!

Muita gente dirá, porque o nosso país vive a febre do patrulhamento:

– Você chora a morte do elefante, mas... e as criancinhas que morrem de fome no Brasil? E os que morrem, em São Paulo ou no Rio de Janeiro, vítimas de policiais ou a mando de comerciantes? Por que você não chora a morte das crianças? Por quê?

Eu poderia dizer: que culpa teve o elefante Joca, enquanto viveu, se as crianças morrem? Ora, se dependesse de Joca, as crianças do Brasil e também da África seriam felizes e só morreriam de velhos, muitos e muitos anos mais tarde.

Quanto a mim, eu diria: eu choro a morte dos elefantes e das crianças do Brasil e do mundo, estejam onde estiverem. Mas não posso deixar de chorar a morte de um personagem da cidade, o elefante Joca. Ao que sei, um elefante morrer aos 24 anos é morrer jovem. E a homenagem a Joca justifica-se: ele fazia rir as criancinhas, pois os elefantes são como os palhaços, alegram os corações inocentes. Mesmo que, como no caso de Joca, no fundo do coração, os elefantes saibam e sintam que a vontade deles era outra. Era estar na África, livres como os elefantes (e os homens) gostam de ser.

Hoje em Dia

UMA CENA NA PRAÇA

Uma tarde na praça Sete, ali, no quarteirão fechado da rua Rio de Janeiro, do outro lado do ex-Cine Brasil. Não sei o que no ar parecia anunciar que alguma coisa urgente, imprevista, inusitada estava para acontecer.

Tinha um camelô com uma cobra enrolada no pescoço, anunciando uma nova droga, num vidrinho amarelo, capaz de curar mal de amor, lumbago, Aids, pneumonia e até, acreditem, senhores e senhoras que passam, o efeito do antraz.

Tinha um grupo de aposentados jogando damas e xadrez cercados de espectadores como se ali se jogasse o destino da humanidade.

Tinha um militante esquerdista, com o microfone na mão, fazendo um comício que, de tão repetido, de tão batido, de tão ouvido, ninguém mais prestava atenção.

Tinha um cego anunciando a sorte grande, olha a borboleta!

Tinha um don juan fracassado esperando uma moça que, numa tarde como esta de que vos falo, passou por ali e olhou-o de maneira tão intensa que ele perdeu o rumo e o prumo.

Tinha um poeta faminto querendo vender poemas de amor a um bancário.

Tinha um grupo discutindo futebol.

Tinha gente indo e vindo, uns apressados, outros devagar.

Tinha uma senhora gorda suando em bicas, indiferente ao fato de que todos por ali estavam agasalhados.

Já atentaram para um detalhe? Toda vez que alguma coisa acontece nas ruas da cidade, surge sempre uma senhora gorda suando em bicas. Pois quando a senhora gorda chegou à praça Sete, aí, sim, todos passaram a acreditar que um fato estranho, capaz de mudar a vida de cada um, ia mesmo acontecer. De maneira que o povo ficou esperando.

Ah, como nós somos carentes!

Como necessitamos que se faça alguma coisa por nós.

A nós, brasileiros, já não bastam as músicas que prometem o amor definitivo e verdadeiro.

Estamos esperando pelo que nós mesmos não sabemos o que é.

É a sorte grande na loteria?

É um beijo na boca?

É um abraço, um afago?

É o sucesso, com suas asas douradas?

É a fama, nem que seja por 5 minutos?

É o gol do time de nosso coração?

É uma notícia que alegre a todos?

É uma voz de mulher fazendo a declaração mais antiga e mais desejosa: – Eu te amo!, ah, é isso?

Subitamente, o camelô calou-se, mesmo porque vendeu todo o estoque de vidrinhos cheios com um líquido amarelado que cura mal de amor e antraz. Calou-se o militante esquerdista. Calou-se o grupo que discutia futebol. Calou-se o barulho de buzinas e motores. Calou-se o cego que prometia a sorte grande na loteria. E no silêncio que houve, cada um ouviu a batida do próprio coração e sentiu como é bom estar vivo, longe dos aviões do terror que destroem prédios e matam inocentes, dos envelopes com pó branco, e longe, muito longe, muito longe dos mísseis e dos aviões de guerra e dos tanques que matam crianças. A senhora gorda, que suava em bicas, tomada de súbita alegria, não resistiu e, tomando o microfone do militante esquerdista, gritou:

– Meu Deus, como é bom viver!

Foi aplaudida e abraçada e não faltou quem a julgasse uma santa, se é que uma santa seja assim gorda.

Estado de Minas

O MENINO E A MOÇA

Lá vai um menino patinando pela rua da cidade. Lá vai ele como se patinasse no gelo. Passa por carros. Passa por ônibus. Passa por caminhões e motos e bicicletas. Passa por outros meninos de patins.
Aonde você vai menino?
Por que essa pressa toda, menino?
Tenha muito cuidado, menino: vem um caminhão e te pega!
Vem uma moto e te leva!
A estas horas no mundo deve haver muitos meninos patinando. Mas nenhum é igual ao nosso menino. Se o seguirmos saberemos que ele patina no coração do mundo.
Ah, saibamos todos.
Saibam os que acreditam em Deus e os que não acreditam.
Saibam os que são puros e os que são pecadores.
Saibam os que são justos e cultivam a justiça como uma flor.
Saibam que, nas últimas noites, o menino dos patins não tem dormido. Então, a mãe diz ao menino:
– Meu filho, faz três noites que você não dorme. O que está havendo, meu filho?
O menino de patins mente para a mãe. Ela já fez promessa. Já pediu a Santa Rita de Cássia para ajudá-lo a não mentir mais.

— Nada, não, mãe — mente o menino. — Eu só estou pensando no jogo do Galo, mãe.

— Esquece o Galo, meu filho — e a mãe põe a mão na testa do filho para ver se está com febre. — Esquece o Galo, meu filho.

— Eu, esquecer o Galo, mãe — fala o menino em sua insônia. — Nem depois de morto, mãe.

— Oh, meu filho — e a mãe bate três vezes na madeira da cama — vira essa boca pra lá, meu filho.

Lá vai o menino patinando.

Se sua mãe soubesse que a insônia de seu filho, que outro dia mesmo fez 12 anos, não tem nada a ver com o Atlético! Tem a ver, oh apaixonados da terra, com uma moça que tem uma borboleta tatuada no ombro esquerdo.

Quantos anos tem a moça?

Tem o dobro da idade do menino dos patins.

Mas quando ela sai de casa, sempre atrasada, e entra no carro, batendo a porta com força, o menino dos patins fica pensando que ela saiu da tela da televisão ou da tela do cinema, de tão bonita que é.

A moça da tatuagem é alta. É magra. É quase loura. Tem olhos azuis e mora numa casa que, aos olhos do menino dos patins, é uma casa encantada.

Pois é para a rua da casa encantada, onde mora a moça da tatuagem, que o menino dos patins se dirige agora. Vamos segui-lo. Ele chega lá, suado. Está todo molhado de suor. Escutou palavrões de motoristas. Ouviu quando gritaram:

— Quer morrer, pivete...

Teve vontade de responder: — Pivete é a...; mas nada disse. Seguiu em frente e, agora, podemos ver o menino dos patins parado diante da casa encantada onde mora a moça. Será que ela vem com uma blusa decotada? Bom é quando a moça vai a uma festa e o menino fica esperando de noite para vê-la. Bom é quando ela põe um vestido preto, que deixa os ombros nus, e, em vez da sandália, usa sapato alto. E fica tão alta, aos olhos do menino, como se estivesse na lua.

Atenção, apaixonados do mundo: lá vem a moça da borboleta tatuada. O coração do menino dispara ao vê-la. Não, hoje ele não vê a tatuagem. Hoje ela usa uma blusa que esconde a borboleta tatuada. E entra apressada no carro sem ver o menino dos patins. Bate a porta do carro com força. Afivela o cinto e acende um cigarro ao mesmo tempo e deixa uma marca de batom no cigarro. O menino pensa:

– Ah, eu queria ser esse cigarro!

A moça solta uma nuvem de fumaça, que o menino gostaria de engolir (porque vem dela) e sai voando no carro. O menino fica rezando:

– Deus dos motoristas, protegei a moça da tatuagem!

Hoje em Dia

ENDEREÇADO A VERA FISCHER

Vera Fischer:

Se um pássaro cantar debaixo de sua janela no apartamento do Núcleo Integrado de Psiquiatria (Nip), onde você está internada, fique sabendo – fui eu que disse ao pássaro, que falei assim com ele: vai lá, pássaro, e canta para a Vera Fischer te ouvir e ficar sabendo que é muito amada.

Vai lá, pássaro, canta a canção mais bonita, e se a Vera Fischer aparecer na janela, diz a ela, no dialeto dos pássaros, que há muita gente no Brasil (a começar por este escrevinhador) ao lado dela, torcendo por ela.

Ah, como deve ser difícil ser Vera Fischer!

Como deve ser difícil carregar tanta fama.

Carregar tanta beleza.

Carregar tanta admiração.

Carregar tanto talento.

Ser Vera Fischer é carregar um peso enorme.

É como carregar um piano.

É como (assim faziam os antigos estivadores do Porto de Santos) carregar um navio com mil sacas de café.

É como carregar a inveja brasileira.

É como carregar o Pão de Açúcar.

Porque você, Vera Fischer, é uma estranha namorada do Brasil – ao mesmo tempo que o Brasil te joga flores, te atira pedras.

Por quê?

Esta é uma pergunta que você deve estar fazendo, sem ter uma resposta, desde que se tornou Miss Santa Catarina e, depois, Miss Brasil, e nos deslumbrou com sua beleza.

Por que atiram tantas pedras?

Por que economizam as flores?

Sua beleza, Vera Fischer (e raras mulheres são tão belas quanto você), acabou sendo uma espécie de estigma.

Quando tinham que arranjar um amante banqueiro para alguém, arranjavam para você, quando os bem informados sabiam que a amante era outra, era uma Miss São Paulo, também de cabelos loiros.

Quando tinham que duvidar do talento de alguém, diziam: a Vera Fischer? Ora, nunca foi uma atriz, é só uma mulher bonita.

A beleza que abriu portas para você.

Que abriu janelas e abriu corações.

A beleza passava a ser uma espécie de cúmplice na conspiração que faziam contra você.

Até que (novela vai, novela vem, uma minissérie vai, uma minissérie vem) todos tiveram que se curvar ao seu talento, Vera Fischer.

Com sua luta.

Com o seu suor.

Com a sua determinação, Vera Fischer, você provou aos eternos São Tomé, aos que fazem da dúvida e da descrença uma maneira de viver, você provou que é, também, uma grande atriz.

Mas tudo isso você sabe, vai desgastando.

Vai minando as resistências.

Vai conspirando.

O amor conspira, o amor é um grande conspirador.

O trabalho conspira.

Chegou o dia, então, que você, Vera Fischer, apareceu diante de nós, na televisão. Olhamos e vimos: você estava em crise, agredia, não a uma babá, agredia a si mesma. Tudo que configura uma depressão psicológica podia ser visto – desde a minissaia que você usava na hora da entrevista, ao jeito de pentear o cabelo e a uma alucinada luz nos olhos.

De que Vera Fischer precisava?

Precisava, com a máxima urgência (e você teve), de assistência médica e psiquiátrica.

Para você voltar a ser o que é.

Para se livrar e se libertar de todos os fantasmas.

Para o Brasil ligar a televisão e poder dizer: como a Vera Fischer é linda... e que grande atriz é a Vera Fischer.

Pássaro que canta debaixo da janela de Vera Fischer, diz a ela: – vem, Vera Fischer, a vida te espera!

Hoje em Dia

A MENINA DO AFEGANISTÃO

Menina do Afeganistão, que ficou olhando para mim, na tela da televisão, numa reportagem da CNN, como se pedisse socorro contra as bombas e os mísseis e contra as ordens da milícia talibã que já estabeleceram para ti um destino:
1. Não mostrarás teu rosto quando cresceres; nenhum homem, nem mesmo o que for teu marido (e de outras mulheres afegãs), verá parte alguma de teu corpo, nem mesmo a palma de tuas mãos.
2. Não terás direito algum. Não entrarás numa universidade, não sonharás os sonhos de todas as moças do mundo, nem sequer poderás estudar, a não ser que Alá olhe por ti.
Desde que te vi, menina do Afeganistão, junto e fugindo das bombas que cairão do céu sobre as cabeças de todos, eu não consigo te esquecer. No meio dos gritos do gol. No meio das canções dos estádios. No meio dos debates literários. No meio da minha insônia. No meio de minha festa e de minha alegria, tu apareces diante de mim.
Eu te vejo, menina do Afeganistão, e fico querendo pedir a Deus e a Alá que te protejam contra as bombas, a fome e as ordens ditatoriais da milícia talibã. Eu sou apenas um pobre escrevinhador de quimeras, sem poder

algum diante dos donos do mundo, os que matam covardemente como o terrorista Bin Laden e os que, como George W. Bush, querem partir para a retaliação e a guerra.

Quando a noite chega na cidade livre de Belo Horizonte e tu apareces, na flor da tua inocência, como uma lembrança que me persegue como um grito ou como um tiro no escuro, eu invoco Deus e Alá, para que te protejam.

Deus dos humilhados e dos ofendidos!

Deus dos aflitos e dos desprotegidos.

Alá das crianças e beduínos e dos camelos e dos sonhadores do mundo árabe.

Alá dos que carregam um sonho no coração como um vulcão clandestino.

Olhai, Deus e Alá, pela menina do Afeganistão, que eu vi na tela da televisão.

Deus e Alá, tirai um pouco de mim para dar à menina do Afeganistão. Tirai de meu pão. De minha alegria. Polvilhai a menina do Afeganistão com minha esperança. Levai minha paz para a menina do Afeganistão.

Menina do Afeganistão: eu vou jejuar por ti, vou sonhar e rezar por ti. Vou pedir a Deus e a Alá que te façam mais forte que a fome e que a guerra. Mais forte do que a tirania. Serei o teu cronista. Vou escrever na face da lua, no brilho das estrelas, nos muros, nas árvores, na rua, na palma da mão e nos olhos das mulheres amadas. Vou escrever: pelo presente ato, fica decretado, em todo o mundo de Deus e de Alá, que nada de mal aconteça à menina do Afeganistão.

Aviões dos donos do mundo, guardai vossas bombas em nome da menina do Afeganistão!

Mísseis dos senhores da terra, adiai a morte em nome da menina do Afeganistão!

Hoje eu peço a paz de uma borboleta voando em nome da menina do Afeganistão.

Estado de Minas

EM DEFESA DAS FEIAS

"As feias que me desculpem, mas a beleza é fundamental..." (Vinicius de Moraes).
Feias do Brasil, uni-vos!
Mais do que nunca, no Brasil, o culto à mulher bela assume um tom de guerra e de discriminação contra as feias.
Todo o dia, toda a noite, a televisão exalta as mulheres belas.
Só as belas acabam felizes nas telenovelas.
Só as belas vivem amores explosivos.
Só as belas entram no coração dos homens.
Em outros tempos, as feias ganhavam papéis marginais, tal qual as negras. Eram empregadas domésticas. Eram garçonetes. Eram cômicas e deviam nos fazer rir.
Agora, nem isso.
Agora, até as empregadas domésticas (antes interpretadas por atrizes feias) são vividas por atrizes bonitas.
No noticiário, as belas é que ganham destaque nos jornais.
Musas de verão!
Garotas-biquínis eleitas nas praias e nos clubes do Brasil.
Todas tão belas!
Nos jornais e nas revistas só existe espaço para as belas. Para ganharem um lugar na primeira página, as feias têm que ter vivido alguma coisa trágica. Têm que ser pelo menos

testemunha de um crime. Únicas a ver a beldade seqüestrada. Únicas a testemunhar o seqüestro do milionário.

Fora disso, não há lugar para as feias!

Uma vez, Yoko Ono disse:

– A mulher é o negro do mundo!

Falava da discriminação feroz sofrida pelo negro nos EUA e na África do Sul, e pela mulher no geral.

Hoje é o caso de dizer:

– A feia é o negro do mundo no Brasil.

Mas o negro está se libertando.

Está (e as moças negras são um exemplo) conquistando seu espaço.

Os negros estão brilhando. Estão descobrindo no Brasil a verdade do *slogan* do Black Power norte-americano:

– *Black is beautiful*! (O negro é lindo!)

Mas é hora de gritar no Brasil:

– A feia é linda!

Vinicius de Moraes que me desculpe, mas a feia é fundamental. É hora da feia se assumir para descobrir o quanto é bela. Para fazer uma rebelião a favor do que há de belo numa feia.

Abaixo o conformismo das feias que não se produzem.

Abaixo o deixa estar para ver como é que fica das feias que acreditam que tudo está perdido.

Nada está perdido, feias do Brasil!

A beleza é fundamental (perdoe mais uma vez Vinicius de Moraes), mas não está apenas no corpo: está na alma, no coração!

Que as feias libertem seu coração!

Que as feias entrem em estado de rebelião em todo o Brasil, a começar por Minas, e se produzam.

Lembrai-vos feias do meu país:

– Feias unidas jamais serão vencidas!

Hoje em Dia

PASSAGEIROS COM DESTINO AO MEDO, TOMEM SEUS LUGARES

Os passageiros vão chegando apressados ao aeroporto de Congonhas, em São Paulo. É uma típica manhã paulista. É frio de sete graus, cai uma garoa insistente, fininha, renitente, parece querer passar o resto da vida caindo. Não sei se vocês têm viajado de avião depois dos trágicos e lamentáveis acontecimentos, que tantas vidas inocentes custaram, em Nova York e Washington. Mas a verdade é que entrar num avião passou a ser um tormento.

É pura neurose dos passageiros?

Pode até ser, mas faz parte da condição humana.

A sala de embarque do aeroporto de Congonhas, onde estou para voltar a Belo Horizonte, era o reflexo da síndrome dos atentados nos EUA. Os passageiros olham-se uns para os outros. Sherlocks de nós mesmos. Acaso algum de nós é suspeito? Acaso algum de nós é um terrorista?

Um simples corta-unhas foi descoberto pelo raio X de Congonhas. O passageiro insistiu. Afinal, o corta-unhas é inocente, quem vai seqüestrar um avião com tão mortífera arma? Os funcionários de Congonhas insistem. O passageiro não pode viajar armado com tão simples mas (quem é que sabe?) perigosa arma.

Discussão entre as partes. O aeroporto cheio acompanha as *démarches*, como diriam os cronistas de outrora. Pobre passageiro: usa barba – mesmo nos aeroportos brasileiros, as barbas estão sob suspeita. Uma mocinha uniformizada, funcionária do aeroporto de Congonhas, finca pé:

– Armado com o alicate de cortar unhas, o senhor não pode viajar.

Toda a sala de embarque aplaude. Quando dou por mim, também eu estou aplaudindo. O passageiro põe suas barbas de molho e aceita viajar sem o corta-unhas. Tem um compromisso importante em Brasília. Respiramos aliviados.

Mas não sabíamos, pobres de nós, o que nós esperava no aeroporto de Congonhas.

É então que acontece: como um tigre que desperta, toda a sala de embarque se movimenta. Cochichos. Passos pra lá e pra cá, e todos os olhares voltam-se para a entrada. E eis que eu também me mexo e vejo um árabe chegando. Usa barba como convém a um terrorista. Mesmo com o frio paulista, está em manga de camisa. Uma senhora gorda sua em bicas, mesmo com a temperatura de sete graus.

– Santo Deus – sussurra ao marido, perto do cronista.
– É um agente de Bin Laden.

E acrescenta:

– Eu é que não viajo no mesmo avião que ele!

O terrorista, perdão, o árabe, não tem nenhuma arma e passa pela vistoria. Mas no que adentra o território assustado em que estamos, uma hostilidade que, até aqui, era uma passageira clandestina escondida dentro de nosso coração, aflora. De repente, todos nós não queremos o árabe no mesmo avião em que vamos viajar.

Um pouco assustado, o árabe toma o café que é servido aos passageiros na sala de embarque. A senhora gorda aproxima-se dele e, com o apoio de todos nós, pergunta ao árabe para onde ele vai. Uma voz carregada de sotaque responde que está indo para Foz do Iguaçu. No que fala, a senhora gorda olha em círculo para todos nós, e desmaia. Coitada, também ia para Foz do Iguaçu.

Corre-corre. Um médico por favor. Aparecem três médicos. Daqui para a frente não sei o que se passou na sala de embarque do aeroporto de Congonhas. Chamam os passageiros com destino a Belo Horizonte. Entro no avião. Um vôo tenso. Um vôo dos dias de hoje. Para matar o tempo, faço mentalmente uma lista de árabes que, desde minha infância, são inquilinos de meu coração. Gente querida. Os árabes são gente boa. Ajudaram muito o Brasil a crescer. Não podemos permitir que entrem numa lista negra por culpa de Bin Laden e dos terroristas.

Estado de Minas

PS – Chego em casa, são e salvo. Abro ao acaso o livro *O Palácio do Desejo*, do egípcio Nagib Mahfuz, ganhador do Prêmio Nobel de Literatura, e leio um trecho: é um mestre do romance. Vive no Cairo e está sendo ameaçado pelos extremistas islâmicos porque permitiu que seus livros sejam editados em Israel.

COMO UM GOL DO BRASIL

Minha mãe acende a luz do quarto e mata pernilongo com o chinelo. Meu pai fica deitado: vira de bruços na cama, abraça o travesseiro, e pensa na amante.

No quarto vizinho, minha irmã estuda química e biologia para passar no vestibular de medicina.

Eu, que sou a ovelha negra da família, ocupo o quarto vizinho ao de minha irmã e rezo.

Senhor: protegei a mãe que mata pernilongo de noite, enquanto o marido pensa na amante.

Ajudai a irmã que precisa passar no vestibular de medicina.

E, se sobrar tempo, Senhor, olhai pela ovelha negra da família, que anda fazendo coisas que não deve, pensando o que não deve, queimando o que não deve e sonhando com Sharon Stone.

Minha mãe avança para o pernilongo com o chinelo.

Mas o pernilongo fica invisível como um avião numa guerra.

Quando era nova minha mãe quis lutar numa guerra de guerrilhas...

Minha mãe bate com o chinelo no pernilongo e pensa como seria o mundo se ela tivesse ido lutar na Guerrilha do Araguaia.

Ah, como seria o mundo, se minha mãe tivesse morrido na Guerrilha do Araguaia:

Minha mãe bate com o chinelo novamente e agora o pernilongo voa para longe.

Minha mãe pensa em lugares longe de Minas e do Brasil. Pensa na Côte D'Azur. Pensa na Costa do Sol espanhol. Bate de novo com o chinelo num pernilongo invisível e se imagina jovem e bela fazendo *topless* na areia morena da praia da Costa do Sol.

Abraçado com o travesseiro, meu pai pensa na amante.

A amante de meu pai tem olhos dourados e sardas nas costas.

Meu pai vai fazer 45 anos, mas a amante tem apenas 19.

Eu podia ser pai dela, pensa meu pai, abraçado com o travesseiro.

Minha irmã abre o livro de biologia e pensa no *rock* dos Stones. E começa a cantar baixinho. Minha mãe escuta e diz:

– Menina, em vez de estudar pro vestibular, você está aí cantando *rock*?

Minha irmã pára de cantar e folheia o livro de biologia.

Eu, que sou o filho homem e a ovelha negra da família, apago às pressas o cigarro no quarto escuro e rezo: Senhor, não deixeis que minha mãe entre no meu quarto e sinta este cheiro.

Minha mãe fala com minha irmã: você vai ser médica, vai ganhar muito dinheiro e conhecer o mundo por mim, minha filha.

– Você é o sonho que eu não realizei, minha filha – fala minha mãe – realize o sonho por mim, minha filha.

Minha mãe volta a matar pernilongo.

Avança com o chinelo e bate com força na parede do quarto, atinge o pernilongo e grita:

– Matei! Matei!

Meu pai esquece a amante de olhos dourados, pula da cama e grita:

– Viva!

Minha irmã esquece o *rock* dos Stones e corre para o quarto de meus pais e grita:

– Viva!

Eu também corro para lá e grito:

– Viva!

Nós três abraçamos minha mãe e comemoramos como se fosse um gol do Brasil.

Hoje em Dia

PAPAI, EU SOU *GAY*

O telefone toca no meio da noite. Sabem como é, nessas ocasiões: a gente nunca pensa que alguém está tocando para dizer "eu te amo". Ou para contar que descobriu a felicidade. De maneira que, quando acordei com o telefone tocando, sentei-me na cama, esfregando os olhos, e pensei:
— Meu Deus, o que aconteceu?
Quis ganhar tempo, como se o fato de demorar a atender mudasse alguma coisa. Por fim, acreditei que alguém podia estar em perigo ou sofrendo, e apressei-me em atender:
— Alô — eu disse.
— Que bom que você atendeu — disse um amigo meu, cujo nome devo manter em sigilo. — Eu estou um bagaço, meu companheiro.
— Mas o que aconteceu? — perguntei.
— A pior coisa que pode acontecer a um pai — seguiu meu amigo, que tem um casal de filhos.
— Alguma coisa com sua filha? — apressei-me em perguntar.
— Não — ele disse. — Foi, com o Júnior.
— Acidente com o Júnior?
— Não. Antes fosse. É pior, muito pior.
— Pior? — eu disse, um tanto assustado. — O que aconteceu com o Júnior?

– Notou que eu bebi, não notou?

– Notei – e neste ponto meu amigo pôs-se a chorar convulsivamente ao telefone.

– Não sei que mal eu fiz a Deus – seguiu ele, parando de chorar. – Na outra encarnação eu devo ter feito muito mal a Deus para ser castigado assim.

– Mas o que houve, cara? – insisti. – O que afinal aconteceu com o Junior?

– Pois é, pois é – e ele soluçava ao telefone. – O Júnior é tão bonito. Todo mundo fala: Júnior faz um teste pra ser ator da Globo. Você pode começar na *Malhação* e depois vai fazer um baita sucesso. Porque você sabe, o Júnior é o cara mais bonito que eu já vi, não é por ser meu filho, não – e o pranto tomou conta de meu amigo.

– Pára de chorar – eu quase gritei. – Pára com isso e diz o que aconteceu com o Júnior.

– O Júnior falou que precisava levar um papo particular comigo. Aí, eu, bobo e inocente que eu sou, pensei: ah, já sei, o Júnior vai dizer que, agora que fez 18 anos, está amando uma garota. Imaginei até que o Júnior ia dizer que a garota está grávida. Saí de carro à noite com o Júnior, só eu e ele, e paramos lá na praça do Papa. Mesmo com o risco de assalto, paramos lá. E o Júnior disse de supetão, e foi como se disparasse um tiro no meu coração: Papai, eu sou *gay*.

– O Júnior falou assim? – perguntei.

– Falou. E no que o Júnior falou, eu disse: por tudo quanto é sagrado, Júnior, não brinca comigo. Aí o Junior falou: eu não estou brincando, papai, eu sou *gay*. Então eu não resisti: pus o Júnior pra fora do carro e fui pra casa. Contei pra mulher (ele disse o nome da esposa) e avisei: nunca mais o Júnior põe os pés nesta casa. Sabe o que ela falou?

– O quê? – perguntei.

– Ela disse: só se passar por cima do meu cadáver, você vai proibir o meu filho de entrar nesta casa. Eu já sabia de tudo. O Júnior me contou. Eu gritei com ela: sua traidora, sabia que nosso filho é *gay* e não me disse nada. Ela falou: o Júnior pediu, ele mesmo queria contar.

— E aí? — eu cortei, quase sem fôlego.

— Ela radicalizou. Você sabe como ela é radical em tudo. Basta dizer que ela é do PT, com estrelinha e tudo, mesmo sendo filha de ricos e casada com um rico. Ela gritou comigo: você vai tratar o Júnior com amor e respeito ou você, senhor meu marido, é que não põe os pés mais nesta casa.

— E o que você fez? — perguntei.

— Mudei prum hotel. Mas pelo amor de Deus, me diz: o que é que eu devo fazer?

— Deixa passar esta bebedeira — eu fui falando — e depois você volta pra casa. E aceita o Júnior como Deus fez. E segue amando o Júnior, como você sempre amou.

Estado de Minas

CRIME NO PARQUE

*I*a um homem com um revólver na cintura andando pela avenida Afonso Pena. Era de tarde. De vez em quando, ele tirava o revólver do coldre e o cheirava como se o cheiro de pólvora fosse seu perfume. Os que o viam cheirar o revólver tinham reações diferentes. Uns diziam apenas:

– Santo Deus!

Outros perguntavam:

– Quem ele vai matar com esse revólver?

Era um homem magro e alto. Passava dos 40 anos, mas era forte, e caminhava com tanta disposição que todos acreditavam que ia mesmo cometer um crime. Não um crime de vingança, mas um crime passional. A acreditar na impressão que dava, ele ia matar uma mulher, descarregando nela todos os tiros do revólver, em plena tarde.

– Vai ver que ela arranjou outro – arriscavam-se uns, ao vê-lo cheirar o revólver – e ele descobriu.

– Não, ele não tem cara de marido traído – disse um motorista de táxi calvo para um amigo, diante do Hotel Othon.

– E marido traído tem cara? – estranhou o amigo.

– Tem olho de marido traído – sentenciou o motorista calvo.

Um estudante de direito, candidato a escritor, que passava na hora, interessou-se por aquela história de que o marido traído tinha um olho que denunciava sua condição e entrou na conversa.

— Vai me desculpar — disse então ao motorista calvo. — Mas como é mesmo o olho do marido traído?

— É um olho triste como olho de boi. Já viu olho de boi?

— Já — disse o estudante de direito.

— Pois então, olho de marido traído é como olho de boi.

— Bobagem, sô — riu o amigo do motorista. — Grande bobagem.

— Não é bobagem, não — insistiu o motorista. — O olho do homem do revólver não é de marido traído.

O homem do revólver seguia andando pela Afonso Pena. Diante da Prefeitura cheirou novamente o revólver e sorriu.

— Cadê a polícia? — disse uma senhora gorda. — Cadê a polícia?

— Polícia para quê? — estranhou um camelô, que vendia remédio ótimo para lumbago, hepatite, enxaqueca e dor de cotovelo.

— Polícia para mim?

— Devia ser pra você mesmo, meu filho — falou a senhora gorda. — Você está vendendo essa porcaria nas barbas do Patrus.

— Eu tenho licença de camelô, minha senhora — disse o camelô, em tom pacificador.

— Eu pedi a polícia para evitar um crime — seguiu falando a senhora gorda. — Não viu o tipo com um revólver?

— Vi — disse o camelô.

— Pois ele vai cometer um crime tenebroso — garantiu a senhora gorda. — E eu quero estar viva pra ver.

Diante do Automóvel Clube o homem parou e voltou a cheirar o revólver. Uma testemunha viu quando ele sorriu e atravessou a avenida Afonso Pena para o outro lado e parou junto do Parque Municipal.

— Meu Deus — disse a senhora gorda para o camelô — vai acontecer o novo crime do parque.

O homem do revólver estava diante do Parque Municipal, perto do portão de entrada. Então veio chegando uma mulher morena, de vestido estampado, com um menino louro, de uns 5 anos, segurando sua mão.

— Santo Deus — disse a mulher gorda. — Ele vai matar a morena de estampado na presença do menino.

Quando viu o homem do revólver, o menino louro largou a mão da mãe e correu gritando: Paaaiiii! O homem do revólver abaixou-se, abraçou o menino louro, tirou o revólver da cintura (levando a senhora gorda a dar um grito) e disse:

— Olha, comprei um revólver de brinquedo, para você, meu filho — e foi com o menino e a mulher de estampado para o Parque Municipal, para decepção da senhora gorda que dava tudo neste mundo para assistir a um crime.

Hoje em Dia

QUANDO O SABIÁ DA RUA PIAUÍ COMEÇA A CANTAR

Quando agosto chega, começa a acontecer. Toda manhã, mal o dia nasce, o sabiá da rua Piauí inicia seu canto, pousado, oh estranho sinal dos tempos, na antena da televisão, que é sua árvore.

Bem-te-vis do meu país, calai vosso canto que um poder maior, vindo, quem sabe da Mata do Jambreiro, levanta sua voz.

Banda de música do Corpo de Bombeiros, silenciai suas marchas militares, que convidam a ir à guerra, ou as canções de amor dos filmes de Hollywood, que dão na gente vontade de dançar com o rosto colado com a mulher amada, que o sabiá da rua Piauí quer ser ouvido.

Quando ouço o sabiá da rua Piauí entoar seu canto, sou tomado por um sentimento de culpa, como se tivesse cometido um pecado fatal e mortal. Frei Betto, meu irmão de sonhos, a quem devo (como está na dedicatória) o título de meu romance *O Cheiro de Deus*, é *expert* nas fraquezas do coração humano, talvez possa, então, explicar o que sinto.

Mal o sabiá da rua Piauí se põe a cantar, a vontade que me dá é de cair de joelhos, como nos anos infantis, diante do confessionário do Padre Nélson, o temido vigário de Santana dos Ferros, e dizer:

– Padre, dai-me a vossa benção, que eu pequei.

Mas que pecados vou contar ao Padre Nélson?

J. D. Vital, que traduziu para o latim todas as frases que um lobisomem pronuncia em *O Cheiro de Deus* e que quase foi padre (hoje já seria bispo) também pode explicar por que me sinto um pecador mal ouço o canto arrevesado do sabiá da rua Piauí. Imagino que vocês, leitores e leitoras, podem estar imaginando coisas.

Acaso comi mais maçãs do que devia e capitulei diante das Evas deste paraíso encantado que é Belo Horizonte?

Por ventura ou desventura, amei mil mulheres do mundo e fui visto, bêbado, com uma garrafa de champanhe na mão, fazendo seresta para a bela que se refugia, vizinha da lua e das estrelas, no 23º andar do arranha-céu?

Vou contar meu pecado, para afastar mal-entendidos. Acontece que o sabiá da rua Piauí não canta como os sabiás do interior de Minas cantam. Não pede, no dialeto de suas avós: – "Manda chuva, Senhor, manda chuva". Indiferente ao momento brasileiro, o sabiá da rua Piauí canta arrevesado, como um aprendiz, e não pede chuva. Canta misturado, cheio de influências que os sabiás do sertão de Minas não têm. É um sabiá aculturado, filho, como levantei a suspeita, da Mata do Jambreiro. Alguma coisa em seu canto recorda um curió. Aqui e ali, adivinhamos influência de canários cabeças-de-fogo e até dos bem-te-vis.

Dirijo-me a ti, sabiá da rua Piauí, meu pobre irmão: também eu sou como tu és. Trago comigo, guardada no fundo do peito, como um passageiro clandestino no porão de um navio, uma cidadezinha do interior de Minas. Trago o sertão comigo. Trago um coração simples. Mas eu me misturei, me globalizei – aí está meu pecado, Frei Betto e J. D. Vital.

Cadê, irmão sabiá, a pureza do teu canto e de minha voz?

Gato comeu.

Cadê a Minas que fuma cigarro de palha e é simples como o orvalho?

Boi bebeu.

Há esperança para nós dois, irmão sabiá? Frei Betto poderia recordar Ortega y Gasset e dizer: – "Eu sou eu e minhas circunstâncias". Tu és, sabiá da rua Piauí, filho das tuas circunstâncias e eu também sou. É o que nos absolve: carregamos Minas, com seus sertões e igrejas, no coração e eu sofro vendo judeus e palestinos se matarem pela televisão, em cuja antena tu cantas. Oh, cantas como se fosse uma mistura do Sepultura, do Skank, do Pato Fu, de Milton Nascimento, Beto Guedes, Lô Borges e Celso Adolfo, com Mick Jagger e Bob Dylan. Cantai por nós, irmão sabiá!

Estado de Minas

RECORDAÇÕES DE UM MESTRE MUITO AMADO

*U*m: internato do Ginásio Mineiro, um prédio branco afastado da cidade, em São Miguel y Almas de Guanhães. Anos 50. Ouço falar pela primeira vez em Jorge Amado. Ele é comunista, está no exílio, depois de ter cassado o mandato de deputado federal por São Paulo, na legenda do PCB. Quem me aplica Jorge Amado é um ex-seminarista, o professor José Pereira.

Dois: eu já queria ser escritor. Em vez de estudar, eu escrevia romances, que nunca chegavam ao fim. Tímido e inseguro, como todo principiante, eu mentia para meus colegas, dando-lhes para ler meus manuscritos, dizendo que eram de Jorge Amado. Eles vibravam.

Três: vim fazer o curso científico em Belo Horizonte. Primeiro, estudei no Colégio Santo Antônio, época que recordo em algumas cenas de *O Cheiro de Deus*. Frei Pedro e pelo menos um aluno, Adailton Pitanguy (além da família Cadar), aparecem em meu romance. Eu tentava comprar os livros de Jorge Amado nas livrarias da cidade e não encontrava.

Quatro: deixo a rua Pernambuco, onde morava numa casa com pés de jabuticaba nos jardins da frente, e vou morar na rua da Bahia, ao lado do célebre Grande Hotel. Era a pensão da Dona Chiquita, uma conterrânea minha, de

Santana dos Ferros. Minha vida ia começar a mudar, com uma guinada de 180 graus.

Cinco: a razão da mudança, ainda nos anos 50: diante da pensão da Dona Chiquita, no mesmo prédio onde funcionava a Câmara dos Vereadores, ficava, no andar de baixo, a excelente biblioteca municipal. Lá, mesmo com as proibições da época, era possível ler os romances de Jorge Amado, em volumes encadernados.

Seis: escritor algum, em tempo algum, exerceu um fascínio tão grande como Jorge Amado sobre o rapaz do interior de Minas que chegou a Belo Horizonte, carregando a mala cheia de sonhos. O primeiro romance de Jorge Amado que li foi *Cacau*, pouco mais de cem páginas. Fiquei encantado. Era uma literatura engajada. Depois li *O País do Carnaval*, livro de estréia, escrito aos 19 anos, e em seguida *Suor*.

Sete: quando li *Mar Morto*, meu encantamento foi total. Os pobres do mundo agora eram meus irmãos. Li *Jubiabá* e *Capitães da Areia*. Quando teve início uma abertura política dos anos 50 e Jorge Amado voltou do exílio, sua obra foi lançada pela editora Martina. Amei *Terras do Sem Fim*, *São Jorge dos Ilhéus* e *Seara Vermelha*.

Oito: de volta ao Brasil, Jorge Amado veio a Belo Horizonte. Um dos bares da moda, como deve se lembrar o escritor Benito Barreto, ficava no térreo do Grande Hotel. Uma manhã trêmulo de emoção, carregando vários livros de Jorge Amado nas mãos, esperei o escritor baiano, para pedir dedicatória e autógrafos em seus romances.

Nove: Jorge Amado lança a trilogia *Os Subterrâneos da Liberdade*. Eu vibro. E confesso: Jorge Amado mudou minha vida. Já não existia mais o rapaz alienado que veio do interior de Minas. Entrei para a Juventude Comunista como conto em *Hilda Furacão*, "catequizado" pelos livros de Jorge Amado.

Dez: eu queria ser um escritor como Jorge Amado. Mas só ao me libertar de sua poderosa influência, ganhei o maior prêmio literário brasileiro, em 1971, com *A Morte de DJ em Paris*, lançado em livro em 1975. Coloquei uma dedicatória para Jorge Amado em meu segundo livro, *O Dia em que Ernest Hemingway Morreu Crucificado*. Desde então Jorge Amado foi muito generoso comigo. Mandou-me uma carta maravilhosa sobre *Hilda Furacão*. Cedo à vaidade de transcrever pequeno trecho, usado na edição francesa de meu livro: "Permita-me dizer o quanto amei *Hilda*. É um painel onde passa todo Brasil de uma época, o afresco de um período. A rapidez e a economia da narrativa são excelentes...".

Onze: em *O Cheiro de Deus* eu homenageio Jorge Amado explicitamente, numa cena em que Catula, que é loura mas se torna negra quando vem uma frente fria da Argentina, envolve-se em Salvador com um capoeirista que parece ter saído das páginas do mestre amado.

Estado de Minas

O 3º MUNDO
NOS CONTEMPLA

*F*im de tarde de verão. Sentado na beira da piscina do Minas-2, os pés enfiados na água azul, eu olho em volta: aqui é o 1º mundo. Mas lá adiante, no morro em frente, o 3º mundo nos contempla com os olhos de uma favela. Os meninos da favela soltam pipas, aproveitando a brisa da tarde. Conto as pipas: cinco pipas borboleteiam no ar. Daqui a pouco vai escurecer; em volta da piscina do Minas-2 os holofotes são acessos e, na favela que um resto de sol pinta de amarelo, as primeiras lâmpadas se acendem nos barracos.

Não consigo tirar os olhos da favela. É bom saber que os meninos favelados estão soltando pipas na tarde.

Que futuro espera os meninos da favela que estão soltando pipas?

Vão ser anjos de chuteira alegrando a galera?

Vão cantar sambas, *funk*, *rock*, partido-alto, *rap*?

Ou vão empunhar metralhadoras?

Alguém dirá:

– Que tem você, que está sentado na beira da piscina do 1º mundo, de ficar pensando no 3º mundo: é sentimento de culpa ou solidariedade?

Respondo:

— Não é nada disso. É só uma vontade de deixar a imaginação voar livre e solta como uma borboleta.

Anoitece na beira da piscina do Minas-2 e também na favela. E eu fico pensando que devia haver uma lei obrigando o presidente da República a passar três dias e três noites por ano morando numa favela do Rio de Janeiro, de Recife, Salvador, São Paulo ou Belo Horizonte. Durante os três dias, o presidente da República abriria mão de seus poderes e iria viver como um favelado. Ganharia um salário mínimo e iria aprender uma mágica: fazer míseros cem reais se multiplicarem.

O presidente FH alguma vez passou fome na vida?

Alguma vez foi pedreiro?

Alguma vez foi biscateiro?

Nós sabemos que não, mas FH viveria tudo isso numa favela e, estejam certos, quando voltasse a Brasília, teria uma visão diferente de tudo.

Penso que a mesma lei, através de uma emenda à Constituição ou uma medida provisória, deveria ser extensiva também a governadores e a prefeitos.

Dessa forma, o governador Eduardo Azeredo passaria três dias e três noites numa favela de Belo Horizonte.

Seria ótimo se a televisão, os jornais, as rádios acompanhassem o governador de Minas em sua temporada na favela.

Também o prefeito Patrus Ananias teria que subir à favela e poderia nos responder: como é o anoitecer visto da favela?

Que medo agita o coração do favelado?

Que campeão canta no peito de um favelado?

Também penso que deveria haver uma lei obrigando um cronista como eu a inverter o papel. Em vez de estar aqui, na beira da piscina do Minas-2, eu iria para a favela lá do morro, e de lá, eu contemplaria o 1º mundo.

O que eu seria se fosse um favelado?

Seria cantor ou operário?
Louco ou traficante?
Seria o que, meu Deus?

A noite chega e eu deixo a beira da piscina do Minas-2 e vou para casa. Mas a favela vai comigo. Permanece comigo até a hora em que vou dormir. Fica comigo no sonho. Pois eu sonho que sou um favelado e, da janela de meu barraco, no 3º mundo, eu fico vendo o anoitecer na beira da piscina do Minas-2. E repito baixinho comigo mesmo, como quem reza:

– O 1º mundo me contempla.

Hoje em Dia

XÔ, SATANÁS!

É preciso não confundir Satanás com a moça que tira teu sono. Com os barulhos da tua insônia. Com os cães latindo ao longe. Com os pneus cantando nas curvas. Com o teu respirar.

É preciso não confundir Satanás com o avião que passa. Com o amor que passa. Com a tua dor de cabeça (que também passa). Com o teu medo. Com o teu pesadelo.

É urgente, mais do que preciso, não subestimar Satanás. Satanás é grande: não te tenta e nem me tenta para as causas pequenas.

É urgente não esquecer que Satanás é grande, mas, diante de Deus, Satanás é menor do que uma pulga.

Mas não confundas Satanás com uma pulga.

É preciso não confundir Satanás com quem quer roubar teu amor. Com o ciúme que te corrói. Com os fantasmas do teu ciúme.

É preciso não confundir Satanás com o teu salário, que parece feito de fumaça. Com a própria fumaça. Com a cachaça. Com a saudade dos teus verdes anos. Com os teus verdes anos.

É urgente, mais do que preciso, não menosprezar Satanás.

Não tornar Satanás tão rasteiro como o vôo de uma codorna.

Não confundir Satanás com uma codorna.
Satanás está dentro de ti como está dentro de mim.
Satanás é um incômodo e indesejável inquilino no meu e no teu coração.
Se Satanás te tenta, às vezes usando uns olhos de mulher, é porque és fraco.
Se Satanás te tenta, quem sabe usando do teu amor, é porque és fraco.
Satanás corre no meu sangue como corre no teu.
Está na minha boca como está na tua.
Mistura-se aos meus beijos e aos seus pães de queijo e está no batom da tua boca.
Satanás está em nós, grande, imenso, perigoso, selvagem como um urso, mas doce como um beija-flor ou como o mel de abelha.
É assim que Satanás nos tenta e nos engana: assumindo seus muitos disfarces.
É preciso não temer Satanás.
Por que Satanás existe?
Porque Deus quer. Porque Deus permite. Porque, na Sua infinita sabedoria, Deus precisa de Satanás para que, sendo tentados por Satanás, possamos ficar cada vez mais fortes.
Existe uma receita para expulsar Satanás.
É simples como a receita de pão-de-ló.
Junta umas pitadas de amor pelo mundo e a humanidade.
Acrescenta mil quilos de amor-próprio, pois quem não se ama não ama ninguém.
Polvilha com o amor de Deus.
E pronto: leva ao fogo da paixão, serve junto da amizade, da solidariedade e da alegria, e é só gritar:
— Xô, Satanás!

Hoje em Dia

EXALTAÇÃO A SEU OLYMPIO

*E*m nome da guerrilheira morta que, na véspera de partir para o Araguaia, bebeu um chope no Maleta e disse ao garçom que a atendia:

– Dá cá um abraço. Seu Olympio velho de guerra!

Em nome do contista que escrevia sobre dragões, pirotécnicos e ex-mágicos e que uma noite revelou aos amigos:

– Seu Olympio é um personagem encantado.

Em nome da moça de olhos dourados que seqüestrou um avião da Cruzeiro do Sul em cima de Montevidéu, na época da luta contra a ditadura, e que, uma noite, no Lucas, falou assim:

– Estou indo embora, Seu Olympio.

– Para onde? – ele perguntou.

– Vou para um convento, Seu Olympio...

Em nome dos contistas mineiros que eram atendidos por Seu Olympio no Lucas na época das vacas magras.

Em nome de poetas, seresteiros, loucos, bêbados, amantes traídos, amantes felizes, namoradas desesperadas ou em estado de graça (e de desgraça), que faziam confidências a Seu Olympio no Lucas.

Em nome de nossos sonhos e quimeras.

Em nome do dinheiro que acabava como fumaça.

Em nome de mulheres de amores como fumaça (incluindo a moça que se matou).
Em nome da esperança.
Em nome da amizade.
Em nome da Sierra Maestra que nunca tivemos.
Em nome do jornalista que hospedou Mick Jagger clandestinamente em Belo Horizonte e de seus amigos.
Em nome da garrafa de vinho guardada anos para festejar a queda (que propriamente não houve) do ditador Francisco Franco, na Espanha.
Em nome da Espanha de nossos corações.
Em nome do pão e do vinho.
Em nome de amores que nasceram e morreram nos bares do Maleta.
Em nome da honra e da dignidade.
Em nome dos melhores valores de Minas e de Belo Horizonte.
Em nome da menina que vende flores, à noite, no Maleta.
Em nome de pobres e ricos.
Em nome de todos (e em meu próprio nome), hoje eu saúdo ao Seu Olympio Pérez Munhoz, o Seu Olympio, garçom e mito, que esta noite recebe na Câmara Municipal, por indicação do vereador Arnaldo Godoy, o título de Cidadão Honorário de Belo Horizonte.
Ah, Seu Olympio: veja a ironia!
O senhor, que é a favor da reforma agrária, tornou-se, por suas virtudes, um latifundiário em nossos corações!
Moça das Mangabeiras: você que vive entre Belo Horizonte e Nova York, entre Belo Horizonte e Paris, você que tem o mundo na palma da mão, no entanto, você nunca bebeu um chope no Lucas servido pelo Seu Olympio.
Sabe o que isso quer dizer, moça das Mangabeiras? Quer dizer que você foi a Roma e não viu o Papa.
Seu Olympio, moça, nasceu em terras da Espanha?

Foi nas terras do sonho que Seu Olympio nasceu.

Quantos amores contamos a Seu Olympio!

Quantas revoluções (políticas ou literárias) revelamos a Seu Olympio?

A tudo Seu Olympio ouvia, pai, irmão, padre, monge, guerrilheiro, a tudo respondia (e ainda responde) com o sábio silêncio da amizade.

Dom Quixote entre copos de chope, garrafas de vinho, pratos, garfos e colheres, Seu Olympio tem uma Dulcinéia: o nome dela é Liberdade, sua amante matutina, vespertina e noturna.

Garçom de nossas ilusões, companheiro do Trem da História, Seu Olympio é como o pão: abençoado!

Hoje em Dia

A GREVE QUE ARTICULEI NA FAZENDA DE MEU PAI

*E*sta é a história de como o autor destas mal traçadas decidiu organizar a primeira greve geral dos trabalhadores rurais na Minas de nosso coração. Narra ainda os estranhos fatos, envolvendo a fraqueza humana, que se seguiram. Da seguinte maneira:

1 – Palco dos acontecimentos: a fazenda de meu pai, uma pequena gleba nas vizinhanças de Santana dos Ferros.

2 – Personagem principal: eu próprio.

3 – Coadjuvante: o líder da greve, um certo Zé Branco, que eu imaginava que tinha uma vocação revolucionária.

4 – Época em que o narrado se deu: os idos dos anos 50.

5 – Coadjuvantes: os trabalhadores rurais, homens e mulheres, que cortavam cana, plantavam e colhiam café, ou eram vaqueiros na propriedade de meu pai e dos vizinhos, incluindo meu futuro sogro, grande fazendeiro na região.

Minha ficha no Dops, onde eu tive várias passagens, dizia: "Elemento nocivo, de alta periculosidade, que deseja instaurar no Brasil um regime nos moldes da União Soviética, seguindo ordens de Moscou". O que o Dops não sabia, nem meus companheiros da União da Juventude Comunista, é que, por trás de meu propósito de desencadear a primeira greve dos trabalhadores rurais, não apenas em Minas, hoje se sabe, mas no Brasil, havia uma paixão. E paixão não pelos ideais socialistas, mas paixão pela filha do maior latifundiário da região, que ficou conhecida, no romance e na minissérie da Globo *Hilda Furacão*, como a Bela B., interpretada na telinha por Carolina Kasting.

Como é do conhecimento do embaixador José Aparecido de Oliveira, amigo do fazendeiro em questão, eu queria levantar todos os trabalhadores rurais, a partir da pequena gleba do meu pai. Cheguei lá pelo mês de fevereiro, um pouco depois do carnaval, e comecei a aliciar os trabalhadores rurais. A começar pela fazenda de meu pai. Fui realizando reuniões noturnas, à luz de lamparina, que a energia elétrica não tinha chegado nas casas dos trabalhadores rurais. Eu, o filho do patrão, dizia:

– Vocês são explorados pelos patrões, principalmente meu pai e o dono das Duas Barras, pai da Bela B.

Acrescentava:

– Vocês são como uma laranja que o patrão chupa e depois chuta como uma bola de futebol.

Todos ouviam entre assustados e curiosos. Eu insistia num ponto: deviam fazer uma greve geral por aumento de salário. O mais entusiasta diante de minhas pregações era o já mencionado Zé Branco. Tudo que eu falava, Zé Branco aplaudia. De maneira que eu fiz dele o líder do comando de greve.

– No dia 1º de maio – eu dizia nas reuniões clandestinas – todas as fazendas vão parar. Os trabalhadores cruzarão as mãos.

A fazenda de meu pai era o foco das agitações. Na verdade, convocados pelo filho do patrão, que estava viajando, em função de sua vida de engenheiro, dado a construir estradas, os trabalhadores concordavam com tudo. Os violeiros já ponteavam a *Internacional* na viola e aprenderam a cantar este trecho: "De pé, oh vítimas da fome/ De pé, famélicos do mundo...".

Nas fazendas vizinhas, surgiam adesões. E começou a contagem regressiva. O 1º de Maio histórico não ia demorar a chegar. E chegou. Todos os trabalhadores da região deviam se encaminhar para a fazenda do meu pai. Foi aí que aconteceu: o líder do comando de greve, o tal do Zé Branco, e todos os dirigentes do movimento, estavam ali a serviço de meu pai e dos outros fazendeiros. Eram agentes infiltrados. Na manhã de 1º de maio acordei mais cedo, cantei a *Internacional* e fiquei à espera. Meu pai e os outros fazendeiros surgiram. Eles sabiam de tudo. De maneira que a greve foi um fracasso. Restou um consolo: a filha do grande fazendeiro da região, a Bela B., que era moça sonhadora, aceitou uma rosa vermelha, símbolo do amor, e não da revolução, que lhe foi oferecida pelo agente de Moscou, como me chamavam.

Estado de Minas

A RESPEITO DO MEDO PÂNICO DE ANDAR DE ELEVADOR

Fernando Francisco, o Fefeu, amava as mulheres morenas de olhos verdes e temia os elevadores. Fez de tudo para acabar com sua fobia. Deitou, literalmente, no divã dos analistas, procurou uma mãe-de-santo, benzeu-se com fluidos importados da Bahia, e nada. Os amigos eram solidários:

– Fefeu, você precisa acabar com isso, sô. Com tanto medo de elevador, você é um homem confinado.

Fefeu bem que tentou. Entrava nos elevadores parados, tendo o cuidado de deixar a porta aberta, protegida por alguém de confiança. Mas se a porta era fechada, ah, o Fefeu entrava em pânico, punha-se a gritar. Era um Deus nos acuda. Mudou de analista, pois nenhum dava conta de sua fobia. Já no sétimo analista, sentiu uma luz no fim do túnel. Pobre Fefeu.

Não, não era um analista homem. Era uma mulher analista, dona de grande beleza, e como convinha ao Fefeu, tratava-se de uma morena de olhos verdes. Adepta de Lacan, ela limitava-se a ouvir o relato do Fefeu sobre sua fobia antielevador. Em 55 minutos de uma sessão, não dizia palavra alguma, como uma lacaniana que se preza. O Fefeu queixava-se nas rodas de chope:

— A bela não fala. Fica só me encarando com aqueles olhos verdes.

Profissional de sucesso na área da computação, o Fefeu ganhava suficientemente bem para pagar, às vezes, três sessões por semana com a bela lacaniana. Não que esperasse ficar bom da fobia de elevador. Queria ficar olhando para a beldade morena de olhos verdes, que o escutava sem nada perguntar. Até que um belo dia ela falou, com sua voz rouca:

— Um pormenor está me intrigando, Fefeu. É que você não tem medo de avião, viaja até em helicóptero, mas gela de medo de elevador.

Foi o ponto de partida para descobrir a origem do pânico de Fefeu. Os leitores perguntarão:

— Nunca, jamais, em tempo algum, o Fefeu andou de elevador?

Andou, sim. Uma única vez. Tinha vindo de Pouso Alegre para estudar em Belo Horizonte, quando uma dor de dente levou-o, ainda jovem, a procurar um dentista da terra, cujo consultório era no Edifício Acaiaca. O Fefeu aguardou o elevador, que não tinha ascensorista, e apertou o botão do nono andar. Lá no térreo, o Cine Acaiaca exibia a reprise, muitos anos depois do sucesso, de *Um Lugar ao Sol*, com Liz Taylor e Montgomery Clift. O elevador subiu tão rapidamente como se fosse entrar em órbita e, quando parou no nono andar, parecia subir sem parar, mesmo estando parado. Tomado de pânico, Fefeu desceu correndo as escadas do Edifício Acaiaca. Quando chegou em chão firme, caiu de joelhos no passeio, ali, diante da Igreja de São José, e jurou nunca mais entrar num elevador.

— O medo que senti — contava Fefeu à psicanalista lacaniana — foi tão grande que a dor de dente passou.

Não sei se os psicanalistas, freudianos, lacanianos, de todas as tendências, enfim, vão aprovar o que fez a bela profissional de olhos verdes. Ela levou o Fefeu até ao

Edifício Acaiaca e, quando ficaram frente a frente do elevador, tomou a mão do Fefeu e disse com a voz rouca: "Vem, Fefeu".

Louco de amor, o Fefeu cedeu. A bela lacaniana apertou o botão do fatídico nono andar e o elevador do Edifício Acaiaca iniciou a subida como uma astronave. Tomado de pânico, molhado de suor, gritando como um alucinado, o Fefeu aguardou que a porta do elevador se abrisse, e desceu a galope os nove andares. Não, não beijou o chão como já tinha feito. Seguiu andando para a praça Sete e decidiu assumir, de uma vez por todas, seu pânico de elevador. Aos amigos do chope dizia:

– Os pobres não ficam mais pobres nem os humilhados e os ofendidos são afetados por meu medo de elevador.

Desde então, quando tinha que ir ao 15º andar de um edifício, subia as escadas feliz da vida, certo de que estava fazendo um exercício aeróbico que ia mantê-lo jovem para todo o sempre, amém.

Estado de Minas

O GATO AMARELO

Ia um gato amarelo atravessando a rua Piauí aos primeiros sinais da noite. Ia com urgência, como se o aguardassem as coisas do amor ou da fome. Vendo-o assim, clareado pelas lâmpadas da rua, dava para pensar que, em algum muro da cidade, uma gata o esperava. Ou que seu faro de gato sentia, ajudado pela brisa da noite, a presença de uma caça ali por perto.

Nesta mesma hora (cinco para as sete da noite) devia haver muitos gatos atravessando muitas ruas do mundo. Mas nenhum gato é como este gato amarelo. Logo que troquei a rua Rio Grande do Norte pela rua Piauí fiz um bom relacionamento com ele. Ficamos amigos. Uma vez, estando no bar vizinho, ofereci-lhe um pastel. Aceitou-o sem gula. Daí em diante, sempre que nossos caminhos se cruzavam, o gato amarelo dava prova de atenção. Uma noite, eu bebia um chope no bar e ele enroscou-se em minha perna. Vi então seus olhos, seus grandes olhos verdes, e pensei:

– Este gato amarelo tem olhos de gente.

Várias vezes surpreendi no gato amarelo procedimento de gente. Era como se quisesse falar. Uma noite, o Skank e Daniela Mercury cantavam no toca-fitas de um carro e o gato amarelo ouvia e, pelo jeito com que olhava em redor, parecia sentir o mesmo que eu sentia. A mesma vontade de abraçar o mundo, ouvindo o Skank e Daniela Mercury. A mesma vontade de ser bom, de fazer o bem, sem olhar a quem.

É verdade que uma vez peguei o gato amarelo em flagrante delito. Foi uma noite em que ia ao Café Ideal encontrar meu bom amigo J. D. Vital. Nas sombras da noite, ao pé de uma árvore, vi o gato amarelo perseguir um pobre pardal que estava com uma asa avariada. Saí em defesa do pardal, mas o gato amarelo foi mais rápido. Depois de tudo, ficou olhando para mim, como a dizer:

– Pior do que isso os homens fazem com os seus semelhantes...

Também o surpreendi, fingindo que dormia, caçando inocentes rolinhas na rua Tomé de Souza. Estava deitado debaixo de um carro, os olhos fechados, e as rolinhas aproximavam-se dele e era uma vez. Decidi então:

– Vou cortar relações com este gato amarelo.

Neguei-lhe pastel. Neguei-lhe uma nesga de pão. Mas o gato amarelo olhou para mim com seus olhos de gente e eu fiquei pensando nos meninos famintos e dei-lhe um pastel. Daí em diante, desde que habitamos o mesmo quarteirão na rua Piauí, entre Inconfidentes e Tomé de Souza, sempre que passa por mim o gato amarelo enrosca-se a meus pés, e olha-me como se tivesse alguma coisa para dizer. Já o surpreendi também deleitando-se com a orquestra do Corpo de Bombeiros. Numa manhã de sol, ao som de *La Mer*, de Charles Trenet, tinha a impressão de que o gato amarelo chorava.

Ou os gatos não choram?

Mas voltemos ao momento em que o gato amarelo atravessava a rua Piauí, tal como contei ao abrir esta crônica. Ele foi andando, cheio de urgência, tanto que passou por mim sem parar. Mas quando chegou na metade da rua, fez meia-volta e ia voltar. Ia voltar, mas não voltou, porque na hora a moça de um Fiat Uno o atropelou. Ela parou o Fiat, desceu e disse, ajoelhando-se ao lado dele:

— O que é que eu fiz, meu Deus?

Eu me aproximei, na condição de amigo do gato amarelo. Sentia-me um pouco culpado, porque achava que ele foi atropelado porque passou por mim sem parar e ia voltar exatamente para cumprir uma obrigação de amigo.

— Existe pronto-socorro para gato? — perguntou a moça do Fiat Uno.

— Não — respondi, infelizmente não.

E mesmo que existisse não havia tempo. Pois logo o gato amarelo morreu. Mas antes de morrer ficou olhando para mim como se tivesse uma notícia urgente para dar.

— Parece que ele queria falar alguma coisa — disse a moça do Fiat.

— É — concordei — ele era um gato muito estranho.

— Você o conhecia? — seguiu a moça.

— Éramos amigos — eu falei.

— Amigos? — e ela quase riu. — Eu não sabia que um homem e um gato pudessem ser amigos.

— Pois éramos amigos — confirmei.

— Sinto muito o que aconteceu — disse a moça — sinto muito mesmo.

Hoje em Dia

UM RAPAZ DE FINO TRATO

— Bom dia – disse o rapaz de fino trato, de terno e gravata, aí de uns 30 anos, se tanto, com um ar tão inocente que um pai poderia dizer que era o genro que pediu a Deus para se casar com a filha.
— Bom dia – respondeu o executivo, um homem que já havia passado por dois casamentos e, exatamente naquela manhã, tinha uma certeza: descobriu, na véspera, o amor de sua vida, uma moça morena e de olhos verdes, bem mais nova.
— Que bonita manhã, não é mesmo, cavalheiro? – Seguiu falando o rapaz de fino trato, e enfiou a mão no bolso da calça, indiferente aos que passavam.
— Linda manhã – concordou o executivo e, de tão perdido de amor que estava, tentou adivinhar o que a moça de olhos verdes estava fazendo naquela hora.
— Eu segui o cavalheiro falou o rapaz de fino trato, vi o cavalheiro sair do banco com R$ 2 mil em notas de cem no bolso de dentro do paletó.
— Você me seguia? – estranhou o executivo.
— Seguia – confirmou o rapaz de fino trato – mas quero resolver tudo da melhor maneira, sem nenhum escândalo e sem chamar a atenção de ninguém.
— Eu não estou entendendo – disse o executivo.
— Não está? – e o rapaz de fino trato tirou a mão no bolso da calça mas não sacou nenhuma arma.

— É, eu não estou entendendo — repetiu o executivo, e sentiu enorme vontade de ver a moça de olhos verdes.

— O cavalheiro me desculpe, mas isto é um assalto — falou, gentilmente, o rapaz de fino trato.

— Repete o que você falou — pediu o executivo — que eu não estou acreditando no que ouvi.

— Isto é um assalto — repetiu o rapaz de fino trato.

— Um assalto? — estranhou o executivo — mesmo com este movimento todo aqui na Savassi, às 11 horas da manhã?

— Não me queira mal, cavalheiro, mas é exatamente o que o senhor ouviu: isto é um assalto — e o rapaz de fino trato encarou o executivo.

— E se eu disser que não aceito ser assaltado? — perguntou o executivo, enquanto as pessoas passavam, na avenida Getúlio Vargas com rua Pernambuco, sem saberem o que estava acontecendo.

— Eu vou sentir muito, cavalheiro, juro que vou, digo de alma limpa — falou o rapaz de fino trato.

— E vai me deixar em paz? — perguntou o executivo.

— Não, respondeu o rapaz de finíssimo trato.

— O que você vai fazer? — quis saber o executivo.

— Eu vou matá-lo — anunciou o rapaz.

— Vai me matar?, você ficou louco?, ficou? — estranhou o executivo.

— Nunca estive tão são — falou o rapaz.

— Vai me matar com essa gente toda passando aí? — insistiu o executivo.

— Está vendo aquele motoqueiro parado naquela moto ali? — e o rapaz de fino trato sorriu.

— Estou vendo, e daí? — falou inocentemente o executivo.

— Se o cavalheiro não me entregar discretamente os R$ 2 mil que tirou no banco, o relógio e os dólares que eu vi que o cavalheiro tem, eu sinto muito, mas vou ter que matá-lo com um tiro de revólver — ameaçou o rapaz de fino trato.

— Mas hoje eu não posso morrer, eu estou muito feliz, descobri a mulher de minha vida — disse o executivo.

— Então, cavalheiro, sorria e me entregue toda a grana e o relógio, se não quer morrer com um tiro no coração — disse sorridente o rapaz de fino trato.

— Está bem — concordou o executivo, fez tudo que o rapaz de fino trato pediu, e, feliz como um artilheiro que marca um gol que dá a vitória a seu time no minuto final, saiu andando pela avenida Getúlio Vargas, repetindo, como quem reza, o nome da mulher amada.

Estado de Minas

É HORA DE SAVASSIAR

*E*u savasseio, tu savasseias, todos nós, ricos e pobres, loucos e poetas, brancos e pretos, e amarelos e vermelhos, savassiamos no doce embalo do bairro que é um território livre, cada vez mais vasto, onde a liberdade é amante e musa.

Lá vai a menina de bicicleta, nos seus 15 anos, enfeitiçando jovens corações.

Lá vai a moça de trint'anos atraindo olhares e despertando paixões.

Lá vai o ex-combatente da 2ª Grande Guerra recordando batalhas.

Lá vai o poeta querendo escrever poemas nas costas das mulheres.

Como conjugar o verbo savassiar? Não seria mais adequado, em vez do eu "savasseio" lá do alto, escrever eu "savassio"? Ora, na Savassi somos livres para tudo, de maneira que cada um conjugue o verbo savassiar como melhor lhe aprouver.

Mas saibam: savassiar é uma arte.

Savassiar é entrar numa das muitas livrarias, e ficar lá, sem obrigação de comprar, folheando livros e lendo orelhas. Este escriba ama ficar vendo como os romances, clássicos ou não, começam. Qual é mesmo a primeira frase de *O Idiota*, de mestre Dostoievsky? E Tolstoi, por cuja mão

Deus escrevia, começa *Guerra e Paz* com a mesma força de *Anna Karenina*? Sei que o ministro do Trabalho, Paulo Paiva, cujo Ibope no Governo cresce, merecidamente, também é dado ao mesmo esporte.

Savassiar é tomar cafezinho em pé.

Savassiar é ir e vir, sem compromisso com nada, a não ser com a falta de compromisso.

Isso: a Savassi nos pede uma total falta de compromisso. E pede uma total liberdade. E, ainda, savassiar implica amabilidade. Ah, vocês precisam ver com que amabilidade a esposa de um amigo meu teve a sua Mercedes assaltada. As cenas passaram-se assim:

1. A esposa de meu amigo aproxima-se da Mercedes estacionada na rua Pernambuco.

2. São 4 horas da tarde. Quem pensa ser assaltado numa hora assim?

3. Tranqüila, a esposa de meu amigo entra na Mercedes.

4. Rápido, um homem de terno e gravata branco, perfumado, entra no carro.

5. Encosta um 38 no peito da esposa de meu amigo e diz com um sotaque mineiro!

– Mil perdões, minha senhora, mas é um assalto!

6. Em pânico, a esposa de meu amigo diz:

– Mas eu estou sem dinheiro algum.

Ao que o assaltante explica:

– Vou ter que levar a Mercedes da senhora. Dirija até a saída para o Rio de Janeiro, por gentileza.

7. Diante da Igreja Nossa Senhora do Carmo, o elegante e amável assaltante disse para a esposa de meu amigo parar a Mercedes e descer:

– Vá lá na igreja, minha senhora, e reze uma Ave-Maria por mim e agradeça a Deus por continuar viva.

Alguém perguntara:

– E a Mercedes, o que foi feito dela?

Respondo:

— Evaporou-se, mas a esposa de meu amigo tem dito a todos: — Como é bom estar viva!

Na Savassi, todos nós nos sentimos imortais.

Num banco da praça, vizinho da Chen, um mendigo de barbas longas conversa com os anjos.

Num celular, ao meio-dia, executivos exercitam, com toda a liberdade, seu "nuvorrichismo".

Num celular um senhor engravatado ri como se tivesse ouvido um "disc-piada".

Num celular, encostado ao ouvido, uma moça morena escuta e chora.

Por que ri o executivo?

Por que chora a moça morena?

São os pequenos mistérios da Savassi. Porque a Savassi, meus irmãos e minhas irmãs, é assim: ninguém decifra. James Bond, Hercule Poirot, Sherlock Holmes, teriam que sherloquear para desvendar, não é um crime misterioso, mas para nos responder por que a certa moça da Savassi tem um jeito de olhar que sempre deixa os homens com uma dúvida:

— Foi para mim ou não que ela olhou?

Hoje em Dia

OS SHERLOQUES
DE DEUS

Minha terra tem palmeiras. Tem bem-te-vis. Tem pardais. Tem trágicos sabiás que esqueceram como cantar e nos oferecem um arremedo de canção, que é mistura de tudo, e nada tem do canto dos sabiás de outrora.

Minha terra tem poetas. Tem seresteiros nostálgicos, que já não cantam para as amadas. Tem bailarinas. Tem pintores e escritores. Tem operários da construção civil. Ah, como tem!

Minha terra tem arranha-céus. Tem meninos de rua e meninos de patins. Tem pichadores de muro e de igrejas. Tem mulheres (as mais bonitas do Brasil). Tem amantes do futebol e amantes em geral.

Minha terra tem de tudo... e, ultimamente, tem loucos e loucas vagando pelas ruas como fantasmas.

Lá vai Teresinha de Jesus, com seu vestido de chita, que esconde os pés franciscanos, cansados de tanto andar. Não faz muito tempo, Teresinha de Jesus (sobre quem Andréa Queiroga fez um belo e emocionado curta-metragem) era apenas uma pobre mulher de rosto maquiado e lábios pintados de batom, que tinha medo de morrer.

Ah, Teresinha de Jesus tinha tanto medo de morrer que ganhou abrigo no corredor do pronto-socorro. Só assim conseguia apaziguar o pânico que agitava seu coração.

E agora?
Lá vai Teresinha de Jesus, com seu vestido de chita, andando pela cidade. Seu corpo se encurvou. Mas Teresinha de Jesus conversa com Deus.

Uma tarde dessas, parei com Teresinha de Jesus, que descansava num banco da Savassi. Ela fixou em mim os olhos de alucinação. E disse, enquanto saía andando:

— Reza muito! Você tem a alma em pecado!

E lá se foi Teresinha de Jesus, conversando com Deus. Alguém dirá:

— Feliz é Teresinha de Jesus, que conversa com Deus.

O que impressiona a este escrevinhador é o total abandono em que vivem os loucos da cidade.

São uns loucos mansos. São umas loucas que recordam moças que conhecemos nas cidades do interior de Minas. Outro dia, descendo a pé a rua Piauí, vi uma louca sentada no passeio. Achei que conhecia aqueles olhos. Que conhecia aquele rosto, hoje envelhecido. Fui tomado de solidariedade, mesmo porque escrevo livros que se preocupam com a sorte dos deserdados da terra. Fui chegando perto e estendi uma nota de um real e ela recusou. E pôs-se a cantar uma canção de Ângela Maria.

Quando eu morava na rua Rio Grande do Norte, na qual falei em outra crônica, havia uma louca que subia e descia a rua cantando sucesso de outrora debaixo de minha janela. Seu nome é Teresa e ela conversava com as andorinhas quando o verão chegava. Pedia notícias do Santo Papa, pois acreditava que as andorinhas vão a Roma, fugindo do inverno no Brasil, e visitam o Papa.

Um dia Teresa desapareceu. Escrevi uma crônica e leitores deram conta de seu novo paradeiro. Não faz muito tempo, passei pela avenida Uruguai e escutei a voz de Teresa cantando:

"E assim se passaram dez anos
sem eu ver teu rosto
sem beijar teus lábios...".

Teresa deixou comigo um mistério: a longevidade dos loucos da cidade. O que os faz sobreviver ao frio? Como sobrevivem à solidão, à falta de remédios, à falta de carinho e de amor?

Que meus amigos médicos desvendem esse mistério.

Louco não paga IPTU. Não sofre com o leão do Imposto de Renda. Não ganha salário mínimo. Não se aposenta. Louco não desperta inveja nem ódio. Vai ver que é por isso que vivem tanto tempo. Ou vai ver que os loucos são os enviados de Deus, para, assim disfarçados, nos surpreender em flagrantes delitos, e relatarem a Deus, tintim por tintim, nossas travessuras.

Pecadores e pecadoras de Minas, cuidado: os sherloques de Deus estão de olho em todos nós.

Hoje em Dia

O MESTRE E O LOBISOMEM

Uma vez (o episódio me foi contado por um sobrinho do escritor), João Guimarães Rosa ia escrever uma estória, que era assim que o genial autor de *Sagarana* falava, sobre um homem que tinha que passar a noite num chiqueiro, junto dos porcos. Perguntou aqui e ali como se sentia alguém depois de tal situação. Ninguém no sertão tinha vivido tal coisa. Fosse um outro autor, inventava, e quem haveria de contestar? Guimarães Rosa, não. Para escrever *Grande Sertão: Veredas*, seguiu boiada, ao lado do então jovem Manuelzão, seu personagem num conto grande, tendo o fotógrafo Eugênio Silva, mestre da fotografia, documentado tudo para a revista *O Cruzeiro*.

Então, para saber o que um filho de Deus sentia na situação que o preocupava, Guimarães Rosa passou a noite num chiqueiro cheio de porcos. Alguém comentou: "O doutor Rosa não deve tá regulando da cabeça, não". Quando o dia nasceu, na fazenda no sertão de Minas, os incrédulos viram Guimarães Rosa deixar o chiqueiro, todo sujo, cheirando a chiqueiro, mas alegre como quem descobre a felicidade.

Desde que ouvi esse episódio, passei a tê-lo como símbolo do sagrado ofício de escritor. Certa ocasião, eu estava nas Duas Barras, fazenda de meu sogro José Vinícius Gonçalves Moreira, pai de Beatriz, a Tiza, minha mulher.

Tinha nas mãos um prato cheio para escrever, uma história capaz de empolgar a qualquer escritor: vivia na fazenda um homem, o Seu Zito, casado com três mulheres, conhecidas como "As Três Irmãs", com as quais vivia na mesma casa.

Passei a espionar Seu Zito à distância, como podia. Ficava escondido atrás de uma árvore e, usando um binóculo, seguia os passos de Seu Zito e suas três mulheres, certo de que precisava saber a verdade, fiel aos ensinamentos de Guimarães Rosa, no episódio que relatei. Vocês perguntarão:

"Por que você não conversou com Seu Zito e suas três mulheres?"

A vocês eu conto: fiz de tudo, mas os personagens fugiam a qualquer contato, defendiam a privacidade de seu amor como uma loba defende os filhos. Seu Zito era um homem de poucas palavras. E era triste, como para disfarçar as alegrias de sua humilde existência, como trabalhador de fazenda que pegava na enxada e cuidava de seus roçados. As três mulheres de Seu Zito eram mais inacessíveis ainda.

Eu podia narrar a estória pelo ângulo do espião, o que ainda poderei fazer. Mas precisava colher mais dados. O que me impressionava era o mutismo das três mulheres e do estranho e rústico Don Juan do Vale do Rio Doce. Se as três eram bonitas? Eram. Tinham seus encantos? Tinham. Mas como dividiam irmanamente o mesmo homem? Tentei uma aproximação anunciando meu propósito de escrever um livro a respeito e a resposta que tive de Seu Zito foi uma silenciosa declaração de guerra: ele passou a limpar a cartucheira diante da casa onde morava com as três mulheres.

Pensei: o que Guimarães Rosa faria em meu lugar? Guimarães Rosa era médico. O maravilhoso material que utilizou para escrever os contos de *Sagarana*, o grande mestre os colheu como médico no interior de Minas. Assim como Mário Palmério, para escrever *Vila dos Confins*, recorreu ao que o político ficou sabendo no Triângulo

Mineiro. E eu? Decidi: ia procurar o Don Juan e suas três mulheres em sua própria casa.

Uma noite de lua, própria para a aparição do lobisomem, me aproximei da casa de Seu Zito. No mal que me acheguei, o vulto de um homem, com uma cartucheira nas mãos, clareado pela lua, apareceu na janela da casa de sapé. E começou a disparar a cartucheira, enquanto as três mulheres rezavam, acreditando que eu fosse o lobisomem. Fugi apavorado, achando que era mil vezes preferível passar a noite num chiqueiro, do que ser confundido com o estranho personagem das noites de lua em Minas.

Estado de Minas

PELOS VELHOS DO MUNDO

Velhos do mundo, uni-vos: é chegada vossa hora! Adeus pijamas! Adeus partidas de xadrez ou de dama nos quarteirões fechados!
Adeus bengalas!
Adeus janelas!
Adeus uma velha mania de olhar para trás.
Velhos do mundo, acordai: a vida está à vossa espera!
A felicidade está cantando e dançando debaixo de vossas janelas, velhos do mundo!
Junto da felicidade, a pátria espera por vós.
Por mais que a pátria já tenha contado com vosso suor. Por mais que tenha bebido vosso suor como se bebe um vinho ou um licor. Por mais que tenha explorado vosso suor. E por pouco que vos pague, velhos do meu país, é chegada vossa hora!
É hora de sonhar!
É hora de lutar!
E, acima de tudo, é hora de amar!
Se, até agora, velhos do Brasil, havia alguma controvérsia ou a morte das ilusões, com relação à idade do amor, tudo acabou.
Qual é a idade do amor?

Hoje respondo: o amor tem 94 anos, como Alvina, que se casou com Antônio, de 82, numa cidade para onde se deslocou o jovem coração do mundo, que é Divinópolis.

O exemplo de Alvina e de Antônio há de tremular como uma bandeira sobre vossos corações, velhos do meu país!

Adeus asilos onde certos filhos querem confinar os velhos pais e as velhas mães.

Houve no Brasil uma ditadura militar que acabou aprisionando os sonhos brasileiros.

Mas a ditadura acabou e, entre outras ditaduras, uma continuou. É a ditadura dos jovens contra os velhos.

Ah, pobres jovens do meu país: um dia vocês serão velhos.

Um dia, vocês vestirão um pijama listrado.

Um dia, vocês irão aos quarteirões fechados, onde o barulho da vida é menor, para jogar damas ou xadrez.

Um dia, vocês terão medo das bengalas e de ficar diante da televisão, como se a vida passasse numa tela.

Um dia, vocês viverão o que seus pais e avós estão vivendo.

Por isso, pobres jovens do meu país: acordem e ajudem os velhos a se libertarem.

A chamada 3ª Idade no Brasil vem sendo tratada de maneira quase cruel ou absolutamente cruel! Tratam a 3ª Idade como se fosse um novo estágio infantil. Querem confinar os velhos do Brasil como quem coloca os dramas de consciência debaixo do tapete.

Velhos do Brasil, uni-vos: a felicidade dá várias safras.

Depois do exemplo de Alvina e de Antônio, uma bandeira tremula em vossas mãos, velhos do Brasil: é a jovem bandeira do amor!

É hora de recusar a envelhecer!

É hora de usar a sabedoria da idade para seguir vivendo até o momento em que Deus quiser.

Alvina e Antônio estão provando que a velhice não é doença, como muitos pensam.

A velhice é sabedoria! A velhice é amor! A velhice é felicidade!

Velhos do meu país: o amor está à vossa espera.

Hoje em Dia

SOBRE OS EFEITOS COLATERAIS

*N*unca caiam na tentação de beber o licor de pequi, delicioso e inesquecível, da safra de Montes Claros, antes de cair nos braços de Morfeu, como diziam os cronistas de outrora. Bem que João Valle Maurício e Konstantin Cristoff, amigos queridos, um que virou saudade, o outro que está aí brilhando na pintura, haviam me prevenido. Mas eu tinha uma garrafa, um mimo, como gostava de escrever Antônio Maria, que recebi de Paulinho Ribeiro, e cometi a imprudência de me deliciar com várias doses do melhor licor de pequi que existe no Brasil, e já muito alegre, para não dizer bêbado, fui dormir. Vejam o que aconteceu: sonhei que era Arafat e estava confinado, aprisionado, refém, enfim, dos ataques e dos soldados de Ariel Sharon. Minha casa ficava em Ramala. Mas quando os repórteres furaram o cerco imposto por Israel, revelou-se que eu falava uma língua estranha, chamada português, e que meu coração ficava no Brasil, mais exatamente em Minas. Minhas lembranças também eram brasileiras e tudo isso confundiu muito os repórteres.

Acaso, perguntavam os repórteres, a língua que Arafat fala é algum dialeto árabe?

É um ardil para enganar Sharon e seus comparsas?

Uma jornalista da televisão brasileira, a última a adentrar a sede da Autoridade Palestina onde, como Arafat, eu estava confinado, acabou com o mistério. Fez uma pequena explanação sobre a língua portuguesa e passou a servir de intérprete.

Aconteceu em meu sonho que também minhas lembranças, tal qual a língua que eu falava, eram brasileiras. De maneira que, quando a repórter da CNN perguntou o que era, para mim, a liberdade, reinou grande confusão e o Serviço Secreto de Israel, tido na conta de muito eficiente, ficou certo que eu revelava um plano diabólico.

Liberdade, para mim, eu fui falando, é passear na praça de Santa Teresa quando as primeiras estrelas são acesas no céu de Belo Horizonte.

É andar a pé pela rua Ceará, ali pelas 8 horas da manhã, e ficar observando as pessoas, sentindo um amor muito grande por gente que nunca vi, mas que começava a luta pelo pão de cada dia, e isso sempre me emociona.

Liberdade é poder ir e vir, sair de casa na hora que der na veneta, ir a um barzinho e beber um chope com colarinho.

Neste ponto, os repórteres não entendiam nada que a jornalista brasileira traduzia. Como Arafat falava em beber um chope, ainda mais com colarinho, se é sabido que a religião muçulmana não permite tais coisas? Acaso eu era um clone de Arafat? Começaram a dizer que sim, eu era um clone de Arafat, de forma que corria o risco de ser fuzilado.

Imaginei os soldados de Israel me encostando contra a parede, à falta de um muro.

Imaginei o céu de Belo Horizonte, esse céu de abril que tanto amo.

Imaginei aqueles soldados israelitas, estranhamente parecidos com amigos judeus, dos quais gosto muito, apontando os fuzis para meu coração.

Senti então vontade de gritar: nós podemos ser amigos, podemos ficar horas e horas discutindo futebol em paz, por que, então, vocês querem me matar, só porque esse é o desejo de Sharon?

    Neste ponto do sonho, que melhor seria chamar de pesadelo, fui arrastado para fora da casa em Ramala pelos soldados de Sharon. Estranhamente, em vez de uma rua de Ramala, eles foram me levando pela rua Piauí. Reconheci árvores, casas, edifícios, reconheci pessoas, os gatos, os cães de estimação de meus amigos. Meninos brincavam de *skate* e mocinhas andavam de bicicleta. Tudo conspirava contra a guerra. Pela movimentação dos repórteres e dos correspondentes da televisão, descobri que ia ser fuzilado a mando de Sharon, como se fosse Arafat. Senti uma vontade enorme de comer um pé-de-moleque que uma vez comi em Pouso Alegre. Decidi: na hora em que os soldados de Sharon apontassem o fuzil para mim, eu seria muito corajoso, para honrar Arafat.

    Então aconteceu: fui encostado num muro na rua Piauí e os soldados, dos quais eu poderia ser amigo, apontaram seus fuzis. Qual seu último desejo, Arafat? – gritou um soldado. Respirei fundo. Pensei nas tardes na Savassi. Pensei na conversa fiada com meus amigos nas mesas de um bar. O soldado repetiu a pergunta: qual é seu último desejo? Gritei, como se fosse Arafat:

    – Meu último desejo é viver, mas os tiros dos fuzis abafaram minha voz.

    Neste ponto, acordei: ah! como é bom estar vivo.

Estado de Minas

HOMEM PROCURANDO DEUS

Procurou o mar, disseram que Minas não tem mar.
Procurou a mãe, ah, a mãe tinha morrido quando ele estava numa festa entre amigos num bar.
Procurou o pai, mas o pai não pertencia mais a este mundo, foi embora numa distante manhã, quando havia tanques ocupando as ruas das grandes cidades brasileiras e falavam que estava para acontecer um golpe militar e o pai, sim, o pai morreu como quem não morre, mas como se estivesse apenas viajando e dissesse um até breve ou coisa assim.
Procurou, já no oitavo chope, Osvaldo França Júnior, com quem abria o coração, e Robinson Damasceno dos Reis falou: "Que isso, sô, o França não está mais aqui, não se lembra do sábado em que o França morreu, vocês estavam brigados e, no entanto, você chorou como criança e até falou, quando o Carlos Herculano Lopes telefonou para sua casa para dar a notícia: meu Deus, eu gostava do França como de um irmão, no entanto, a gente estava brigado por uma bobagem".
Procurou Ângela Gutierrez, mas Ângelo Osvaldo falou que ela estava em Lisboa colhendo cravos vermelhos na beira do Tejo.

Procurou José Aparecido de Oliveira, embaixador de seu coração, mas Benito Barreto, escritor dos bons, falou: "O Aparecido foi para Conceição do Mato Dentro, que agora ele e a Leonor não saem de lá, ficam lambendo a cria, o prefeito José Fernando, futuro Governador de Minas".

Procurou Águeda Chaves, aí falaram: "A Águeda está rezando, todo santo dia a Águeda reza por mim e por você e pelos desamparados do mundo, afinal, entregou seu coração a Cristo".

Procurou Elias Kalil, com quem abria o coração como num confessionário, como nos tempos de menino em Santana dos Ferros e o Padre Nélson, aquele que o Paulo Autran viveu admiravelmente na minissérie *Hilda Furacão*, lhe dava como penitência rezar dez Ave-Marias ajoelhado em dois bagos de milho, e falaram, invocando o filho Alexandre Kalil como testemunha: "O Kalil se foi, caramba".

Procurou Beth Lagardère, mas Arnaldo Madruga e Joaquim Nogueira disseram: "Ela mal chegou e já voltou para Paris".

Procurou Gil César Moreira de Abreu, mas Tatiana, a bela, falou: "O Gil foi a Lagoa Santa, mas não demora a voltar".

Procurou J. D. Vital e ficou sabendo que estava na China ou, quem sabe, em algum país da ex-União Soviética.

Procurou Ádria Castro e Nelly Rosa disse: "Você não sabe, a Ádria foi pro Marrocos, no mesmo avião do Alberico Souza Cruz e da Danielle e do Lauro Diniz".

Procurou Ângela Leminsky e o poeta Afonso Borges explicou: "Ela está disfarçada numa rosa".

Procurou Eduardo de Ávila e falaram: "Está na igreja do Padre Eustáquio rezando pro Atlético".

Procurou Luiz Vilela mas ficou sabendo que o autor de *Tremor de Terra* acabava de tomar o avião para Uberaba, com destino a Ituiutaba.

Procurou Breno Milagres mas seu filho Breninho disse que o pai estava preparando o roteiro da minissérie *Quando Fui Morto em Cuba*.

Procurou Renata Pinheiro e Wilsinho Bonfim disse: "A Renata acabou de passar aqui".

Procurou Glória Perez mas informaram por telefone: "A dona Glória está escrevendo *O Clone*".

Procurou Zeca Teixeira da Costa e falaram: "Ele está nos Estados Unidos".

Procurou Simone Machado, pensou até em escrever um recado na face da lua, no rastro do avião, numa canção, na vaga estrela da Ursa Maior, mas não obteve notícias dela.

Procurou um poema de Pablo Neruda escrito no joelho de uma moça e falaram: "O poema acabou, acabou a moça, o joelho acabou".

Procurou o exemplar de *O Velho e o Mar*, de Hemingway, mas tinha emprestado não sabia para quem.

Procurou Deus, então Deus tomou sua mão, levou-o até o alto da avenida Afonso Pena quando a noite caiu e disse na praça do Papa: "A felicidade é um pássaro arisco, meu filho, por qualquer coisa a felicidade voa e ele, o homem que procurava, cantou uma canção jamais ouvida, que era a melhor maneira de abraçar a cidade e desejar a todos, santos e pecadores, uma única coisa: sejam muito felizes, meus irmãos e minhas irmãs em Cristo".

Estado de Minas

DECLARAÇÃO DE AMOR

A vocês eu conto, se é que ainda não sabem: Belo Horizonte é o rincão que eu pedi a Deus. É a minha roça. É o caminho de minha roça. É minha aldeia. É minha cidade. É a capital de Minas. É a capital do mundo. É meu mundo.
 Belo Horizonte é como pé-de-moleque que só a avó da gente faz.
 Tem sempre um gosto de quero mais.
 Quando deixei Belo Horizonte e fui morar no Rio Janeiro, cidade que eu também amo, eu ia aos barzinhos e restaurantes com a moça de Minas. Ia aos cinemas. Ia à praia. Ficava olhando o mar, sentado na areia da praia ao lado da moça de Minas, e falando com ela:
 – Ah, se Belo Horizonte tivesse mar!
 – O que ia acontecer? – perguntava a moça de Minas.
 – Belo Horizonte ia ser o paraíso – eu respondia.
 Muitas vezes, já fiquei pensando onde seria o mar de Belo Horizonte. Podia ser no Horto. Ou podia, por que não?, passar nas margens da Afonso Pena, ali onde fica o Parque Municipal. Já me imaginei batendo papo num bar à beira-mar de Belo Horizonte e depois indo dar um mergulho.
 Mas não pensem que culpo Deus por não ter dado um mar a Belo Horizonte. Acho que Deus, em sua infinita sabedoria, nos privou do mar para destacar as nossas vir-

tudes. Quando eu morava no Rio de Janeiro junto da moça de Minas, toda manhã eu abria a janela no apartamento na avenida Atlântica, e via o mar.

Via os navios passando ao longe.

Via, não apenas nos dias de domingo, mas nos dias de semana, os banhistas e os que faziam caminhadas.

Via o sol anunciando o verão dos trópicos.

Via (ai, meu Deus) as moças de biquínis de São Sebastião do Rio de Janeiro.

Via os aviões passando no céu e eu estava com a moça de Minas:

– Esse avião está indo para Minas.

A moça de Minas concordava, mesmo sabendo que o avião estava indo para Nova York. Ora, de tanto mudar o rumo dos aviões. De tanto estar andando na avenida Atlântica ou na avenida Rio Branco e querer estar andando na avenida Afonso Pena. De tanto que eu achava que o sudoeste soprando nos fins de tarde trazia os cheiros e os perfumes de Minas. De tanto que era assim, falei com a moça de Minas:

– Vamos voltar para Belo Horizonte.

E voltamos. Eu era, trabalhando no *Jornal do Brasil*, um dos cincos maiores salários da imprensa brasileira. Voltei a Belo Horizonte e fiquei 11 meses e 17 dias desempregado. Ninguém me dava trabalho, porque eu era marcado como subversivo, nome que a ditadura militar e seus agentes secretos davam aos que resistiam aos generais. Tinha gente que me via na rua e pulava para o outro lado, só para não cumprimentar.

Mesmo desempregado, no entanto, eu me sentia mais feliz em Belo Horizonte do que ganhando uma fortuna no Rio de Janeiro. Estava decidido: ia ser escritor e fazer de Belo Horizonte a musa de meus livros. Foi nessa época que Cyro Siqueira enfrentou as proibições da ditadura militar e convidou-me para escrever, assinando meu nome com letras quase garrafais, reportagens no suplemento de domingo do

Estado de Minas: Vivi uma fase mágica na Asa Publicidade, de Edgar Melo e Hélio Faria, e depois tornei-me cronista de futebol. Até que ganhei, com *A Morte de DJ em Paris* (perdoem-me ter que dizer) o maior prêmio literário brasileiro. E já fazendo de Belo Horizonte a protagonista de minhas histórias. Tenho viajado muito no embalo de meu romance *O Cheiro de Deus*: eu acho bom deixar Belo Horizonte. Sabem por quê? Só para ter a alegria de voltar.

Estado de Minas

CHEIROS E PERFUMES

Chegou em casa, antes das primeiras estrelas aparecerem no céu, se é que isso tem alguma importância, e pela primeira vez na vida, sentia na pele (e na boca, quando passava a língua nos lábios) um cheiro e um gosto que não eram do marido, mas do homem com quem ela passou três horas durante a tarde.

– Eu digo ou não digo que fui ao dentista? – vacilava, quando estacionou o carro na garagem. – Só se ele perguntar onde estive, eu digo que fui ao dentista, senão, ele pode desconfiar.

Quando subiu no elevador e entrou em casa, o marido ainda não estava. Encontrou a filha de 9 anos, que veio abraçá-la.

– Que perfume gostoso, mãe – disse a menina.

Abriu a bolsa, tirou um bombom e deu à filha. Depois foi tomar um banho. Abriu o chuveiro e começou a passar o sabonete no corpo com as mãos de dedos longos e finos. Passou o sabonete uma vez. Passou a segunda. E uma terceira, uma quarta e uma quinta vez. Ensaboou-se tanto que o sabonete acabou. Então ela pegou outro sabonete e seguiu ensaboando-se.

– O diabo – ela pensou então – é a alma.

E falou alto, como se houvesse alguém para ouvi-la no banheiro:

– Eu não consigo ensaboar a alma!

Depois que gastou o segundo sabonete, entrou na banheira de hidromassagem e tentou reconstituir tudo, para saber como aquilo aconteceu. Uma pergunta assustou-a:

– O que a mãe ia dizer se soubesse?

A mãe morava numa cidade do interior de Minas e se soubesse que a filha casada, logo a caçula, passou a tarde com um amante, não iria acreditar.

– É intriga da oposição – diria a mãe. – Minha filha jamais faria uma coisa dessas.

Pensou então no pai. Era um homem magro, de pouca conversa. Na última vez que o viu, ele estava na varanda da fazenda, onde chegavam os berros de boi e o cheiro do curral, fazendo um cigarro de palha. Ah, o que o pai diria se soubesse? Morreria de novo? Sim, o pai morreria de novo.

Aquele pai que nunca encostou a mão nos filhos, porque apanhou muito do próprio pai, e jurou que trataria os filhos (e foi pai de oito, cinco moças e três rapazes) de maneira diferente. Aquele pai que era um homem tímido e que cheirava a boi. Nunca olhava nos olhos. Mas bastava um olhar para saber se as filhas e os filhos estavam fazendo alguma coisa errada. Então o pai dizia:

– Abre o coração, vai.

Dentro do banheiro, imaginou o pai vivo e falando:

– Abre o coração, filha...

– Eu tenho um amante, pai – falou em voz alta no banheiro, como se o pai pudesse ouvi-la – eu tenho um amante.

Ou diria mais dramaticamente:

– Eu sou uma adúltera, pai.

Saiu da banheira e entrou novamente no chuveiro e pôs-se a se ensaboar com um sabonete novo. Então começou a cantar. Cantava as músicas de sua vida, desde a primeira que ouviu, quando ainda morava no interior de Minas, até a última, um bolero que o rádio não pára de tocar. Quando o marido chegou em casa, ela ainda estava debaixo do chuveiro. E ainda cantava. O marido entrou no banheiro e, mostrando duas passagens aéreas, disse:

— *Surprise! Surprise!*

E o marido disse que iriam para Nova York na próxima quinta-feira e ela gritou debaixo do chuveiro:

— Não brinca, amor! Não brinca!

Quando o marido saiu do banheiro, ela enxugou o corpo moreno numa toalha felpuda. Pegou um frasco de loção francesa e passou a loção no pescoço e nas orelhas e em todo o corpo. E ficou imaginando o que o pai ia pensar se estivesse vivo e ela dissesse:

— Pai, eu sou uma adúltera!

Hoje em Dia

O CEGO E A BELA DESNUDA

Os que assistiram à cena de longe diziam:
– Não falei? Esse cego nunca foi cego. É um enganador, é um farsante!
Os mais severos, que em todos os lugares os há, davam a sentença:
– Precisamos desmascarar esse cego.
Estavam falando sobre o cego da Savassi, que já apareceu nesta crônica mais de três ou quatro vezes. E a razão do que falavam (não os condeno) foi uma circunstância mesmo de admirar. Pois aconteceu que, fazendo uma pausa na venda de bilhetes de loteria, o cego da Savassi, tendo ao lado o guia e sobrinho, um rapaz aí dos seus 15 a 16 anos, parou diante da Banca Roma e ficou "olhando" (assim parecia aos que suspeitavam de sua cegueira) a capa da *Playboy*, que trazia a atriz Maitê Proença nua.
– Ela está nua mesmo? – perguntou o cego da Savassi ao guia. – Está mesmo, sobrinho?
– Nuinha da silva – disse o sobrinho e guia. – É maravilhosa, meu tio.
– Deus que me perdoe – disse o cego da Savassi – e como a Maitê é nuinha da silva, sobrinho?
– É um trem doido, meu tio – falou o sobrinho. – É de deixar a gente louco.

— É bonita como a Vera Fischer nua? — quis saber o cego.
— É diferente, meu tio. Totalmente diferente, tio.
— Pára com isso — irritou-se o cego — descreve a Maitê Proença para mim.
— Ela está totalmente nua na capa da *Playboy*, titio.
— Você jura, meu sobrinho?
— Juro, meu tio.
— Quero saber tintim por tintim, meu sobrinho. Diga: dá pra ver a Maitê Proença totalmente nua?
— Não, titio.
— Mas você não disse que ela está nua?
— Disse.
— Pois então — insistiu o cego.
— Ela está sentada na capa da *Playboy* e com as pernas cruzadas e os braços abraçando as pernas.
— Que Deus me proteja — disse o cego. — Dá ou não dá para ver que ela está nua, sobrinho?
— Dá e não dá, tio.
— Abre o verbo logo, sobrinho. Como dá e ao mesmo tempo não dá para ver a Maitê Proença nua?
— Por conta da posição, titio. Com os braços, ela esconde os seios.
— Esconde? — disse o cego. — Então não tem graça.
— Como não tem graça, tio? A Maitê Proença está nua como veio ao mundo.
— Mas não dá para ver, sobrinho.
— Dá, titio. Só que a gente não vê os seios e tudo o mais. Mas é uma loucura, tio.
— Me fala sobre os joelhos dela, sobrinho.
— São uns joelhos muito bonitos, titio.
— E os pés? Deus que perdoe este meu coração pecador. Me fala sobre os pés da Maitê Proença.
— Eu nunca vi uns pés tão bonitos, tio. São magros e os dedos são também muito bonitos. Dá uma vontade de ficar olhando sem parar para os dedos dela, titio.

— Conta mais, sobrinho. Essa noite vou rezar o terço ajoelhado em dois bagos de milho, para Deus me perdoar. Deus é meu amigo e sabe que este cego tem suas fraquezas.

— Não é melhor ir embora, tio? — disse o sobrinho.

— Quem está na chuva é para molhar. Me fala dos olhos da Maitê Proença, sobrinho.

— Dos olhos, tio? Tem coisa mais interessante para falar.

— O que, por exemplo, sobrinho?

— Os ombros nus da Maitê Proença, tio. São uns ombros magros, meu tio.

— Pára de falar nos ombros dela, sobrinho. Senão eu vou ficar entupigaitado pensando nos ombros da Filhinha, lá em São Miguel y Almas de Guanhães, quando eu ainda enxergava. Vam'bora, sobrinho.

E lá se foram os dois pela rua Tomé de Souza. O cego da Savassi dizia "olha a borboleta, vai dar borboleta", e às vezes, rezava, sem saber que um cronista indiscreto a tudo via e a tudo ouvia.

Hoje em Dia

A VIDA É ESTA:
SUBIR BAHIA, DESCER FLORESTA

Louvo as ruas que fazem parte de minha pobre existência, desde que cheguei, com o coração carregado de sonhos, a esta cidade. Começo pela primeira, a rua Pernambuco, onde fui morar como aluno do Colégio Santo Antônio, numa casa com um pé de jabuticaba no jardim de frente, onde as rosas floresciam.

O que ficou da rua Pernambuco? Ficou tua lembrança, moça fantasma, tu que aparecias depois da meia-noite, com teu vestido esvoaçante, quando o último bonde passava sacudindo as casas, como se fosse tremor de terra. Ficavas na esquina com a rua Tomé de Souza, como se esperasses alguém. Uma noite em que bebi vermute mais que devia, parei para conversar contigo, sem saber o que tu eras.

– Boa noite – eu disse, perdido por tua beleza loura e magra, que já conhecia de minhas noites bêbadas.

Nada respondeste. E no que mirei teus sonhos indecisos entre o azul e a cor do mar que não temos em Minas Gerais, vi que choravas. Ora, uma moça chorando é sempre indefesa. Perguntei o que estava havendo e respondeste quase com rancor.

– Você ainda pergunta? – falaste, com tua voz rouca e eu olhei teu vulto branco.

– Pergunto – gaguejei.
– Está ouvindo esta música? – perguntaste.
– Estou – respondi.
Na hora, um violino tocava em surdina na rua Pernambuco. Tocava uma valsa.
Vinha de ti um tal encanto que te tirei para dançar. Como esquecer, moça fantasma da rua Pernambuco, a leveza de pluma de teu corpo dançando? Como esquecer que eras feita de nuvem? Ah, como esquecer de teu medo quando uma sirene anunciou uma radiopatrulha? Até então eu pensava que a polícia nada podia contra os fantasmas. Mas tu explicaste que foste uma conspiradora contra a ditadura de Getúlio Vargas e que levaste contigo para o outro mundo a fobia das masmorras da ditadura. De maneira que deste adeus, interrompendo a valsa, e desapareceste pela rua Pernambuco abaixo.

Outra rua de minha vida é a célebre rua da Bahia, que Gervásio Horta e Rômulo Paes imortalizaram numa marcha de carnaval:

"Ê, ê MariaTá na hora de irPra rua da Bahia...". Eu morava diante da Câmara Municipal, em cujo andar de baixo funcionava a biblioteca estadual. Toda tarde, em vez de estudar as matérias do Colégio Arnaldo, onde tive um mestre chamado Waldemar Tavares Paes, ele e seu charuto Havana (pai de Rômulo Paes), ia ler na biblioteca estadual. Foi lá que descobri os mestres do romance nordestino, Jorge Amado, Zé Lins do Rego e Graciliano Ramos.

Como esquecer, rua da Bahia, da emoção que senti lendo *Mar Morto*, de Jorge Amado? Como esquecer que foi lendo Jorge Amado e Zé Lins que me tornei um militante esquerdista? Mas eu te recordo, rua da Bahia, por minhas noites maldormidas na pensão da Dona Chiquita, que era minha conterrânea, vinda como eu de Santana dos Ferros.

O benevolente leitor e a doce leitora hão de estar pensando que sofria de insônia por questões de amor. E era. A razão de minhas noites em claro era uma moça de Santana dos Ferros, com quem iria me casar, e que os leitores do livro e os que viram a minissérie *Hilda Furacão* na Globo, conheceram como a Bela B.

Foi na velha rua da Bahia que um vidente de Santa Teresa disse tudo que ia acontecer em minha vida nos anos 60 e 70. Desde então a vida não tem mais mistério para mim.

E quando, anos mais tarde, fui jogado numa cela escura do antigo Dops, também isso estava na previsão da vidente. De forma que, ao ouvir uma gota d'água pingar, como para me deixar louco, comecei a repetir, em voz alta, como quem reza, a escala de um time do Atlético que carrego no coração: Kafunga, Murilo e Ramos, Mexicano, Monte e Silva, Lucas, Lauro, Carlaile, Lero (depois Alvinho) e Nívio. E fico aqui pensando: como tudo era bom quando a vida era esta: subir Bahia, descer Floresta*.

Estado de Minas

---

* Para registrar que Éder José dos Santos, pai dos gêmeos Éder e Gracie, que me honra com sua leitura, ficou emocionado, como bom atleticano que é, quando recordei aqui a escala do time do Atlético de 1947. Em tempo: Moacirzinho Carvalho de Oliveira corrige seu amigo cronista: o certo, segundo Rômulo Paes, é descer Bahia, subir Floresta.

O FANTASMA
DA TIA JÚLIA

*E*scutou os passos subindo a escada no meio da noite. Eram os passos de um assaltante ou de um fantasma? Ela estava só em casa, ela e Deus (se é que Deus não a tinha abandonado). Por um momento, deitada na cama de solteira, o quarto vagamente clareado pela lâmpada do poste da rua, ficou pensando no que seria pior: um fantasma ou um assaltante.

— Por via das dúvidas, minha filha — disse o pai, antes de viajar para a fazenda em Salinas — fica com este revólver...

— Mas cuidado, hein — falou a mãe, muito dramática — só puxe o gatilho em última necessidade!

Os passos subiram a escada e caminharam no corredor. O revólver estava debaixo do travesseiro. Era um 38 e ela o acariciou. Sentiu então um medo que a sufocava. Medo de matar um assaltante e medo de que fosse o fantasma da Tia Júlia. Pobre Tia Júlia, pensava, acariciando o revólver embaixo do travesseiro, mil vezes pobre Tia Júlia! Tia Júlia morreu num desastre de automóvel, na chegada de Belo Horizonte, vindo do Rio de Janeiro. Morreu aos 23 anos. E se era o fantasma da Tia Júlia que estava na casa?

Um arrepio caminhou por seu corpo. Aquele corpo moreno de moça bonita, disputada pelos homens. Tentou ouvir melhor. Cães latiam ao longe no bairro da Serra. O vento uivava na janela e, de repente, agitou a cortina do quarto. E ela teve certeza: era o fantasma da Tia Júlia que andava na casa. Oh, não: preferia um assaltante ao fantasma da Tia Júlia.

Ergueu-se mansamente na cama com o revólver na mão. Entrincheirada atrás da porta do quarto, ficou esperando. Sentiu uma suave fragrância no ar e os passos recomeçaram. Tia Júlia gostava de perfumes franceses. Por isso, pensou:

– É o fantasma da Tia Júlia! Só pode ser Tia Júlia!

Podia criar coragem e conversar com Tia Júlia. Quem sabe Tia Júlia estava precisando de algum favor, entre os vivos, e ela poderia atendê-la? No enterro da Tia Júlia chamou a atenção a presença dos namorados e ex-namorados. Eram, ao todo, 22 homens tristes. Todos dizendo:

– Perdi o amor de minha vida! A qual deles Tia Júlia amava? Diziam as más-línguas que, na verdade, Tia Júlia amava era um homem mais velho, que podia ser seu pai. O único que não foi ao enterro, nem mandou uma coroa de flores para Tia Júlia. Vai ver que Tia Júlia tinha uma mensagem para o homem de sua vida, agora que estava morta.

– Tia Júlia – ela falou então, sentindo que a voz estava trêmula – é você que está aí, Tia Júlia?

Alguma coisa, talvez um porta-retratos, caiu no quarto vizinho. Ela escutou então os passos da Tia Júlia, os pés descalços da Tia Júlia andando no quarto vizinho.

– Está precisando de alguma coisa, Tia Júlia? – ela disse, sem conseguir acalmar a voz. – Responda, Tia Júlia!

Novo barulho no quarto vizinho anunciou que uma caneta tinha caído no chão. Por certo o fantasma da Tia Júlia queria escrever um bilhete, talvez uma carta de amor, para o homem de sua vida.

– Quer minha caneta emprestada, Tia Júlia? – ela gritou. – Se precisar de papel, eu tenho, Tia Júlia.

Sim, Tia Júlia procurava papel e uma caneta para escrever uma carta de amor.

— Estou às ordens, Tia Júlia — ela disse e, criando coragem, foi ao corredor e acendeu a lâmpada, para poder ver melhor o fantasma da Tia Júlia. — Conte comigo, Tia Júlia.

Foi então que um homão, de pés descalços e pele negra, saiu do quarto onde ela acreditava que estava o fantasma da Tia Júlia, e disse, com voz de assaltante (e não de um fantasma):

— Se me chamar de Tia Júlia mais uma vez, vai ter — e foi descendo a escada, indiferente à moça que tinha um revólver 38 tremendo nas mãos.

Hoje em Dia

DEUS LHE PAGUE

Tia Maria Augusta, Tia Gutinha para os íntimos, é mulher destemida. Nunca soube o que é medo. Nem medo de assombração, nem medo da morte e, muito menos, medo de ficar para tia – que implica ser íntima da solidão, dos barulhos da insônia, e múltiplas dores e inconvenientes.

Nasceu numa fazenda para as bandas do rio do Tanque, em território do município de Santana dos Ferros. Mais tarde, Tia Gutinha morou nas idas e vindas do pai, dono de um coração cigano, em Passabem, Santa Maria de Itabira, Viamão, mais tarde Carmésia, Nossa Senhora do Porto, terra de Padre Geraldo Magela, São Miguel y Almas de Guanhães, Peçanha, onde nasceu o Professor Aluísio Pimenta, e Santa Maria do Suassuí.

Em São Miguel y Almas de Guanhães, Tia Gutinha perdeu, mal chegada aos 11 anos, o medo da morte. Toda noite, antes de dormir, ouvia os tiros. Morria muita gente. Um dos passatempos locais, além das novelas da Rádio Nacional e do programa César de Alencar, onde brilhava a minha, a sua, a nossa favorita, Emilinha Borba, era saber quem morreu nos tiros e nas emboscadas de cada noite.

Inventaram, nessa época, uma espécie de loteria ou de bolo esportivo. Cada um dava um palpite, como se fosse um jogo de futebol, que era preciso banalizar a morte, mesmo inconscientemente, para melhor conviver com ela.

Cada um pagava o equivalente hoje a R$ 1 por palpite, e dizia assim, por exemplo:

— Esta noite vão morrer duas pessoas.

Abraçada ao travesseiro, Tia Gutinha, uma menina, como foi dito, ouvia os tiros nas noites de São Miguel y Almas de Guanhães. Pois aconteceu que, lá pela meia-noite de uma sexta-feira (quando as mortes aumentavam), armaram uma emboscada para o tio mais querido de Tia Gutinha, um certo Tio Lalau, mulherengo como ele só. E foi coisa de amor que provocou a tocaia. Feita por um tal de Badu, pistoleiro vindo da terra do Cacau, no Sul da Bahia, e diziam até que era personagem de Jorge Amado. Cujo Badu vestia-se de mulher para melhor executar suas mortes encomendadas.

Na mencionada sexta-feira, Tia Gutinha escutou a voz de Tio Lalau gritar para o jagunço Badu:

— Pelo amor de Deus, não me mate.

Soou então o primeiro tiro.

— Hoje eu não posso morrer — gritou ainda Tio Lalau.

Soou então o segundo tiro. Tia Gutinha já sabia manejar armas de fogo. De maneira que pegou um rifle, quase do mesmo tamanho dela, e abrindo a janela, disparou contra Badu. Ao vê-la, Tio Lalau, caído na poeira da velha rua do Pito, gritou, com o que ainda tinha de voz:

— Me acode, Gutinha!

Tia Gutinha correu até onde Tio Lalau estava caído e ouviu seu tio mais querido pedir para ela cantar uma música que todo Brasil cantava e que era singela como o Brasil daquela época:

"Encosta tua cabecinha
no meu ombro e chora
e conta tua mágoa
toda para mim.
Quem chora no meu ombro
eu juro que não vai embora..."

Mas Tio Lalau foi embora. Apertou a mão da sobrinha, Tia Gutinha, e morreu. Desde então Tia Gutinha perdeu o medo da morte. E daí em diante nada mais provocava medo. Nem a mula-sem-cabeça, nem o lobisomem, nem ficar para tia.

— Eu só peço a Deus — dizia Tia Gutinha, quando se mudou para Santa Maria do Suassuí, onde o chefe político era o médico Nacip Raidan — que não tenha que matar homem algum.

Mas Tia Gutinha, que os namorados chamavam de Guguta, matou muitos homens. Não, não disparava rifle, máuser ou revólver. Ela os fez morrer de amor. Apontava para o coração dos homens seu par de olhos verdes e uma beleza que dava em todos uma vontade de agradecer, imitando oração:

— Deus lhe pague, Guguta!

Estado de Minas

UM ESTRANHO EPISÓDIO

Noite alta, Juliana estava sozinha no casarão do Gutierrez, trancada no quarto no segundo andar, quando ouviu passos subindo a escada.
— Santo Deus — pensou Juliana, segurando um terço e um revólver 38. — É um assaltante ou o fantasma de Tia Gaida?
Não, Juliana não sabia o que era pior, um assaltante ou o fantasma de Tia Gaida. Por um momento, abandonou o terço e o revólver e pegou o celular, que estava em cima do criado, perto da cama. Podia chamar a polícia. Ou era melhor fingir que não havia ninguém em casa? Quando o pai e a mãe foram para a fazenda em Almenara, deixaram o revólver 38 com Juliana.
— Mas vê lá, hein, Juliana — aconselhou o pai. — Só puxe o gatilho em legítima defesa.
— Antes de atirar, Juliana — foi falando a mãe — reze uma Ave-Maria.
Em vez de chamar a polícia, Juliana decidiu seguir o conselho materno. Rezou uma Ave-Maria em voz baixa, enquanto os passos andaram na escada. Deus é grande, disse Juliana em voz mais alta que devia. Falou tão alto, que assustou quem estava na escada, fosse um assaltante, fosse o fantasma de Tia Gaida, e alguma coisa se espatifou no chão.

– Santo Deus – pensou Juliana – é a jarra de estimação que pertenceu a tia Gaida.

Um carro tocando música no rádio estava parado diante do casarão de Juliana. Zezé di Camargo e Luciano cantavam e Juliana achou a música tão linda como se fosse a última canção que ia ouvir na vida. Devia rezar mais. Pensou nos mortos de Nova York e nos mortos de Washington. Pensou na tarde em que visitou as torres gêmeas no World Trade Center. Pensou na alegria que sempre sentia em Nova York. Abraçou o travesseiro, indiferente aos passos que, agora, iam e vinham no corredor, e começou a chorar baixinho.

Nisso, os passos andaram diante da porta do quarto, que Juliana fechou a sete chaves. Os passos iam e vinham no corredor e, agora, quem cantava no rádio de um carro (ou um caminhão ou coisa assim?) era Chico Buarque de Holanda. Juliana sentiu muita vontade de viver e pensou na pobre Tia Gaida que, uma tarde, pôs um vestido florido, disse adeus à família e pulou do oitavo andar de um edifício nas vizinhanças da praça Sete.

– Tia Gaida – perguntou Juliana, agachada junto à porta – é a senhora, Tia Gaida?

Alguma coisa caiu e, logo, Juliana sentiu a suave fragrância do perfume francês de que Tia Gaida mais gostava. Ficou certa que o fantasma da tia visitava a casa e ia levar os perfumes, que a sobrinha Juliana usava, como se fossem seus.

– Ouça bem, Tia Gaida – falou Juliana com a voz rouca que encantava os homens. – A tia pode olhar, eu não usei o perfume Opium, o que a senhora mais amava.

Beto Guedes começou a cantar no rádio do carro (ou de um caminhão ou coisa assim). Os passos desciam e subiam a escada. Juliana teve certeza que era mesmo o fantasma da tia que estava no casarão. Eram uns passos suaves. Passos de mulher. Passos de bailarina, pois Tia Gaida dançava, em seus melhores tempos, num grupo de balé.

Subitamente, Juliana criou coragem. De toda maneira, era melhor saber que era o fantasma da Tia Gaida, e não um assaltante. Tia Gaida sempre foi desajeitada. Deixava tudo cair e, agora, não era diferente.

– Seja bem-vinda, Tia Gaida – gritou Juliana e abriu a porta do quarto. – Que prazer em vê-la, Tia Gaida.

Deu com um homão, de pés descalços e pele negra, que descia a escada carregando nas costas um aparelho de televisão. O homão seguiu descendo a escada, indiferente ao fato de Juliana pegar o revólver 38, e avisou num português correto:

– Ouça bem, mocinha. Se você me chamar de Tia Gaida mais uma vez eu não me responsabilizo pelo que vai acontecer – e desceu até o caminhão parado diante da casa, onde colocou a televisão e foi embora. Nana Caymmi cantava no rádio do caminhão.

Estado de Minas

A MENINA COR DE CHOCOLATE

*M*enina cor de chocolate que, com uma faca na mão e um brilho dançando nos olhos, assaltou este escrevinhador de quimeras, na esquina da avenida Afonso Pena com rua Piauí, às cinco para as quatro da tarde de um dia que (afora a ameaça das nuvens) parecia sem pecado.

Menina que gritou:

– Passa a grana ou morre!

Menina de 11 a 13 anos, cuja mão tremia segurando a faca.

Menina que não sei se é de Belo Horizonte ou se veio de longe buscando uma esperança na cidade grande.

Menina que liderava três pivetes menorzinhos.

Menina que chegou a faca bem perto de meu coração e outra vez gritou:

– Anda logo, sô! Passa a grana!

Menina, que usava um tênis com um pé branco e o outro vermelho.

Menina, de quem não sei o nome.

Menina de Minas, menina do Brasil, menina da América do Sul, que recusou meu relógio (um pobre relógio que marcava cinco para as quatro da tarde no Brasil), dizendo:

– Quero é grana, bacana!

Ah, menina da América Latina! Eu queria dizer umas tantas coisas, que não consegui dizer na hora em que você me assaltou! Antes de mais nada, menina, você levaria vantagem se preferisse o relógio. Pois eu, que já ia para a ginástica a pé, só tinha no bolso pobres nove reais: uma nota de cinco e quatro notas de um real. O relógio, em troca, vale um pouco mais. Custou, inacreditavelmente, trinta e dois reais. É um relógio *made in* Coréia, que a gente usa durante algum tempo, e depois joga fora. Mas, de qualquer forma, como ainda é novo e tem pela frente um ano de vida, pelo menos, vale mais do que nove reais.

Mas não é bem isso que eu queria dizer a você, menina cor de chocolate.

Eu queria dizer que, quando você encostou a faca no rumo de meu coração, eu senti uma das maiores angústias de minha existência. Sinta a ironia, menina!

Eu que já gritei: "Viva a classe operária" – e por isso fui preso e trancado no Dops!

Eu que já cantei: "De pé, oh, vítimas da fome!" – e por isso fiquei marcado.

Eu que, na verdade, desde as primeiras leituras dos livros de Jorge Amado e de John Steinbeck, fico do lado em que a corda arrebenta – e por isso já fui discriminado e processado.

Eu, na verdade, menina cor de chocolate, durante uma certa parte de minha vida, preparei-me para tudo. Até mesmo, para um dia, por paranóia ou não, enfrentar um pelotão de fuzilamento.

Mas eu não me preparei, menina, para ser morto por alguém como você. Tudo que eu escrevo, menina, pretende tornar o mundo menos injusto. Pretende tornar o Brasil a pátria da alegria e da justiça, sem que as meninas como você tenham que ameaçar alguém com uma faca na mão. Pretende a minha literatura criar uma terra de irmãos.

Então, menina, quando você me assaltou, e eu senti que você enfiaria a faca até calar meu coração, esse doidivano coração, eu tentei não acreditar. Mas a faca em sua mão, que devia estar brincando com uma boneca, era verdadeira demais, menina.

Diga, menina, o que, afinal, está errado: meu sonho socialista, a faca em sua mão... ou o Brasil, que planta sonhos e colhe pesadelos?

Certamente, menina, você não vai ler estas linhas: é uma pena. Mas a verdade, menina, é que, quando você foi embora (comemorava a conquista dos nove reais), eu chutei uma pedra que vi na rua, e falei alto, como um louco ou um bêbado fala:

– Meu Deus! E se a menina cor de chocolate me matasse?

Hoje em Dia

A TEORIA DA
RELATIVIDADE

*E*ram duas irmãs gêmeas, uma gorda, a outra magra, dois pedaços de maus caminhos. Sobre a gorda, de nome Val, diziam: "Ah, se ela emagrecesse uns 20 quilos, ia ficar linda". Sobre a magra, a Madu, ninguém falava nada: as mulheres calavam-se por inveja, de tão linda que ela era, e os homens suspiravam e não sabiam, ao vê-la, se cantavam ou caíam de joelhos.

Os homens aproximavam-se da Val só para ficarem perto da Madu, que, de tão narcisista, amava a própria imagem, e gostava era de ficar diante do espelho. Era Madu a sem amor. Aos 18 anos, Val descobriu um homem que, realmente, a amava, assim como era. Gorda, viciada em bombons de cereja. Ficou tão feliz que fez uma promessa para o Menino Jesus de Praga, a quem creditava o fato de o Lucas surgir em seu caminho.

– Vou perder 43 quilos e ficar com os mesmos 54 quilos de minha irmã Madu – jurou Val.

Nesse mesmo tempo, Madu também conheceu o amor. Era um rapaz chamado Léo, magro, feio, até então sem sorte com moça alguma. Mas sabem como é caprichoso e estranho o coração das mulheres bonitas. Ou, como dizia Tia Florzinha, pouco ligando para o fato de usar um lugar-comum:

– Quem ama o feio, bonito lhe parece.

As duas irmãs gêmeas estavam muito felizes, e, aos 19 anos, estavam noivas.

Ia esquecendo de dizer: Val emagrecia a cada dia. Em um ano, tinha perdido 12 quilos, agora só pensava em subir ao altar pesando os mesmos 54 quilos da irmã Madu. A mencionada Madu só não era completamente feliz porque o Léo, seu príncipe desencantado, morria de ciúmes da amada. Tinha ciúme até da sombra de Madu. As duas irmãs marcaram o casamento para o mesmo dia. Uma semana antes, Lucas disse a Val:

– Tenho um pedido a fazer.

– Pode fazer, Lucas – falou Val.

– Na noite de núpcias, eu faço, Val – desconversou Lucas.

Também o Léo, maldormido de ciúmes e, sejamos justos, sem motivo algum, pois Madu o amava quase tanto quanto amava a própria imagem no espelho, tinha um pedido a fazer à noiva, mas só o faria na noite de núpcias. Tia Florzinha, que a tudo ouvia, contou o sucedido e, em pouco tempo, todos os comentários mo bairro Santo Antônio e adjacências eram sobre os pedidos que Lucas e Léo iam fazer às amadas na noite de núpcias. Havia até apostas nas rodas de bar a respeito. Todos esperavam pedidos altamente picantes. Até porque, a esse tempo, Val tinha emagrecido tanto que pesava os mesmos 54 quilos da irmã.

Resultado: as duas ficaram tão parecidas, uma sendo o clone da outra, que os noivos não sabiam distingui-las. Mas não pensem que as irmãs faziam o jogo das gêmeas, uma se passando pela outra, para se divertirem com os noivos. Até que uma noite, a Madu ficou tentada a fazer a brincadeira. Por uma razão que apenas o travesseiro de Madu sabia: simplesmente para saber se o Léo a amava o suficiente para distingui-la da Val.

O tempo passou, para alegria de Val e de Madu, mesmo porque estavam muito curiosas para saber que pedidos os noivos iam fazer na noite de núpcias. Chegou o casamento. As noivas usavam vestidos totalmente iguais, uma linda criação de Águeda Chaves. E ficaram tão iguais, melhor, igualmente lindas, que nem os noivos eram capazes de distingui-las. Na hora do sim, Léo e Lucas ficaram com medo que houvesse uma troca, mas cada um pensou:

– Que diferença faz: as duas são iguais em tudo, até na voz.

Tia Florzinha estava impaciente para saber quais eram os pedidos dos dois noivos na noite de núpcias. Vamos satisfazer sua curiosidade e a dos leitores. Morto de ciúme de Madu, Léo pediu que ela engordasse. Lucas fez o mesmo pedido à Val: ele a amava gorda como na época em que a conheceu.

– Nem morta eu vou estragar a minha beleza – protestou Madu e, antes da noite de núpcias, separou-se do marido.

E a Val? Ah, a Val atendeu prontamente ao pedido do marido e, já na noite de núpcias, devorou uma caixa de bombons de cereja. Em pouco tempo era uma mulher gorda e feliz.

Estado de Minas

O VESTIDO AMARELO

*E*ra de noite. Havia três dias que a mulher tinha morrido e ele estava só no quarto, quando ouviu passos no corredor. Os dois filhos, Kátia de 7, e Rodrigo, de 5 anos, estavam dormindo na casa da avó. Deitado na cama de casal, ele apurou o ouvido. Os passos continuavam. Em tudo iguais aos passos da mulher morta.

– É você, amor – ele perguntou.

– Sou eu – ela respondeu – eu não te prometi que ia voltar?

– Onde você está, amor? – ele insistiu.

– Acende a luz que você me vê – ela disse.

Ele acendeu a lâmpada do quarto e a viu. Ela usava o vestido amarelo, o de que ele mais gostava, e sorria olhando para ele, sorria como antes, muito antes de adoecer.

– Meu Deus! – ele disse, sentando-se na cama. – Como você está bonita! Eu sempre te falei: você fica mais bonita com este vestido amarelo.

– Eu não prometi que ia voltar e que viria com o vestido amarelo?

– Prometeu.

– Hei, o que você está esperando? – ela falou, de pé na frente dele. – Levante e troque de roupa.

– Trocar de roupa? Mas para que, amor?

— Para eu e você dançarmos como a gente dançava quando éramos noivos. Quero te ver de terno e gravata.

Ele deixou a cama. Passou perto dela, sentindo o perfume de outras noites. Ela ficou cantarolando *Chega de Saudade*, de Tom e Vinicius, como gostava de cantar antes de ficar doente. Já de terno e gravata, ele voltou ao quarto, e fora para a sala onde ficava o som.

— O que você quer dançar, amor? — ele perguntou.

— Um bolero — ela disse.

Ele colocou o CD de João Paulo e Daniel e, então, os dois começaram a dançar um bolero.

— Eu queria te dizer uma coisa — ela falou, no ouvido dele — eu fui a mulher mais feliz do mundo... e queria agradecer a você.

— Mas você não tem que agradecer, amor — ele sussurrou — eu também fui o homem mais feliz do mundo. Você sabe: o mundo é você... e sem você, o mundo não vale nada.

— Sabe por que que eu vim? — ela foi falando. — Por que eu pus o vestido amarelo de que você tanto gosta? Sabe?

— Você veio porque você prometeu que voltaria, não foi? Lá no hospital, você acenou para mim, dando adeus, e ouvi você falar que voltaria.

— Mas eu não voltei só porque eu prometi...

— Espera. Vamos dançar. Que bom a gente ser latino-americano, hein? Que bom a gente gostar de um bolero! Não acha?

Ela ficou cantarolando o bolero em voz baixa. Ela, com o vestido amarelo, que tanto destacava a sua cor morena. Dançaram muito tempo. Dançaram até que a noite foi acabando e ela disse:

— Eu tenho que ir.

— Fica, amor — ele pediu — não vá, não.

— Mas antes de ir, eu queria te dizer, que voltei para te lembrar que a vida continua. Ouça bem. A vida continua. Você vai ter que refazer sua vida. Vai se casar com outra.

– Não. Nunca. Nunca, amor. A única mulher de minha vida é você.

– Eu só queria pedir uma coisa – ela falou e o encarou – promete que não vai se casar com nenhuma de minhas irmãs? Eu só te peço isso. Promete?

– Se eu prometer, você volta? – ele perguntou.

– Volto – ela disse.

– Volta usando o vestido amarelo?

– Volto – ela disse, e foi embora, porque o dia estava nascendo.

Hoje em Dia

CARTA PARA UMA CERTA MOÇA

Um belo dia, como nos contos de fada, eu ia andando pela cidade quando fui abordado por um rapaz que tinha uma questão de vida ou morte para resolver. Não pensem que ele ia matar alguém, mas estejam certos, poderia atentar contra a própria e triste existência, se eu não o ajudasse.

– Em que posso ser útil? – perguntei.
– Vamos nos sentar naquele banco – ele propôs.

Devo informar, sem mais delongas, que estava na praça da Savassi quando o estranho me abordou. E no que ocupamos o banco, meu interlocutor encarou-me e disse:

– Minha vida está em suas mãos.
– Mas como? – estranhei.
– Preciso que você escreva uma carta de amor em meu nome para a mulher de minha vida – ele falou em tom de súplica.
– Isso eu não posso fazer – respondi.
– Não pode? – e ele ficou furioso. – Você assistiu O Carteiro e o Poeta?
– Assisti – eu disse.
– Então, se o Pablo Neruda, que ganhou o Nobel de

Literatura, escreveu um poema de amor para o carteiro enviar para a namorada, você pode escrever uma carta para minha namorada.

Fiquei calado, enquanto o apaixonado ameaçou:

— Se você não convencer aquela ingrata a voltar pra mim, eu vou pular do 13º andar e você vai carregar essa culpa pro resto da vida. E tem mais: se você me atender, quem sabe um anjo bom vai ajudá-lo a ganhar o Prêmio Nobel de Literatura? Li que uma vidente anunciou que um brasileiro nascido em Minas pode ganhar o Nobel. Chegou a sua grande chance.

Ora, pensei melhor e resolvi ter um gesto de simplicidade. Vocês dirão que agi assim pensando no Nobel. Mas nada disso. Ah, vocês precisavam ver a alegria que se apossou dele.

— Qual é o nome da moça? — perguntei.

— Juliana — ele respondeu. — Mas eu a chamo de Ju.

— Como ela é? Morena, loura, mulata, negra?

— Morena, de olhos verdes, 1,72 de altura — ele foi falando — e quando você a vê sente vontade de abraçar o mundo.

— Meu Deus — falei. — Então ela é assim?

— E tem um detalhe: você a olha e começa a pensar que o seu time vai ser campeão brasileiro e que o Brasil vai ganhar o penta com um golaço do Ronaldinho.

— Fala mais sobre ela — pedi.

— Quando ela sorri, duas estrelas verdes se acendem nos olhos dela e você fica certo que o Brasil tem jeito e que vai ser um país muito bom pra todos — ele continuou. E se você passeia de mãos dadas com ela na praça de Santa Teresa, ah, você começa a pensar que não haverá mais humilhados e ofendidos e que as criancinhas vão beber leite com mel.

— Fala mais — pedi.

— Quando ela me abraça e me beija, eu fico querendo ser bom e sabe o que fiz?

— O quê? — perguntei.

— Uma vez saí pela avenida Afonso Pena, distribuindo dinheiro para os pobres.

— Sempre que ela te abraçava e beijava você distribuía dinheiro para os pobres?

Ele suspirou e disse:

— Sempre.

— Mas você já gastou muito dinheiro, não gastou?

— Fiz mais que gastar. Fiquei pobre — ele contou. — Perdi casa, um carro importado, e agora estou devendo até a alma.

— E ainda assim você quer que ela volte?

— Quero. Eu só penso nisso.

— Diz uma coisa: o que, na verdade, ela fez com você?

— Ela me trocou por outro — ele disse. — Ela me deixou esperando no altar no dia do casamento.

— E ainda assim você a quer de volta? — insisti.

— Sem ela eu prefiro a morte — ele falou.

— Está bem. Eu vou escrever uma carta pra ver se ela volta — e, ali mesmo, no banco da praça, escrevi uma carta de amor em nome de outro para uma moça chamada Juliana, que tem tudo que os anjos têm, mas que tem também não sei o que do demônio.

Estado de Minas

A MENINA DE MINHA TERRA

Tinha uma menina na minha terra que todos os meninos queriam. Ah, quando a menina passava, todos os meninos sonhavam. Todos os meninos rezavam:

– Deus dos meninos do Brasil: me dai essa menina, Senhor Deus, que eu serei o melhor de todos os meninos.

Hoje eu pergunto: onde estava o feitiço da menina de minha terra? Estava no cabelo escuro que caía nos olhos? Estava nos olhos que, cruzando com nossos olhos, davam uma vontade de cantar, de pular, de rir, de gargalhar, de rezar, de dançar, de sambar até o dia raiar? Estava no corpo moreno e pequeno? Estava na boca? Estava na água na nossa boca no momento em que nos encarava?

Que sei eu!

Fico sherloqueando e descubro que o segredo e, portanto, o feitiço da menina de minha terra, era que ela prometia... e não cumpria.

Lá vem a menina de minha terra com seu vestido verde, tão curto (antecipando Mary Quant, a inventora da minissaia) que dá para ver um palmo acima de seus joelhos.

Lá vem a menina de minha terra, a todos os meninos olhando, a todos os meninos prometendo, a pobres e ricos, a brancos, amarelos, negros, mulatos, árabes e judeus.

Lá vem a menina de minha terra despertando nos meninos sonhos e quimeras.

Lá vem ela, dando nos meninos uma devoção por santos e orações!

Pois aconteceu (e é onde esta crônica quer chegar) que, de tanto que um menino rezou, a menina de minha terra mandou um bilhete para ele. Era um bilhete em inglês, como Ava Gardner dizia nos filmes, enchendo de suspiros o cinema de minha terra: – *I love you.* A primeira reação do menino foi guardar o bilhete como um troféu. E agora? Ele respondia usando o bilhete, também em inglês, com a ajuda da tia, que era poliglota. Ou escrevia, em português mesmo, alguma coisa, roubada de uma canção italiana (que a tia poliglota traduzia), dizendo:

– Deus sabe como te amo!

Mas, naquela noite, em minha terra, não apenas o menino que rezou (afinal, todos rezaram) recebeu um bilhete em inglês da menina. Todos os meninos receberam, judeus, árabes, brancos, negros, mulatos, e até um chinês, o filho do dono da pastelaria.

A todos, a menina de minha terra dizia:

– *I love you!*

De maneira que, de noite, no *footing* no adro da igreja, nunca houve tantos meninos felizes! Mas nunca houve, também, tantos meninos frustrados! Descobriram que, a todos eles, a menina de minha terra mandou a mesma declaração de amor em inglês.

O tempo passou como reza a Bíblia: uma geração foi e outra geração veio e o sol se levantou sobre o mundo e sobre os sonhos da menina de minha terra e dos meninos de lá.

Os meninos de minha terra cresceram! Um morreu na guerrilha, outro morreu num duelo no adro da igreja, outro virou dentista, um outro tornou-se escritor e jornalista, um foi morar em Israel, outro mudou-se para o Líbano. O filho do chinês ficou rico vendendo pastéis em Belo Horizonte. Uma tarde, na porta de uma de suas casas de pastéis, recordou, com o amigo que se tornou escritor e jornalista, o caso do bilhete em inglês. E foi dando no nosso "China" uma loucura do coração e ele anunciou para todos os que ocupavam as mesas, comendo pastel e bebendo cerveja:

– Oi, pessoal: os comes e bebes são por conta da casa!

Hoje em Dia

PS – A menina de minha terra (saibam todos) casou-se com um viúvo e, ao que sabemos, vivem felizes em Ribeirão Preto, que é uma cidade de que os filhos das Minas Gerais gostam muito.

É TEMPO DE HERÓI

Já teci heróis, com os fios da ilusão e da esperança, de todos os tipos. Teci um herói que foi amarrado nas patas de um cavalo e arrastado pelas ruas, para servir de exemplo, e nas minhas noites, escutando os barulhos da insônia, perguntava:

— Em que Felipe dos Santos pensava? Numa boca de mulher pensava? Num corpo de mulher pensava?

Teci um herói que deu a vida pela liberdade, sua amante febril, e até hoje sigo buscando uma resposta:

— O que Tiradentes sentiu na hora em que descobriu que iam matá-lo: acaso sentiu vontade de beber um conhaque ou de andar descalço na chuva?

Teci um herói, de pele negra como a noite e com uma lua no coração, que se rebelou criando o território livre de Palmares. Teci um herói poeta que morreu tuberculoso aos 24 anos delirando com amadas e o novo mundo. Teci heróis de chuteira: um, nascido em Três Corações, nas terras de Minas, buscava o gol como a fome busca o pão, ganhou uma coroa e um reinado e foi proclamado o Rei Pelé, I e Único; o outro herói de chuteiras, era um anjo torto, tinha um nome de pássaro e nos deu alegrias que nenhum estadista brasileiro deu e dava na gente uma vontade de ser alegre e de rezar:

— Ave, Garrincha, cheio de Graça!

Teci heróis que desafiaram a ditadura militar: nenhum sobreviveu, morreram todos a bala ou tortura ou emboscada. Teci um herói guerrilheiro, que nasceu na Argentina e morreu na Bolívia, e depois de morto ainda sorria, e hoje está vivo no peito das pessoas. Teci um herói com uma guitarra nas mãos: foi morto numa rua de Nova York, mas até hoje canta, porque era um sonhador, mas não era o único.

Confesso: sonhei os sonhos de Nelson Mandela (que Luther King também havia sonhado); sonhei os sonhos de Yasser Arafat, porque eu quero uma pátria livre para os palestinos, da mesma forma que quero Israel sendo a pátria livre dos judeus.

Teci outros sonhos, meus próprios sonhos, teci, mas eu não tinha mais heróis, e repetia: meus heróis morreram. Mas agora quero escrever na face da lua e no ombro nu das mulheres, para que todos leiam e saibam: Washington Olivetto é o herói de nosso tempo!

Qual é a ideologia do novo herói?

É a vida, que não aceita nenhuma espécie de cativeiro?

Qual é o partido político do novo herói?

É o amor, representado por uma moça (Patrícia), cujo nome escreveu na parede do cativeiro.

Qual é a bandeira do novo herói?

É a liberdade, não apenas para gritar (onde houver), abaixo a ditadura, mas para fazer coisas simples: tomar um sorvete de morango, andar livremente na rua, torcer pelo Corinthians, gritar gooolllll, conversar com os amigos.

Qual é a mensagem política do novo herói?

É esta: o homem não foi feito para viver em nenhuma espécie de prisão.

Qual é a mensagem do novo herói?

O homem não foi feito para capitular.

O cativeiro onde Washington Olivetto viveu durante longos 53 dias, sem saber se era noite, se o dia nascia, recria perversa e diabolicamente os cativeiros e as masmorras das piores ditaduras que o mundo já conheceu. Era tão curto o espaço. Tão fechado. Tão emparedado, enfim, que era para Washington Olivetto perder o juízo e sair de lá humilhado e ofendido, cabisbaixo e massacrado. Mas Washington Olivetto voltou à liberdade alegre como antes, de pé como antes, com a cabeça erguida como antes, com um sonho no coração como antes.

Estado de Minas

PS – Recado para Washington Olivetto: você nos reconciliou com a esperança e com a fé no homem. Sua capacidade de resistir, de não se entregar jamais, é uma epopéia e um épico da moderna vida brasileira. É um exemplo para todos nós. É um hino de amor à vida e à liberdade. Aleluia, irmão!

A INSÔNIA DOS AMANTES

Insônia dos amantes, vem me abraçar.
Insônia dos loucos, vem me alucinar.
Insônia dos cantores, vem cantar debaixo de minha janela.
Insônia dos poetas, vem declamar versos para eu sonhar.
Insônia dos suicidas, vem me despertar.
Insônia dos mendigos, vem fazer frio debaixo do meu cobertor.
Insônia dos que pagam juros nos bancos, vem fazer conta na minha máquina de somar.
Insônia dos abandonados do amor, vem me acompanhar.
Insônia dos criadores, vem ficar a meu lado.
Ao contrário de Thomas Mann, que escreveu uma ode ao sono, eu venho (já ficou claro pelas primeiras frases) fazer a exaltação da insônia.
O sono é invenção de Deus?
É.
E a insônia, foi o diabo que inventou?
Não. Mil vezes não: a insônia, se a soubermos aproveitar, é invenção de Deus.
A insônia acontece quando o eu da gente (o meu eu, moça do Gutierrez, e o seu eu) resolve reagir contra tudo e contra todos que, durante o dia, nos oprimem.

Teu patrão é ruim, moça de São Miguel y Almas de Guanhães?
Teu patrão corta teu salário, moça de Varginha?
Teu patrão bebe teu suor como se vinho fosse, moça de Dom Joaquim?
Se é assim, de noite, todas as moças exploradas do mundo acordarão e ficarão escutando os barulhos da insônia.
Seja a insônia a nossa canção!
Quando os cães uivarem ao longe. Quando os pneus cantarem nas curvas. Quando o vento soprar o barulho do tiro no peito do suicida.
Quando alguém cantar num rádio de carro.
Quando as sirenes das ambulâncias e das radiopatrulhas cortarem a noite. Quando o teu coração bater mais forte. Quando for assim, moça da rua Piauí, não desespera, não.
A insônia é boa ou má conselheira. Depende de sabermos ou não usá-la.
A insônia é nossa aliada e companheira!
Durante o dia te pisaram e não soubeste reagir?
Durante a noite zombaram do teu amor-próprio e ficaste calado?
Não faz mal: tua insônia te mostrará o caminho quando o dia nascer.
Dirijo-me aos deserdados da terra e aos desesperados do mundo!
É urgente acolher nossa insônia como a visita da sabedoria.
É a hora extrema em que, em vez de cair nos braços de Morfeu, como diziam os cronistas de outrora, devemos ficar cara a cara com a verdade.
O que fazer com aquela moça que faz de ti gato e sapato?
O que fazer com aqueles amigos que são amigos apenas quando precisam de ti?
O que fazer com a aventureira que quer te usar?

O que fazer com a tentação que quer te levar para a beira do abismo?

A insônia ensina, em sua simples sabedoria.

O sono, muitas vezes, mais do que um descanso e um amigo, é uma fuga traiçoeira.

Dormir para fugir dos problemas?

Não: acordados é que nos libertaremos.

Por isso, vem, doce insônia! Nós, os insones do mundo, te receberemos, senão com flores, senão com braços abertos, senão com alegria, pelo menos te receberemos como a terra recebe a chuva.

Vela por nós, insônia do mundo!

Hoje em Dia

O HOMEM E A ROSA

*I*a um homem com uma flor na mão andando pela avenida Afonso Pena, no meio da manhã. Não era uma flor de cor indefinida nem misteriosa. Era uma rosa vermelha. Os que o viam, bem trajado, com um terno cinza de tropical inglês, a gravata azul, o cabelo bem cortado, achavam que era um homem que não usava mais. Um homem fora de época.

Para onde ia, afinal, o homem com a rosa vermelha na mão?

Ia ao encontro da mulher amada?

No fundo do peito, todos gostavam de vê-lo. Era como se o homem fosse uma resposta, cheia de nostalgia, a estes tempos em que a gente vai às ruas das cidades brasileiras e não sabe se volta. Pois sair de casa, para homens e mulheres, virou uma guerra. Com uma diferença: as mulheres não vão às guerras convencionais. Pode ser que ajudem, aqui e ali, como enfermeiras, mas as mulheres não lutam nos campos de batalha. Agora, nesta guerra que acontece no Brasil, as mulheres têm que se despedir dos que amam quando saem de casa.

Adeus, paisagem da rua do Ouro que eu tanto gosto de ver.

Adeus, rua da Bahia, adeus viaduto de Santa Teresa, adeus, que eu vou e não sei se volto.

Bom seria se todos, no Brasil, saíssem armados com uma flor vermelha como o homem que segue pela avenida Afonso Pena. O homem veio dos lados da rua Caetés. Há a suspeita, até, que comprou a rosa vermelha numa feira que existe lá.

Enquanto passava, como as reportagens de outrora, o homem era alvo de comentários. Um aposentado chegou a dizer a um amigo que seria ótimo se, um belo dia, o manda-chuva de Israel, Ariel Sharon, saísse de casa com uma rosa vermelha na mão e fosse ao encontro de Arafat.

Olha aqui, Arafat, vamos acabar com tantas mortes, e fazer as pazes.

Ouça, irmão Arafat, os palestinos têm direito a uma pátria livre, assim como Israel também tem direito de existir.

É, pensava o cronista, que a tudo assistia, tenho medo que Sharon mande matar Arafat a qualquer momento, com o apoio de Bush e dos guerreiros dos Estados Unidos. Mas voltemos ao homem que ia com uma flor na mão na manhã de Belo Horizonte. Quando ele chegou ao território livre da praça Sete, reduto de cambistas que anunciaram a sorte grande na loteria, um cego que dizia "olha a borboleta, quem vai ganhar?", sentiu a presença de uma rosa, com seu apurado olfato, e chamou:

– Hei, você, da Rosa? Vem cá, por obséquio.

Era um jeito de falar também fora de época, nestes tempos guerreiros. O homem da rosa parou, olhou para o cegou, que tinha vários bilhetes de loteria nas mãos, e se aproximou:

– Pois não, estou aqui, às ordens.

– Que rosa perfumada é essa? – disse o cego. – Posso cheirar?

– Pode – disse o homem, e aproximou a rosa, de forma que o cego cheirasse.

– Ah, o tempo que eu enxergava! – disse o cego, aspirando o perfume da rosa.

Uma mulher magra, cheia de rugas e já com fios brancos no cabelo, cheirou a rosa e recordou o tempo em que encantava os homens. Um homem gordo cheirou a rosa e recordou os anos em que era magro e acreditava na revolução socialista. Homens e mulheres, de todas as cores e idades, foram cheirando a rosa e lembrando-se de um tempo feliz que passou. E todos sorriam, alegres e jovens. Mas começou um corre-corre na avenida Amazonas. A multidão correndo, em meio a tiros, levou de roldão os que cercavam o homem da rosa. Os tiros continuaram. Mas quando tudo acabou no *front*, o homem com a rosa na mão seguiu sua caminhada pela avenida Afonso Pena. O homem e a rosa. A rosa e o homem.

Estado de Minas

COMO SE ELA NÃO
FOSSE MORRER

Ela ia morrer. Aos 35 anos, ainda bela, mais que bela: linda, ela não ia ter muito tempo de vida. Mal sem cura. Mesmo assim, já atacada pela doença, fazia os homens que a viam perderem o rumo.

Todos sabiam que ela ia morrer. Menos ela.

A filha de 11 anos sabia. O filho de 9 sabia. O ex-marido, de 38 anos, sabia. A mãe, o pai, os irmãos, os amigos e as amigas, os primos, todos sabiam.

No dia em que ficou sabendo que ela ia morrer, João teve uma crise de choro. Eram primos, e João amou-a desde os 7 anos de idade numa cidade do interior de Minas. Seguiu amando-a para todo o sempre, quando vieram morar em Belo Horizonte. Mas nunca João declarou seu amor.

Timidez?

Vontade de sofrer?

Insegurança?

Medo de rejeição?

Talvez, medo de rejeição. Afinal de contas, João julgava-se o mal-amado da família. Sempre soube que o pai preferia o filho mais velho e a mãe enchia o caçula da família (João era o filho do meio) de carinhos. Quando falavam:

— João é um menino muito bonito.

Ah, quando falavam assim, a mãe corrigia:
— Bonito, nada, bonito é o Júnior (referindo-se ao filho caçula).

Quando soube que ela, sua prima, ia morrer, João decidiu confessar seu amor. Convidou-a para jantar e a prima, objeto de seu amor clandestino, aceitou. Ela ia morrer, mas podia beber. Ou, quando nada, o médico que cuidava dela, como se fosse coisa corriqueira, não proibiu que ela bebesse.

Ela ficou alegre por causa do vinho.

Ficou com vontade de dançar.

Vontade de cantar.

Vontade de abrir o coração.

João também ficou alegre por causa do vinho. Mas era uma alegria triste. Uma alegria com vontade de chorar, porque João sabia que ela ia morrer. Foi então que, encorajado pelo vinho, João disse a ela:

— Tenho uma confissão para fazer a você que eu guardo desde os meus 7 anos de idade...

— Uma confissão, João? E por que você esperou tanto tempo para fazer?

— Sei lá...

— E qual é a confissão, João? — ela perguntou.

— Eu te amo — disse João.

— Você o que, João?

— Eu te amo — repetiu João.

— Você disse mesmo o que eu ouvi, João?

— Disse.

— Então repete João...

— Eu te amo!

— Me ama, João? Mas por que só agora você está dizendo que me ama?

— Porque está na Bíblia. Existe sempre uma hora para tudo neste mundo. Hora de plantar e de colher. Hora de amar e...

— E ser amado — ela completou e sorriu, linda como se não fosse morrer. — Oh, meu Deus! Você devia ter falado que me amava antes, João. Eu sempre te amei, João...

— Você me amava, prima? — insistiu João.

— Amava, não, João: eu ainda te amo — ela disse, alegre como se não fosse morrer.

Estava chovendo na heróica cidade de Belo Horizonte, mas ela e João saíram andando na chuva, de mãos dadas. Os que os viam, comentavam:

— Olha a felicidade daqueles dois andando na chuva...

João e a prima Doralice, a Dora, andavam na chuva felizes como se ela não fosse morrer.

Estado de Minas

IMPROVISO SOBRE O AMOR

Pediu que eu dissesse a vocês que o amor (quando é mesmo amor) carrega água no balaio para a pessoa amada.
Carrega um rio, carrega o mar que a gente não vê pela janela, carrega o Oceano Atlântico no balaio.
Sobe de joelhos a escada da Penha e quantas mais escadas houver.
Leva uma cruz nas costas e canta ainda assim.
E reza se preciso for, porque o amor tem toda a fé do mundo. Aos olhos do amor, um vagalume que corta a noite do Brasil transforma-se em estrela. Pois é próprio do amor isso de fazer mágicas.
Pediu que eu dissesse a vocês que o amor (quando é amor de verdade) é simples como o pão.
É simples como a água.
É simples como um pé descalço.
O amor não é arrogante.
Mas às vezes brinca de esconde-esconde.
Ah, venham todos ver o amor fazendo de conta que não é amor.
Venham ver o amor se disfarçando de amizade (ou de ódio).
Venham ver o amor-criança.
Venham ver o amor, tão difícil de definir.

Venham ver o amor, com a simplicidade do suor da classe operária.

Pediu que eu dissesse, que não deixasse mesmo de dizer a vocês, que o amor trabalha noite e dia.

O amor acorda cedo, madruga.

O amor é como o orvalho.

E gosta de sentir a brisa matutina soprando cheiro de pão fresco.

O amor trabalha com uma única função na vida: fazer feliz a pessoa amada.

Se preciso, o amor carrega pedras nas costas.

Fica ajoelhado rezando em grãos de milho.

Se preciso o amor passa fome.

E mesmo faminto, o amor é alegre, o amor está sempre feliz.

Porque o amor se alimenta de flores. Alimenta-se do ar que respiramos (o ar de duas bocas).

Mas, se preciso, quando verdadeiro, o amor se satisfaz consigo mesmo. Mata todas as fomes.

Pediu que eu dissesse a vocês que o amor (se verdadeiro) ruge como um tigre.

Tem a fúria de um leão.

As garras da onça negra do zôo ou da onça pintada.

Mas, diante da pessoa amada, o amor é manso como um gato.

E é fiel como uma loba com seus filhotes.

O amor, quando é amor, não trai.

Porque para o amor só existe a pessoa amada e nada mais existe.

Pediu que eu dissesse a vocês que o amor (quando real) não dorme.

O amor é irmão da insônia.

Conhece os barulhos da madrugada. Sabe dos gritos que o vento carrega. Sabe do cantar dos pneus nas curvas.

É solidário com os desesperados, com os aflitos, com os solitários.

O amor tira o gatilho do dedo do suicida.

Tira o veneno do copo.

O amor abraça a moça que vai pular do 13º andar.

O amor é pobre e é rico.

É triste e é alegre.

É velho e é criança.

É homem e é mulher (e na união dos dois se fortalece).

O amor enfrenta a morte.

Enfrenta o pelotão de fuzilamento e grita um nome de mulher em meio aos tiros.

O amor tem um último desejo: quer um abraço, quer a boca da moça amada.

O amor quer dançar valsa. Quer dançar um bolero de rosto colado.

Hoje em Dia

PARA CURAR
MAL DE AMOR

Tinha a manhã de Minas, prometendo chuva.

Tinha um camelô, com uma cobra enrolada no pescoço, anunciando um remédio milagroso, para os que paravam para ouvi-lo na praça da Rodoviária.

Tinha gente perguntando, em voz baixa, de beata contando pecados no confessionário: será que a cobra é de verdade?

Tinha gente jurando: a cobra é de mentira, vai ver que é matéria plástica.

Tinha um homem esperto dizendo: a cobra é de verdade, aposto até US$ 100.

Tinha um cavalheiro de 50 anos com a lembrança de mulher, 25 anos mais nova do que ele, que não saía de seu pensamento, e que ficou prestando atenção no que o camelô falava.

Tinha o camelô falando que a droga, que curava todos os males, foi descoberta por um feiticeiro na Amazônia, e era tiro e queda contra lumbago, quebranto, úlcera, urticária, torcicolo, câncer de pele, prisão de ventre, anemia, carência de vitaminas e de sais minerais, falta de dinheiro e (festejai amante mal-amados do mundo), curava até mal de amor.

Tinha gente inocente tirando o dinheiro do bolso e comprando (eram R$ 10) a droga milagrosa.

Tinha uma mulher que deu um depoimento no microfone no qual o camelô falava: esta é a dona Chica, lá de Quixeramobim, no Ceará, que era perseguida por um amor mal resolvido por um homem que fez dona Chiquinha largar marido e filhos e sair com ele pelo mundo, seguindo um circo.

Tinha a dona Chica falando: bastou eu esfregar a droga miraculosa no peito, assim, oh (ela fez uma demonstração), bastou isso, pra nunca mais, oh, meu Padrim Ciço, nunca mais eu pensar naquele ingrato.

Tinha um punhado de homens e mulheres com amores mal resolvidos, amores de provocar insônia, torcicolo, vontade de morrer, de chegar lá no alto do edifício e pular, comprando a droga milagrosa.

Tinha o camelô repetindo: é tiro e queda, quem usar vai ver.

Tinha gente ali mesmo esfregando o líquido em cima do coração.

Tinha homem sorrindo e falando: esqueci aquela ingrata.

Tinha mulher correndo e falando: tirei aquele ingrato do meu pobre coração.

Tinha um homem cantando um velho samba de carnaval: "Eu agora sou feliz/ eu agora vivo em paz/ arranjei um novo amor/ e não te quero mais".

Tinha o já mencionado cavalheiro de 50 anos, com a lembrança de uma mulher morena (sabe-se agora) que não saía de seu pensamento e era 25 anos mais nova, podia ser sua filha.

Tinha o mencionado cavalheiro indeciso: eu compro ou não compro a tal droga?

Tinha um camelô, com uma cobra enrolada no pescoço, aproximando-se do cavalheiro e dizendo: se o senhor quer parar de sofrer do mal de amor, leve um frasco, por apenas R$ 10 e vai parar de sofrer.

Tinha o cavalheiro, que era professor universitário (agora se sabe), numa dúvida atroz, pensando: como eu, um intelectual, doutor em lingüística, ex-aluno de Noam Chomsky, estou aqui tentando comprar uma droga que cura câncer e mal de amor?

Tinha o cavalheiro enfiando a mão no bolso e tirando uma nota de R$ 10.

Tinha o camelô entregando o frasco ao cavalheiro.

Tinha o cavalheiro de 50 anos abrindo o frasco e, ali mesmo, no meio do povo, numa manhã de Minas, esfregando o líquido verde no lado esquerdo do peito e se esquecendo totalmente da moça que era sua insônia.

Tinha o cavalheiro de 50 anos andando triste e derrotado pela avenida Afonso Pena, descobrindo, tarde demais, que aquela moça, de cabelos negros e finos (agora se sabe), fazia parte dele da mesma forma que as mãos, os braços, as pernas e sua louca alegria de estar vivendo.

Estado de Minas

O EXECUTIVO E
A BORBOLETA

Vai uma borboleta azul voando pela Savassi. É uma hora em que cada pessoa ganha uma trégua no ato de trabalhar. Mais exatamente: é meio-dia.

A borboleta voa indiferente a tudo. Indiferente ao executivo que, naquela hora, falava pelo celular, parado na praça.

Ah, o que se passa no coração do executivo quando ele fala no celular? Sente-se grande? Sente-se poderoso e rico? Fiz uma descoberta e quero dividi-la com vocês: o executivo sofre falando no celular. Ouvi a conversa do executivo e vou tentar reproduzi-la:

– Gaida, é você Gaida?
– !!!
– Gaida, por que você está fazendo isso comigo? Por quê?
– ???
– Não fez nada, Gaida? Só uma coisa eu não te perdôo, Gaida. Posso viver 100 anos e chegarei lá, você vai ver. Aliás, Gaida, vai ser a minha vingança: chegarei aos 100 anos...
– ???
– Você viverá 120 anos, Gaida? Viverá para segurar a alça de meu caixão? Oh, Gaida. Eu te comparava aos anjos... e hoje sei que você é o demônio.

— ???

— Lugar-comum? Chamar você de demônio é um lugar-comum?

— ???

— Você já leu *Fausto*, de Goethe?

— ???

— Leu *Fausto*, de Fernando Pessoa? E quem disse que Fernando Pessoa também escreveu um livro chamado *Fausto*?

— ???

— Escreveu três versões do *Fausto*? Tenho que reconhecer, Gaida, que, em matéria de Fernando Pessoa, sou um ignorante... mas não fuja do assunto, Gaida.

— ???

— Não está fugindo do assunto? Bom... eu só queria dizer, Gaida, que esperava tudo de você. Menos que você fosse para Miami e... em Miami se apaixonasse logo por quem, meu Deus? Logo por um cubano que detesta Fidel Castro.

— ???

— Há pouco tempo você foi a Cuba num vôo de solidariedade, não foi? Estava disposta a cortar cana em Cuba, não estava? Você voltou de Cuba cantando *Guantanamera*, não foi, Gaida?

— ???

— Você não traiu ninguém em Miami? Traiu, Gaida? Você me traiu e traiu a Revolução Cubana, que você tanto exaltava, ao se apaixonar por um cubano que detesta Fidel Castro. Por isso, eu não esperava Gaida.

— ???

— Nesse ponto, a borboleta azul aproximou-se do executivo que falava no celular e ficou borboleteando por perto.

— Ouça, Gaida, ouça. Tem uma borboleta azul voando na Savassi.

— ???
— Você é atleticana e não gosta de borboleta azul? Oh, não me faça rir, Gaida. Assim como você traiu a mim e à Revolução Cubana, você trairá o Galo. Você não é flor que se cheire, Gaida.
— Não, Gaida, não desliga não. Pelo amor de Deus, não desliga.
— ???
— Droga, grande droga, ela desligou — disse o executivo e ficou com o celular na mão.
Foi então que aconteceu: talvez com pena do executivo, a borboleta azul aproximou-se dele e pousou em seu ombro. Supersticioso como todo homem apaixonado, o executivo tomou a borboleta azul como um sinal de que boas coisas viriam e que ele, por certo, ainda seria feliz no amor, e saiu andando pela Savassi com a borboleta pousada no ombro. Por onde passava todos olhavam e sentiam uma certa inveja. Naquela hora, o cego da Savassi, que já apareceu nesta crônica algumas vezes, anunciava:
— Olha a borboleta, quem quer ganhar?
Em pouco tempo, vendeu todos os bilhetes. Até mesmo este escrevinhador comprou um e ficou sonhando com férias em Cancun.

Hoje em Dia

O AMOR É UM CAVALO BRAVO

— Pai — disse o filho de 16 anos, que tinha perdido a namorada e estava sofrendo muito — eu não pensava que ia doer tanto, pai. Será que ela volta, pai?
— E se não voltar, meu filho? — foi falando o pai. — E se ela não voltar?
— Eu vou ser a pessoa mais infeliz do mundo, pai.
— Mas vai passar, meu filho. Não existe nada que não passe neste mundo.
— Até o amor passa, pai?
— Passa, meu filho — e o pai suspirou.
— Mas eu não quero que o meu amor passe, pai — disse o filho. — Eu prefiro ficar sofrendo. Mas não quero que passe.
— Como foi mesmo que ela te deixou, meu filho? — perguntou o pai.
— Eu já disse para você, pai.
— Não. Você não disse. Apenas você contou que numa festa ela ficou dançando com outro. Não foi assim, meu filho?
— Foi — confirmou o filho — mas teve uma parte que eu não te contei, pai.
— Que parte, meu filho?
— Ela já estava gostando do outro, o que dançou com

ela a noite toda, muito antes da festa, pai – seguiu falando o filho. – Eu notava pelo jeito dela.
– Pelo jeito ela parecia estar gostando de outro, meu filho?
– Pelo jeito dela, pai, eu via que ela estava amando alguém. E que não era eu.
– Quantos anos mesmo ela tem, meu filho?
– Quinze, pai.
– Ela é muito nova, meu filho. Ela vai mudar muito de namorados, até um dia encontrar o verdadeiro amor.
– E o primeiro amor não é sempre o mais verdadeiro, pai?
– Pode ser e pode não ser, meu filho. Amor é difícil da gente definir. O amor é um cavalo bravo, meu filho. E se você não se segurar firme, você cai do cavalo, meu filho, e se machuca.
– Mas como, pai? Tem jeito da gente não cair do cavalo bravo?
– Tem, meu filho.
– Como, pai?
– Isso, meu filho – falava o pai – não tem jeito de você aprender, como aprende uma lição de matemática ou de física.
– Então, o que eu devo fazer para aprender a não cair do cavalo bravo do amor, pai?
– Você vai ter que viver, meu filho. É só vivendo. Se você ler os romances brasileiros e estrangeiros, você pode aprender também, meu filho – e o pai empolgava-se – mas mesmo assim, você terá que viver. Porque ler, ir ao cinema, ir ao teatro, prestar atenção nas letras das músicas, tudo faz parte do ato de viver. Mas existe um detalhe, meu filho. Você vai ter que amar muitas moças para aprender a não cair do cavalo bravo do amor.
– Você acha que eu caí do cavalo bravo do amor, pai? – insistiu o filho de 16 anos.

— Acho que você levou o primeiro tombo, meu filho.
— E vou cair outras vezes, pai?
— Vai, meu filho. Até que um dia você vai adquirir experiência e sabedoria e não cairá mais do cavalo, meu filho.
— Então, pai, eu vou ter que sofrer muito, não vou?
— Vai, meu filho. Vai sofrer muito. Mas o amor vai te dar tantas alegrias, que valerá a pena. Não existe alegria como a que o amor nos dá.
— Devia ter um remédio, pai, para curar a dor do amor, não devia?
— Aí não seria amor, meu filho. Se o amor pudesse ser tratado como uma doença, não seria amor. Pois o amor é saúde, meu filho.
— Mesmo quando a namorada da gente vai embora, pai?
— Mesmo assim, meu filho. Mas agora vamos dormir, porque já são duas horas da madrugada.
— Boa noite, pai – disse o filho.
— Boa noite, meu filho.

Hoje em Dia

UMA NOITE DE AUTÓGRAFOS

Catramby, comandante-em-chefe da Feira do Livro, que acontecia no quarteirão fechado da rua Rio de Janeiro, em pleno território da praça Sete, apostava: – Vai ser a maior noite de autógrafos do Brasil. Tanto otimismo tinha mesmo a ver. Afinal, a Feira do Livro ia reunir dois escritores e uma escritora que eram considerados campeões de venda. A saber: Lúcia Machado de Almeida, que tinha acabado de lançar *Atíria, a Borboleta*, Murilo Rubião, com *O Pirotécnico Zacarias*, e este rabiscador de ilusões, com a *Morte de DJ em Paris*. Todos os três livros eram da Ática e estavam fazendo uma carreira surpreendente. Para vocês terem uma idéia: apenas Samuel Koogan, saudoso e querido livreiro, vendia 20 exemplares de *DJ* por dia em sua livraria.

Vai tanta gente – desculpava-se Koogan – que eu nem vou lá...

Sempre recebi as noites de autógrafos com uma mistura de emoção, suspense e, por que não dizer?, medo. Uma vez, me foi dado ver um dos maiores escritores do *boom* do romance hispano-americano, o argentino Manuel Puig, viver uma situação embaraçosa em Belo Horizonte. Puig veio fazer a noite de autógrafos de seu belo e inesquecível livro *Boquitas Pintadas*, na Livraria Eldorado, no Maleta, de propriedade do já mencionado Catramby.

Sabem quantas pessoas compraram o livro de Puig?

Exatamente duas pessoas – inclusive eu. Ah, vocês precisavam ver a dignidade com que Puig enfrentou a situação, sem a menor dúvida, incômoda. Esperou pelos leitores até as 10 horas da noite (a noite de autógrafos tinha começado às 8 horas) e foi embora para o hotel. De forma que, quando Catramby anunciava que a reunião de nós três ia ser a maior de todas as noites de autógrafos, eu duvidava.

– Fica tranqüilo – dizia Murilo Rubião. – Só de amigos que já prometeram ir, anotei mais de 100...

Lúcia Machado de Almeida não deixava por menos:

– Eu estou apavorada. Não gosto de multidão... e vai ser uma enchente... mesmo se chover.

Estava chovendo muito em Belo Horizonte. Mas a previsão do tempo dizia que, naquela noite, sexta-feira de dezembro, não ia chover. O dia nasceu lindo. Ao meio-dia, não havia nenhuma nuvem no céu da cidade. Fiquei tão otimista que não convoquei a família, os conterrâneos, os parentes, sem os quais (hoje eu sei) não é possível fazer uma grande noite de autógrafos.

Às 4 horas da tarde, o dia continuava lindo. Às 6 horas da tarde, no entanto, nuvens começaram a ocupar o céu, vindas da Serra do Curral. Eram brancas, a princípio, telefonei para Catramby:

– Viu como o céu está escuro?

– Liga não, sô. Sabe quantos livros você, o Murilo e a dona Lúcia vão vender? – desafiou Catramby.

– Quantos? – perguntei, olhando as nuvens escuras pela janela da redação do *Estado de Minas*, na rua Goiás.

– Trezentos exemplares cada um – sentenciou Catramby.

Às 7 horas da noite, começou a chover forte. Às 8 horas, quando ia começar nossa sessão de autógrafos, caiu um toró assustador em Belo Horizonte. Quando cheguei, todo molhado, à feira do livro, encontrei Murilo Rubião e Catramby, também ensopados, debaixo de uma marquise.

– É chuva de verão, vai passar logo – dizia Catramby.

Lúcia Machado de Almeida chegou usando uma bela capa impermeável, comprada em Paris, tendo ao lado o marido, Antônio Joaquim de Almeida, este todo ensopado. Seu João, da Clássica, representante da Ática, os acompanhava, também molhado. Às 10 horas da noite, escondidos debaixo de uma marquise, desistimos: nenhum leitor apareceu. Para não sairmos de lá sem vender livro algum, Murilo Rubião teve um "estalo de Vieira" e me disse:

– Eu compro um livro seu e outro da Lúcia. Você compra um meu e outro da Lúcia. E a Lúcia compra um seu e outro meu...

– Depois da operação, Catramby disse esta obra-prima de otimismo:

– Mesmo com este toró todo, vocês venderam o mesmo que o Puig: dois livros cada um.

Estado de Minas

ABAIXO O RACISMO, VIVA O NEGRO!

Moça do São Bento, diga: qual é a cor do samba?

O samba é negro, orgulhosamente negro, tal como seu inventor, Donga, o autor de *Pelo Telefone*, tal como Ataulfo Alves, como mestre Pixinguinha, Martinho da Vila e como Monsueto, que compôs uma obra-prima que diz: "Eu não sou água pra me tratares assim só na hora da sede é que procuras por mim...".

Mesmo os cultores brancos do samba, moça do São Bento, como Ary Barroso, Noel Rosa e Chico Buarque de Holanda, tornam-se negros na hora de compor. O batido e a cadência de *Aquarela do Brasil* ou de *Na Baixa do Sapateiro*, de Ary Barroso, são negros.

Moça de Santa Teresa! Qual é a cor do futebol brasileiro, tetracampeão do mundo?

O futebol brasileiro é negro, genialmente negro, como Pelé, o Rei dos Reis, negro como Leônidas da Silva, que inventou a bicicleta, negro como Didi, o inventor da "folha-seca", que batia na bola com tal feitiço, que ela tomava rumos ignorados pelos goleiros.

E mesmo os gênios brancos do futebol brasileiro, como Tostão e Zico, na hora de jogar, por magia ou feitiço, tornavam-se negros, irresistivelmente negros.

Moça da rua Padre Rolim: qual é a cor da voz do maior cantor brasileiro, Milton Nascimento?

A voz de Milton Nascimento é negra, machucadamente negra, maravilhosamente negra.

Moça de Santa Luzia: de que cor é a cultura brasileira, na hora de dançar, de cantar, de resistir, de sentar à mesa e comer e mesmo de ler?

A cultura brasileira, o ato de resistir de todos nós, brasileiros, tudo isso é negro, orgulhosamente negro.

Respeito os que dizem que o samba não tem cor. Que o futebol não tem cor. Que a voz do cantor não tem cor. Que a cultura não tem cor. Respeito, mas discordo: tudo que falei, moça de Santa Efigênia, é negro, com o orgulho negro de ser.

Onde o negro brasileiro é livre para exercer seu talento e sua criatividade, ele cria belezas que exaltam a cor negra.

O que está faltando então?

Dar ao negro, com uma distribuição de rendas, justa e urgente para todos os brasileiros, a sua chance.

É urgente abrir aos negros as portas das escolas, dos colégios, das faculdades, do mercado de trabalho, em todos os sentidos.

Como é bom poder ler uma revista dedicada ao que eu chamaria de novo movimento negro brasileiro, como é *Raça*.

Como é bom ir aos colégios de Belo Horizonte e encontrar, cada vez mais, rapazes e moças negras, participando de debates literários com grande competência.

Como é bom encontrar, em todas as cidades brasileiras, homens e mulheres negras, de todas as idades (e em quase todas as atividades), assumindo seu papel num novo Brasil, que há de nascer.

Como é bom ver a competência e a seriedade da senadora Benedita da Silva, ao exercer seu mandato.

Mas vejam, moças de todas as cores de Minas e do Brasil: a senadora Benedita da Silva, por ser negra, foi agredida por uma piadinha racista e totalmente deslocada no tempo, do novo presidente do Sebrae, o empresário José Pio Guerra.

Essas piadinhas racistas, quase sempre contra negros (mas também contra judeus), circulam com uma desenvoltura e uma impunidade cada vez maiores pelo Brasil afora.

O que fazer agora?

Dizer não aos racistas, estejam no Sebrae ou onde estiverem.

Hoje em Dia

A HISTÓRIA DA MULHER VAMPIRO

Chamava-se Maria. E tinha tudo de um anjo. Um anjo mulher. Era pura como um anjo. Doce como um anjo. E solitária como apenas os anjos sabem ser. Bem entendido: todos os dias, menos nas noites de lua cheia.
    Ah, nas noites de lua cheia, Maria se desfigurava.
    Maria se endiabrava.
    Maria se iluminava, toda ela feita de lua.
    Ai dos homens que caíssem nas graças de Maria nas noites de lua cheia. Pois ela era Maria, a mulher vampiro. Nas outras noites, Maria tinha amores simples. Gostava de namorar de mãos dadas na praça Santa Teresa e de comer o pé-de-moleque que a avó fazia. E falava enquanto tomava chope nos barzinhos da Savassi:
    – Sabem por que Minas não tem mar? Porque Deus sabe o que faz: se desse um mar a Minas, aqui seria o paraíso...
    Os homens amavam Maria.
    Os homens fugiam de Maria.
    O que adiantava gostar de Maria e ficar olhando pro céu, seguindo as fases da lua, para saber quantos dias e noites faltavam para perder Maria? Isso mesmo: perder Maria. A cada lua cheia, Maria não apenas se desfigurava, Maria também se encantava. E tinha uma espécie de amnésia, afinal, esquecia todos os homens de sua vida. Maria se vampirizava.

Esquecia juras.
Promessas de amor, esquecia.
Projetos, pequenos e grandes planos.
Tudo Maria esquecia.

E virava vampiro. Assim como um homem vira lobisomem nas noites de lua cheia, Maria virara vampiro. E saía pelas noites de Belo Horizonte sentindo sede de sangue, querendo beber sangue.

Prendam a mulher vampiro.

Seu delegado, mande seus detetives seguirem os passos de Maria, a mulher vampiro.

Os homens cujo sangue Maria bebia nas noites de lua cheia também viravam vampiros e ficavam louca e perdidamente apaixonados por Maria. Mas não tinham uma segunda chance. Só uma única vez Maria bebia de seu sangue.

O que é bom na vida?

Amar e ser amado é bom.

Fazer o que se quer e se gosta é bom.

Receber o sim da mulher amada é bom.

Mas algumas coisas são sublimes. Porque a gente pensa que se eternizou como uma estrela no céu. Ter o sangue bebido por Maria numa noite de lua cheia pertencia ao que existe de sublime.

Vocês devem estar se perguntando: Maria existiu mesmo? Respondo: existiu. E onde foi Maria? Se encantou. Uma noite de lua crescente, véspera da lua cheia, Maria reuniu os amigos e os homens que a amaram e anunciou que aquela era uma cerimônia de adeus. Tinha perdido seus poderes de mulher vampiro. Foi uma troca que fez. Uma troca com Deus. Perguntou a Deus o que Ele queria para desencantá-la. Deus respondeu: quero que você faça um voto de pobreza e que vá ser mendiga nas ruas de São Paulo.

Palavra de Deus é palavra de Deus. Lá se foi Maria para ser mendiga numa rua de São Paulo. Um dia desses eu estava na paulicéia desvairada, andando pela avenida Paulista, quando se aproximou de mim uma mendiga muito bonita. De onde eu conhecia aqueles olhos claros? Aquela testa de serpente? Aquele vulto que, mesmo maltrapilho, tinha encantos? Aquela voz rouca que me pediu uma esmola pelo amor de Deus?

    A mendiga acabou com o mistério. Perguntou: não está me conhecendo? E como eu duvidasse, acrescentou: eu sou a Maria que foi mulher vampiro. Ficamos um tempão conversando. Eu dava notícias dos amigos. E Maria pediu: fala muito que eu quero ouvir esse jeito de Minas falar. E contou: de noite, quando o vento sopra na avenida Paulista, Maria sente uma brisa que vem de Minas. Trazendo os perfumes de Minas. Os recados de Minas para o coração de uma moça que virava vampiro nas noites de lua cheia.

Estado de Minas

EVELINA...
E A TENTAÇÃO

O marido, coitado, foi pescar no Araguaia, a filhinha, tão inocentezinha nos seus 3 aninhos de idade viajou com a avó, e Evelina ficou só na cidade. Evelina e sua solidão. Evelina e a tentação. Aquela vontade de pecar, que veio de repente, como um bem-te-vi cantando, e com um gosto de cebola. Ah, Deus: por que o pecado tem gosto de cebola?

Na sala do apartamento, tão bonito, que o marido, coitado, comprou, suando para pagar as prestações, Evelina está só. Evelina e o canário-do-reino, presente da avó, que mora no interior de Minas. Ai, Deus, o que Vó Gertrude ia pensar do gosto de cebola da tentação? Essa tentação, que vai deixando Evelina com febre, a pele queimando, como da vez que foi ao Rio de Janeiro, e tomou sol demais, para a pele de uma moça de Minas.

– Ai, que saudade de Copacabana – vai pensando Evelina – quando o sol do Rio de Janeiro queimava minha pele!

Agora, enquanto aguarda que o telefone chame, Evelina escuta o canário-do-reino cantar. Se Vó Gertrude soubesse que a neta Evelina está esperando o telefonema de um homem, que não é o marido, coitado, que está pescando no Araguaia – o que ia dizer? Vó Gertrude deve saber o que é a tentação. Deve saber que a tentação tem um gosto de cebola... mas por que, meu Deus?

    Se dissessem a Evelina que a tentação tem um perfume, era mais fácil de acreditar. Se dissessem que a tentação tem um gostinho de champanhe ou de vinho francês, sim, era fácil de acreditar. Mas desde o momento em que Evelina concordou que um ex-namorado, dos tempos da Fafich, telefonasse para combinar um jantar, desde então, Evelina está pensando no gosto de cebola da tentação e do pecado. Será que Freud explica, meu Deus? Será que Lacan explica? Ou é Melanie Klein, com seu coração de mulher, que pode explicar por que o pecado tem gosto de cebola?

    O canário-do-reino canta e Evelina olha as horas no relógio de pulso: *las 5 en punto de la tarde*, como no poema de Lorca, o ex-namorado vai telefonar. E Evelina vai ceder. Vai concordar com o jantar, o vinho francês, o licor... e seja lá o que for, depois. Faltam quinze minutos para *las 5 en punto de la tarde*. Como era bom ler Garcia Lorca nos tempos da faculdade! Ler Garcia Lorca era, para Evelina, melhor que ler Neruda ou Carlos Drummond de Andrade.

    Na sala, perto do telefone, e não longe da gaiola onde o canário-do-reino canta, Evelina fica pensando numa colega, uma chata de galocha, como diziam, que sabia Fernando Pessoa de cor, nas variantes, Ricardo Reis etc. etc. etc. Ah, os namorados fugiam da chata de galocha, porque ela só falava em Fernando Pessoa... e como estragava os poemas de Fernando Pessoa!

    Tudo vale a pena, se a vida não é pequena: Evelina repete em voz alta os versos de Pessoa. E pergunta, como se o canário-do-reino, dado de presente por Vó Gertrude, pudesse responder:

– A tua vida é pequena, Evelina?

    Oh, Evelina quer ser beijada como Brad Pitt beija. Se Vó Gertrude soubesse que a neta Evelina, a neta mais querida, fica arrepiada de febre e de horror, só de pensar em ser beijada, como antigamente, pelo ex-namorado, que amava comer bife com cebola. O que ia dizer? É preciso ser digna de Vó Gertrude, pensa Evelina... pensa e o tempo vai passando, grave como passa para um toureiro, o toureiro para quem Lorca escreveu o seu poema-pranto.

Evelina olha no relógio: são *5 en punto de la tarde...* e o telefone toca. Evelina se apressa. Fica de pé diante do telefone. Estende a mão, aquela mão que quer enfiar nuns cabelos de um homem, que não são os cabelos do marido, coitado, que está pescando no Araguaia. Evelina queima de febre e sente o gosto de cebola da tentação. E, enquanto o telefone chama sem parar, Evelina pensa em Gertrude e decide: não vai atender. E, quando o telefone pára de chamar, Evelina dança uma valsa sozinha na sala. E alguma coisa, que não é o canário-do-reino, canta no coração de Evelina.

Hoje em Dia

MOÇA DA PRAIA DE BELÔ

Eu já disse:
— Se Belo Horizonte tivesse mar, aqui seria o paraíso. Ah, onde vocês iam "colocar" o mar de Belo Horizonte? Já pensei situá-lo para as bandas do Horto. Mas, hoje, eu colocaria o mar aos pés da avenida Afonso Pena, onde fica o Parque Municipal.

Imaginem a gente atravessar a Afonso Pena e já pisar na areia da praia. Olhe o navio chegando. De onde vem? E, cuidado, que o mar de Belo Horizonte hoje está com ressaca.

— Será que o mar bebeu, mãe? — perguntará o menino de Belo Horizonte.

— Deixa de bobagem, menino — dirá a mãe. — Fala baixo, menino, onde já se viu mar beber?

Pois é, não temos intimidade com o mar. Pouco sabemos de sua fúria e de sua generosidade. Sim, pois o mar, inocentes do mundo, é socialista. Toda praia é uma propriedade coletiva, está aberta aos filhos de Adão e Eva... e ainda bem. Já pensaram se os ricos do mundo comprassem as praias brasileiras e cobrassem pedágio ou ingresso.

Mas não: as praias são de todos.

E as praias de Belo Horizonte, também, seriam de todos.

Ah, que bom poder tomar um chope à beira-mar. Nelly e Mara, por certo, chegariam na frente, e abririam o Bar e Café São Jorge diante do mar-oceano.

E Dona Lucinha e Vinícius (ajudado pelo irmão Tuca), do Mala e Cuia, disputariam o melhor lugar, se o McDonald's lhes desse tempo. Os Irmãos Solmucci já estariam com o Ao Bar no Posto 2 ou no Posto 6, e o Cafezinho se guardaria para uns quarteirões antes da praia. Lá, onde chegasse o rumor do mar e, até mesmo, por que não, a canção de um navio apitando nostalgia.

Mãe de Belo Horizonte: tua vida filha está indo morar na China ou na Conchinchina (ou em Miami, Nova York, na Austrália ou em Havana)?

Pois vá fazer o bota-fora no cais do porto.

É muito mais emocionante dar adeus a quem parte num navio do que num avião. Afinal, o navio é uma casa que navega. É um hotel que navega. E é emocionante imaginar o ente amado acenando para a gente lá do navio.

E a gente de cá também acenando.

Oh, por que Deus não deu o mar a Belo Horizonte?

Será que não merecemos?

Imaginem, moças da cidade, vocês saindo da aula, do trabalho, do sonho... e indo dar uma esticadinha na praia. Este escrevinhador de quimeras ia fazer uma crônica com o título de "Moça da Praia de Belô".

Mas vejam como é o coração humano. Imagino que estou na praia (eu, Lauro Diniz, J. D. Vital, Eduardo de Ávila, em volta de Ádria Castro), diante da avenida Afonso Pena. Aí, eu olho para a frente e sinto falta de ti, meu amado Parque Municipal.

Ah, cadê o mistério do parque?

Cadê o sabiá do parque e as pessoas fazendo *cooper*?

Olho para a esquerda, está faltando um pedaço da rua da Bahia, eh, eh, Maria.

Cadê o viaduto de Santa Teresa?

O mar bebeu.
Cadê o Edifício Acaiaca?
O mar bebeu.
Cadê o território mágico onde habitou Hilda Furacão?
O mar bebeu.
Cadê Ferdinando Cardoso, que ajudou esta cidade a crescer?

Virou marinheiro e saiu pelos mares do mundo, com uma camisa listrada e um escudo do Américo no peito.

Go home, mar de Belo Horizonte: vá para a casa e não estrague a alegria de sermos o que somos!

Hoje em Dia

PS – Assinei o manifesto de artistas e intelectuais pela preservação do Café Ideal (um ponto *cult* e mágico da nossa cidade), na casa onde funciona, na rua Inconfidentes. O Café Ideal é um pedaço de nós.

É NATAL

O Natal é você quem faz.
Se você tem uma saudade para chorar no Natal, chore.
Se tem uma canção para cantar, cante.
Se tem uma boca para beijar, beije.
Se tem um presente para dar, é urgente que você o dê.
Mas se você tiver as mãos vazias.
Se nada tiver para cantar.
Se não tiver abraço para dar, boca para beijar.
Se for assim, ainda assim, feliz Natal.
Porque o Natal é você quem faz.
É preciso aprender a conviver com o Natal.
É preciso aprender a fazer do espírito de Natal um aliado (e não um adversário).
Por que tantos sofrem no Natal?
É porque Papai Noel não vem?
Ora: um aperto de mão é um presente de Natal.
Uma oração é uma dádiva de Natal.
Um abraço vale um Natal feliz.
É preciso acabar com a mania de sofrer no Natal.
O Natal não foi feito para você ser infeliz.
O Natal não foi feito para o desespero de ninguém.
Desesperados do meu país: guardai vosso desespero de Natal e de fim de ano!
Desesperados do meu país: tirai vosso dedo do gatilho, deixai a janela do 15º andar.

O Natal é você quem faz.
Só os robôs não sofrem.
Só os computadores não sofrem.
Mas nós (eu e você) somos feitos do barro humano.
Estamos sujeitos a lágrimas e dores.
Mas estamos sujeitos também a alegrias, canções e amores.
É preciso escrever na face da lua, se houver lua.
É preciso escrever na mão das namoradas.
No ombro nu das amantes.
Na boca dos apaixonados.
É urgente escrever: abaixo a obrigação de ser feliz no Natal! O que mata, o que dói, o que desespera, é essa obrigação de ser feliz no Natal.
Mas ninguém está obrigado a ser feliz no Natal nem em tempo algum.
Se sua única razão para ser feliz no Natal é um grão de areia, transforme esse grão de areia num oceano.
Faça do grão de areia, uma bandeira, a invencível bandeira da alegria.
Se o amor morreu, cante no Natal e espere: outro amor maior nascerá mais forte.
O Natal é você quem faz.
Se sua dor for grande, pense nos pobres do mundo.
Pense nos que não têm teto, nem pão, nem terra, nem paz: pense nos nossos irmãos da África.
É preciso pensar nos nossos irmãos da África, onde houver África (e existem muitas Áfricas e muitas Índias no Brasil).
Fique de pé, faça como Minas, que só se ajoelha diante de Deus.
O Natal é você quem faz.
Mas de qualquer maneira, seja muito feliz neste Natal.
Se não tiver vinho, beba o ar que você respira!

Hoje em Dia

JOÃO E LULUDE

O telefone tocou no meio da noite. – Alô – disse uma voz de homem. – É você, Roberto?
– Sou eu. Quem fala?
– É o João.
– João? O que aconteceu, João, para você me telefonar a esta hora?
– São duas horas da madrugada, Roberto, e estou olhando da janela do meu apartamento aqui na avenida Atlântica. Tem uma lua em Copacabana, Roberto.
– Está bem, João. Mas são duas da madrugada e você me ligou só para dizer que tem uma lua em Copacabana?
– A lua está em cima do mar, Roberto.
– Mas João, você me acordou para dizer isso, João?
– Roberto, a Lulude morreu.
– Como? O que você está dizendo, João?
– A Lulude morreu, Roberto.
– Não brinca, João!
– Eu não estou brincando, Roberto. A Lulude morreu. Eu passei no hospital e depois eu vim para casa. Pus um uísque *cowboy* no copo e cheguei à janela do apartamento e então eu vi a lua e fiquei pensando na Lulude, Roberto. Fiquei pensando que tem uma lua no céu de Copacabana e que a Lulude não vai poder ver a lua...
– Eu sinto muito, João. Sinto muito mesmo...

— Eu sei, Roberto. É por isso que eu estou te telefonando. Oh, Roberto! Eu nunca devia ter deixado a Lulude. Nunca devia ter deixado a Lulude e ter casado com outra.
— Mas aconteceu, João.
— Pois é, Roberto, se eu pudesse voltar atrás, eu nunca teria deixado a Lulude para casar com outra.
— Eu entendo, João.
— Roberto...
— O que, João?
— Eu sinto muita pena, Roberto. Tem uma lua no céu e a Lulude não vai poder ver a lua... nunca mais a Lulude vai poder ver a lua. A Lulude gostava muito de ficar olhando a lua em Copacabana, Roberto. Uma noite, a Lulude falou assim comigo: — Jura por essa lua, João, que você me ama. E eu disse para a Lulude: — Eu te amo, Lulude. E ela perguntou: — Você me ama acima de tudo? Eu disse: — Acima de tudo, Lulude, eu te amo acima do Atlético, lá em Minas, te amo acima de Minas, te amo, acima do Brasil. E, no entanto, Roberto... eu... eu... eu...
— Você não tem que se culpar, João. Você não fez por mal... eu sou testemunha que você não fez nada à Lulude por mal... você acreditava que estava gostando de outra...
— Sabe o que me dói, Roberto?
— O que é, João?
— O que me dói é esta lua no céu de Copacabana... e lembrar o que a Lulude fez uma noite, Roberto... a Lulude viu a lua molhando a praia de luz e disse para mim: — João, me deu vontade de dançar na praia... e eu fui dançar com a Lulude, eu e ela descalços na praia, dançando, sob a lua...
— Isso é lindo, João. O que você acaba de dizer é lindo.
— Mas agora, Roberto, tem uma lua no céu de Copacabana e a Lulude está morta. Santo Deus, a Lulude está morta. E eu só queria uma coisa neste mundo, Roberto: poder dançar outra vez com a Lulude na areia de Copacabana. É tudo que eu queria na vida, Roberto.

— Eu entendo, João, por Deus que eu entendo.
— Sabe o que eu vou fazer agora, Roberto?
— O que, João?
— Eu vou lá para a praia e fazer de conta que estou dançando com a Lulude.
— Vai, João... e olha, João, se depois você sentir vontade de me telefonar, viu, João? Você me telefona.
— Está bem. Roberto. Agora eu vou para a praia, Roberto.
— Vai com Deus, João.

Hoje em Dia

ODE A TUTTI MARAVILHA

"*E*u gosto tanto do Tutti que queria que ele fosse um frasco de perfume, para poder andar com ele dentro da bolsa... e usar quando a saudade bater" (da cantora Elis Regina, com que Tutti Maravilha trabalhou, numa confissão feita a este cronista, muitos anos atrás, em Belo Horizonte).
Alourava o cabelo, quando ninguém ainda ousava.
Vestia camisas coloridas, para espanto da TFM.
Era amigo de subversivos, e contestadores, na época da ditadura.
Assumiu sempre suas crenças e opções.
Levou para o rádio um jeito alegre e livre de ser.
Rompeu com tudo que estava estabelecido nos programas de rádio e, mais tarde (como atualmente), na televisão.
Sempre foi um guerrilheiro, mas da boca de sua metralhadora nascem flores e amores.
Personagem pós-moderno, nunca teve (como os tolos) vergonha de ser mineiro, de ser e de morar em Belo Horizonte.
Sua linguagem é *pop*, pós-moderna... e mineira, digo mais: fala um "mineirês *pop*".
Dá as suas entrevistas, desde a época do rádio, um sei lá o que das conversas de comadres nas janelas das casas de Minas.

Entra por nossas casas adentro, através do Canal 25, sem cerimônia, e vai abrindo portas, janelas, e entra em nossos corações, onde é príncipe e rei.

Fica íntimo dos entrevistados, mesmo dos que nunca viu antes, em cinco minutos... e Cláudia Raia, por exemplo, logo passa a chamá-lo de Tutti como se fossem amigos de infância.

É explosivo, não se iludam.

Briga com os amigos (sem que eles saibam).

Faz as pazes também (sem que eles saibam das brigas).

É uma bandeira de inconformismo.

Está solto ao vento da rebeldia.

É um parceiro do amanhã, canta em dupla com a aurora e o orvalho do amanhecer.

Estou falando de Tutti Maravilha.

Numa hora em que procuram saber por que a cidade livre de Belo Horizonte é uma cidade à esquerda. Numa hora em que buscam razões para a guinada política da cidade. Numa hora assim, é preciso pensar nos que, com um microfone na mão, com uma caneta na mão, com uma guitarra na mão, com um violão na mão, com uma chuteira nos pés, ajudaram Belo Horizonte a se libertar das teias de aranha.

Belo Horizonte cheira a jasmim.

Cheira a dama-da-noite.

Cheira ao suor e ao perfume francês das mulheres.

Mas não cheira a naftalina (e aqui eu plagio a mim mesmo).

Sabem por quê?

Porque Belo Horizonte cheira a inconformismo e a vontade de mudar é seu perfume.

Tutti Maravilha tem a ver com as mudanças e o perfume da cidade.

Tutti é um cavaleiro andante.

É um pássaro do amanhecer: bate as asas mágicas sobre o que é velho e gasto e a tudo rejuvenesce.

Tutti Maravilha é um comício.
É uma passeata florida.
É um comunicador como poucos.
Seu talento é sua glória.
O que dizer mais sobre Tutti Maravilha? Dizer, como quem reza, com a alma simples de Minas – Benzó Deus!

Hoje em Dia

RELATO SOBRE A
OBRIGAÇÃO DE SER FELIZ

Tinha uma praça, que vocês podem imaginar à vontade, numa cidade como a nossa.
Tinha um casal de velhos sentado no banco da praça.
Tinha um cronista sem assunto, olhando o casal de velhos pelo binóculo, na janela de um prédio, debruçado sobre a praça.
Tinha uma vontade de ser feliz no ar da tarde.
Pois era uma tarde de sexta-feira. Não sei se vocês já sentiram, leitores, a obrigação de ser feliz que vem embrulhada nas tardes de sexta-feira. É como uma imposição: quem não for estupidamente feliz, entre num bar e beba um vermute com amendoim e se embriague como nos doces tempos de outrora. Mas acontece que o cronista estava só no apartamento. Um homem só não pode ser feliz. De maneira que o cronista sem assunto fixou bem o binóculo no casal de velhos e ficou olhando.
Informo, a quem interessar possa, que o cronista tem o vício de ficar olhando o mundo através do binóculo. Aconteceu uma vez que ele descobriu uma moça triste na janela de um prédio vizinho do seu, quando morava no Santo Antônio. Minto: quando morava em Lourdes. Toda noite, ficava olhando certa moça triste debruçada na janela.

E foi amando aos poucos aquela moça. Fazia poemas para alegrar a moça. A qual, diga-se em nome da verdade, nunca tomou conhecimento dos versos do rapaz. Uma noite, o cronista reuniu os amigos seresteiros e decidiu cantar debaixo da janela da moça triste.

Pobre cronista: enquanto seu amigo Cláudio Pena, do clã dos Pena de Nossa Senhora do Porto, terra de Padre Geraldo Magela, reitor da PUC, dedilhava o violão, ele cantava com uma voz tão terrível que acordou patos, marrecos, galinhas e perus, nos quintais da vizinhança, numa época em que ainda havia casas e quintais em nossa amada cidade e galos cantando. Nosso seresteiro cantava evocando a lua e a madrugada quando, lá do alto do prédio, começou a cair toda sorte de coisas, misturadas aos palavrões. Até que caiu, num frasco de plástico, alguma coisa quente e adocicada exatamente da janela da moça a quem oferecia a seresta.

Como é inocente a alma dos apaixonados. O seresteiro improvisado, depois que juntamente com o amigo Cláudio Pena teve que fugir e pedir asilo debaixo de uma providencial marquise, onde mendigos dormiam o sono dos justos, jurava que o líquido morno era um licor espanhol. Encurtando conversa: depois do sucedido, a moça triste surgiu na janela vestida de noiva. Sabe-se que se casou com um primo e foi infeliz para sempre, se é que isso não é intriga da oposição.

Mas a vida e esta crônica têm que continuar. Por isso, convém voltar à cena inicial: um cronista sem assunto observa, pelo binóculo, um casal de velhos sentados no banco da praça. O velho usa terno e gravata. Tem os cabelos brancos e os olhos são claros e ele segura as mãos da velha senhora. Que, por sua vez, também tem cabelos brancos. Falta dizer que havia um jardim na praça. E, de repente, o velho deixou o banco, andou alguns passos, apanhou uma rosa vermelha no jardim e entregou-a à mulher.

Ah, vocês precisavam ver a alegria da velha senhora. Ela recebeu a rosa vermelha e beijou-a. Lá de sua janela, o cronista sem assunto, olhando pelo binóculo, sentiu uma alegria jamais sentida. E teve certeza de que, por mais que a guerra e a violência, em todo mundo, apontem suas armas da morte, numa praça de Belo Horizonte, que é apenas um pequeno ponto negro no mapa da América do Sul, uma rosa exerca um poder maior. E o cronista sentiu vontade de escrever um manifesto conclamando os senhores da guerra a cederem ao encanto de uma flor. Mas pensou que o tempo das flores, que era o tempo dos *hippies*, tinha passado.

Guardou o binóculo, desceu no elevador, foi ao bar da esquina e pediu um vermute com amendoim.

Estado de Minas

COM UM TIRO
NO CORAÇÃO

Ela rezou para o Menino Jesus de Praga.
Rodou sem rumo pela cidade, ao volante do carro.
Ficou parada na praça do Papa olhando a cidade às 4 horas da tarde.
Acendeu um cigarro, depois outro, depois outro.
Sentiu vontade de chorar.
Achou que devia é cantar.
Quase morreu de inveja de uma babá que tomava conta de um menino louro na praça do Papa.
Pensou: eu devia ser simples e pobre, meu mal é que sempre fui uma menina rica.
Perguntou em voz baixa: se eu fosse pobre e simples, o que aconteceu teria acontecido?
Retocou o batom vermelho.
Recordou a lua-de-mel em Paris.
Pensou nos coelhos no aeroporto Charles de Gaulle.
Pensou na mãe.
O que a mãe diria se estivesse viva?
Pegou um retrato da mãe na bolsa e ficou olhando.
Mãe, mãe, por que me abandonaste?
Se você estivesse aqui comigo, mãe, se não tivesse morrido quando o avião caiu, eu juro que nada disso tinha acontecido comigo.

E o pai, ah, e o pai, o que vai dizer quando souber?

O pai sempre foi liberal com a filha dos outros.

Pai, pai, me perdoa, pai.

Fumou o quarto cigarro.

E se ela fosse embora daqui? E se fosse morar em Natal? Uma vez, esteve em Natal com o marido e pensou: aqui é o lugar pra gente ser feliz, Belo Horizonte é cheia de tentações.

Por que Belo Horizonte tenta tanto aos corações inocentes?

Já sei, ela foi pensando, sempre dentro do carro na praça do Papa: Belo Horizonte é assim porque não tem mar.

Se Belo Horizonte tivesse mar, não haveria tantos loucos nas ruas da cidade, não haveria tantos bêbados, não haveria tantos drogados, não haveria tantas mulheres adúlteras.

Pensou: ser uma adúltera fere.

Ou é a palavra adúltera que fere?

Na lua-de-mel em Paris, leu em francês um conto do escritor franco-argelino Albert Camus sobre uma adúltera e chorou.

A palavra adúltera é que é ruim, é que machuca.

Uma coisa é falar assim: eu tenho um amante; outra coisa é falar: eu sou uma adúltera.

Esperou a noite chegar.

Viu as luzes da cidade serem acesas.

Rezou uma Ave-Maria.

Rezou um Pai-Nosso.

Pensou no marido.

Que diabo, o marido não merecia isso, por Deus que não merecia.

Pensou no amante.

Perguntou em voz alta, sozinha dentro do carro: será que meu amante me ama mesmo?

Foi para casa.

Disse ao marido que precisava ter uma conversa muito

séria. O marido encheu um copo de uísque. Sempre bebia um uísque, nas conversas sérias ou não.

Encarou o marido com aqueles olhos que tanto faziam pensar nos anjos. Os cabelos negros caíram na testa e ela jogou a cabeça para trás e, novamente encarando o marido, disse:

– Eu tenho um amante.

O marido ficou olhando para sua cara de anjo. Durante muito tempo, o marido ficou olhando para sua cara de anjo, antes de decidir matá-la ou expulsá-la de casa.

Os vizinhos ouviram um tiro de revólver e pouco depois a televisão deu uma edição extra dizendo que uma milionária, dona de grande beleza, foi assassinada pelo marido com um tiro no coração.

Estado de Minas

PARA TORCER
CONTRA O VENTO

Se houver uma camisa branca e preta pendurada no varal durante uma tempestade, o atleticano torce contra o vento.

Ah, o que é ser atleticano?
É uma doença?
É a mais louca paixão?
É uma religião?
É uma bênção dos céus?
É a sorte grande?

O primeiro sinal do atleticano, o que denuncia sua presença, é a fidelidade ao preto e branco, é beber Atlético no café da manhã, almoçar Atlético, jantar Atlético, e, de noite, dormir e sonhar Atlético.

Daí que bandeira atleticana cheira a tudo neste mundo.
Cheira a suor.
Cheira a lágrimas.
Cheira a grito de gol.
Cheira a dor.
Cheira a alegria.
Cheira até mesmo a perfume francês.
Só não cheira a naftalina.
A gente muda de tudo na vida.
Muda de cidade.

Muda de roupa.
Muda de partido político.
Muda de religião.
Muda de costumes.
Até de amor a gente muda.

A gente só não muda de time de futebol, quando ele é uma tatuagem com as iniciais CAM, de Clube Atlético Mineiro, gravadas em nosso coração.

É um amor cego.

Isto é: tem a cegueira da paixão.

Já vi os atleticanos agirem diante do clube de sua mais ardente devoção com o desespero e a fúria dos apaixonados.

Já vi, por exemplo, atleticano rasgar a carteira de sócio do clube e jurar:

— Nunca mais torço pelo Atlético!

É verdade, eu vi atleticanos falarem assim, mas logo em seguida, como acontece com os amantes do mundo, eu os vi catar os pedaços da carteira rasgada e colar, como os amantes fazem com o retrato da amada.

Que mistérios tem o Atlético que parece que ele é gente?

Que a gente o associa às pessoas da família (pai, mãe, irmãos, tios, primas)?

Que a gente o confunde com a alegria da mulher amada?

Que mistério tem o Atlético que a gente o confunde com uma religião?

Que gente sente vontade de rezar "Ave Atlético, cheio de graça"?

Que a gente o invoca como só invoca um santo de devoção?

Que mistério tem o Atlético que, à simples presença de sua camisa branca e preta, um milagre se opera?

Que tudo se alegra à passagem de sua bandeira?

Que tudo se transforma num oceano branco e preto?

Que tudo canta?

Que tudo é irmão?
Oue tudo se ilumina?
Que mistério tem o Atlético que entra pelas casas e corações adentro!
Já vi de tudo nos campos de futebol.
Já vi valente tremer.
Vi covarde virar herói.
Vi ateu rezar.
Vi os brutos amando.
E já vi, sim, eu vi, um cego no Mineirão "assistindo" a um jogo do Atlético.
Quem é você, cego, que está no Mineirão, usando esta camisa branca e preta e esta fita apache na cabeça?
Eu sou Paulo Antônio, cego de nascença.
Que mistério é esse, cego: o que um cego está fazendo no Mineirão?
Torcendo pelo Galo.
Mas como um cego pode torcer, se não enxerga?
Eu vejo com o coração.
Como você vê, cego?
Não, eu não preciso de meu transistor, eu sei quando é que o Atlético está com a bola.
Mas como, cego, explica, cego, que mistério é esse.
Quando o Atlético pega a bola eu escuto um barulho tão grande que parece o fim do mundo.

Hoje em Dia

BIOGRAFIA

Robert Francis Drummond nasceu na cidade de Santana dos Ferros, no Vale do Rio Doce, em Minas Gerais, na Fazenda do Salto, de propriedade dos seus avós paternos, no dia 21 de dezembro de 1933. Era o terceiro dos oito filhos que tiveram o engenheiro civil Francisco de Alvarenga Drummond e dona Ricarda de Paiva Drummond. Passou parte da infância em Araxá e Ferros, indo em seguida para Guanhães. Costumava dizer que lá, em São Miguel y Almas de Guanhães, como gostava de falar, ele havia aprendido a ser alegre, já que em Ferros, devido à rígida criação familiar, isso era proibido. Ex-aluno do Colégio Arnaldo, em Belo Horizonte, Roberto Drummond começou a sua carreira jornalística na extinta *Folha de Minas*, pelas mãos do jornalista Felipe Drummond. Ao longo dos anos, trabalhou também no *Binômio* e *Revista Alterosa*, até chegar ao *Estado de Minas*, no início da década de 60, onde ficou até a sua morte, após uma breve passagem, ainda no princípio de carreira, pelo *Jornal do Brasil* e, nos anos 90, pelo *Hoje em Dia*, também em Belo Horizonte. Foi casado durante 42 anos com Beatriz Moreira Drummond, com quem teve uma filha, Ana Beatriz. Criativo, dono de um texto lírico e forte, Roberto Drummond começou a ficar conhecido nacionalmente como ficcionista em 1971, quando, com o livro *A Morte de DJ em Paris*, venceu o então cobiçado Concurso Nacional de Contos do Paraná. O livro, que também lhe daria o Prêmio Jabuti, da Câmara Brasileira do Livro, saiu em primeira edição, com tiragem recorde, em 1975, pela Editora Ática. O conto que deu nome à coletânea, na mesma época, seria publicado também pela prestigiada revista *El Cuento*, do México. Wander Piroli, Luiz Vilela, Ivan Ângelo, Murilo Rubião, Oswaldo França Júnior, Ignácio de Loyola Brandão, Manoel Lobato, Antônio Torres, Benito Barreto, entre outros, foram os seus companheiros de geração, e com eles dividiu anseios e sonhos literários. Ex-militante do Partido Comunista, na juventude Roberto Drummond costumava dizer que foi a partir do golpe militar de 1964, quando os militares tomaram o poder no Brasil, que ele passou a escrever com mais afinco. "Quando descobri que a literatura era a minha única esperança, porque já havia perdido as outras", dizia. Se no campo literário começou a ganhar fama nacional com *A Morte de DJ em Paris*, no entanto foi com o romance *Hilda Furacão*, escrito em apenas 64 dias, como ele gostava de dizer, que o romancista explodiria em todo o país. Mais ainda depois que o livro, hoje já com várias edições, foi transformado em uma minissérie dirigida por Mauricio Farias e Wolf Maya, para a Rede Globo. No elenco, entre outros, Ana Paula Arósio, como Hilda Furacão, Rodrigo Santoro, como Frei Malthus, além de Danton Melo, que interpretou o próprio Roberto Drummond. Apaixonado por Belo Horizonte, onde viveu a maior parte de sua vida, em dezembro de 2003 a cidade o homenageou, inaugurando uma estátua sua na praça da Savassi, região da cidade que ele mais amava. A peça em bronze foi feita pelo escultor Leo Santana, que não deixou passar despercebidas as mangas da camisa dobradas e o tênis, típicos do jeito de vestir do escritor. Roberto Drummond, que tanto amava a vida, acabou morrendo repentinamente, do coração, na noite de 21 de junho de 2002, dia do jogo do Brasil com a Inglaterra, tão esperado por ele, e que acabamos vencendo por 2 x 1, com gols de Ronaldinho Gaúcho e Rivaldo.

BIBLIOGRAFIA

– *A Morte de DJ em Paris*, contos, 1975
– *O Dia em que Ernest Hemingway Morreu Crucificado*, romance, 1978
– *Sangue de Coca-Cola*, romance,1980
– *Quando Fui Morto em Cuba*, contos, 1982
– *Hitler Manda Lembranças*, romance, 1984
– *Ontem à Noite Era Sexta-feira*, romance, 1988
– *Hilda Furacão*, romance, 1991
– *Inês é Morta*, romance, 1993
– *O Homem que Subornou a Morte*, contos e crônicas, 2000
– *O Cheiro de Deus*, romance, 2001
– *Os Mortos Não Dançam Valsa*, romance, 2002
– *Dia de São Nunca de Tarde*, novela, 2004

Carlos Herculano Lopes nasceu em Coluna, Minas Gerais, em 1956. Já publicou nove livros, participou de quinze antologias e recebeu algumas das mais importantes láureas da literatura brasileira, entre eles o Prêmio Guimarães Rosa, o Prêmio Cidade de Belo Horizonte, o Prêmio Lei Sarney, como autor revelação de 1987, e ainda o Prêmio Quinta Bienal Nestlé, de 1990. Foi um dos dez finalistas do Prêmio Jorge Amado, em 2002, pelo conjunto de sua obra, e recebeu, no mesmo ano, o prêmio especial do júri da União Brasileira de Escritores pelo livro *Coração aos Pulos*. Seus romances *Sombras de Julho*, e *O Vestido*, este baseado no poema *Caso do Vestido*, de Carlos Drummond de Andrade, foram levados ao cinema pelos diretores Marco Altberg e Paulo Thiago. Desde 1969 Carlos Herculano vive em Belo Horizonte, onde trabalha atualmente no jornal *Estado de Minas*.

ÍNDICE

A Literatura e o Varal 7
Seja o que Deus quiser 16
Carta para a moça fantasma da rua do Ouro 19
O homem que chora 22
Mamãe, eu sou seqüestrável 25
Em defesa dos *gays* 28
A menina do arranha-céu 31
Em forma de canção 34
Oração para uma moça de Minas 37
Anti-história de amor 40
O mistério da marinheira num baile de carnaval 43
Onde Jesus está 46
Um coração boiadeiro 49
Vai com Deus, Carlos 51
Lembranças de uma noite em que aconteceu
    um apagão 54
Por que sonhas, Minas? 57
Um gato amarelo é a única testemunha do
    crime perfeito 59

Como é que pode, Brasil? 62
O mistério do telefone tocando no meio da
    madrugada 65
Manifesto para Luísa 68
Relato sobre o primeiro comunista que vi na vida 71
A terapia do beliscão 74
Envolvendo Many Catão 77
Os amantes clandestinos 80
Anotações sobre Inocêncio da Paixão,
    um hipocondríaco 83
Para uma moça com Aids 86
Como uma flor negra 89
O misterioso e picante caso do telefone vermelho 92
A menina loura e o rapaz negro 95
Uma história de amor 98
Parou diante de mim e perguntou: sabe quem
    eu sou? 101
Na manhã do Brasil 104
O caso de um Don Juan com um final cheio
    de surpresa 107
Carta a Milton Nascimento 110
Manual de sobrevivência 113
Recordações de Belô City quando Deus estava
    feliz da vida 116
O menino e o sabiá 119
A menina das rosas 122
Devolvam a moça morta 125
O cego e a bela 128

Papai Noel está chorando 131
Uma cena brasileira 134
Invocação ao espírito de Juscelino na manhã
    de Minas 137
Para ler (ou rezar) 140
Os meninos dos dias de hoje 143
Adeus a um elefante 146
Uma cena na praça 149
O menino e a moça 152
Endereçado a Vera Fischer 155
A menina do Afeganistão 158
Em defesa das feias 160
Passageiros com destino ao medo, tomem
    seus lugares 162
Como um gol do Brasil 165
Papai, eu sou *gay* 168
Crime no parque 171
Quando o sabiá da rua Piauí começa a cantar 174
Recordações de um mestre muito amado 177
O 3º mundo nos contempla 180
Xô, Satanás! 183
Exaltação a seu Olympio 185
A greve que articulei na fazenda de meu pai 188
A respeito do medo pânico de andar de elevador 191
O gato amarelo 194
Um rapaz de fino trato 197
É hora de savassiar 200
Os sherloques de Deus 203

O mestre e o lobisomem	206
Pelos velhos do mundo	209
Sobre os efeitos colaterais	212
Homem procurando Deus	215
Declaração de amor	218
Cheiros e perfumes	221
O cego e a bela desnuda	224
A vida é esta: subir Bahia, descer floresta	227
O fantasma da tia Júlia	230
Deus lhe pague	233
Um estranho episódio	236
A menina cor de chocolate	239
A teoria da relatividade	242
O vestido amarelo	245
Carta para uma certa moça	248
A menina de minha terra	251
É tempo de herói	254
A insônia dos amantes	257
O homem e a rosa	260
Como se ela não fosse morrer	263
Improviso sobre o amor	266
Para curar mal de amor	269
O executivo e a borboleta	272
O amor é um cavalo bravo	275
Uma noite de autógrafos	278
Abaixo o racismo, viva o negro!	281
A história da mulher vampiro	284
Evelina... e a tentação	287

Moça da praia de Belô 290
É Natal 293
João e Lulude 295
Ode a Tutti Maravilha 298
Relato sobre a obrigação de ser feliz 301
Com um tiro no coração 304
Para torcer contra o vento 307
Biografia 310
Bibliografia 313

GRÁFICA PAYM
Tel. (011) 4392-3344
paym@terra.com.br